*A Sociedade Literária
e a Torta de Casca de Batata*

Mary Ann Shaffer
e Annie Barrows

*A Sociedade Literária
e a Torta de Casca de Batata*

Tradução de
Léa Viveiros de Castro

Rocco

Título original
THE GUERNSEY LITERARY AND
POTATO PEEL PIE SOCIETY

Copyright © 2008 *by* representante legal do espólio de
Mary Ann Shaffer & Annie Barrows

mapa *by* George Wards

Esta é uma obra de ficção. Nomes, personagens, lugares e incidentes são produtos da imaginação das autoras e foram usados de forma fictícia. Qualquer semelhança com pessoas reais, vivas ou não, acontecimentos, locais é mera coincidência.

Direitos para a língua portuguesa reservados
com exclusividade para o Brasil à
EDITORA ROCCO LTDA.
Rua Evaristo da Veiga, 65 – 11º andar
Passeio Corporate – Torre 1
20031-040 – Rio de Janeiro – RJ
Tel.: (21) 3525-2000 – Fax: (21) 3525-2001
rocco@rocco.com.br
www.rocco.com.br

Printed in Brazil/Impresso no Brasil

preparação de originais
SÔNIA PEÇANHA

CIP-Brasil. Catalogação-na-fonte.
Sindicato Nacional dos Editores de Livros, RJ.

S537s   Shaffer, Mary Ann
A sociedade literária e a torta de casca de batata / Mary Ann Shaffer, Annie Barrows; tradução de Léa Viveiros de Castro. – Rio de Janeiro: Rocco, 2009.

Tradução de: The Guernsey literary and potato peel pie society
ISBN 978-85-325-2410-2

1. Escritores – Ficção. 2. Clube de livros – Ficção. 3. Londres (Inglaterra) – História – Séc. XX – Ficção. 4. Ficção norte-americana. I. Barrows, Annie. II. Castro, Léa Viveiros de. III. Título.

09-0367

CDD–813
CDU–821.111(73)-3

*Com todo amor, dedico à minha mãe, Edna Fiery Morgan,
e à minha querida amiga, Julia Poppy*
– M. A. S.

E para a minha mãe, Cynthia Fiery Barrows
– A. B.

Weymouth

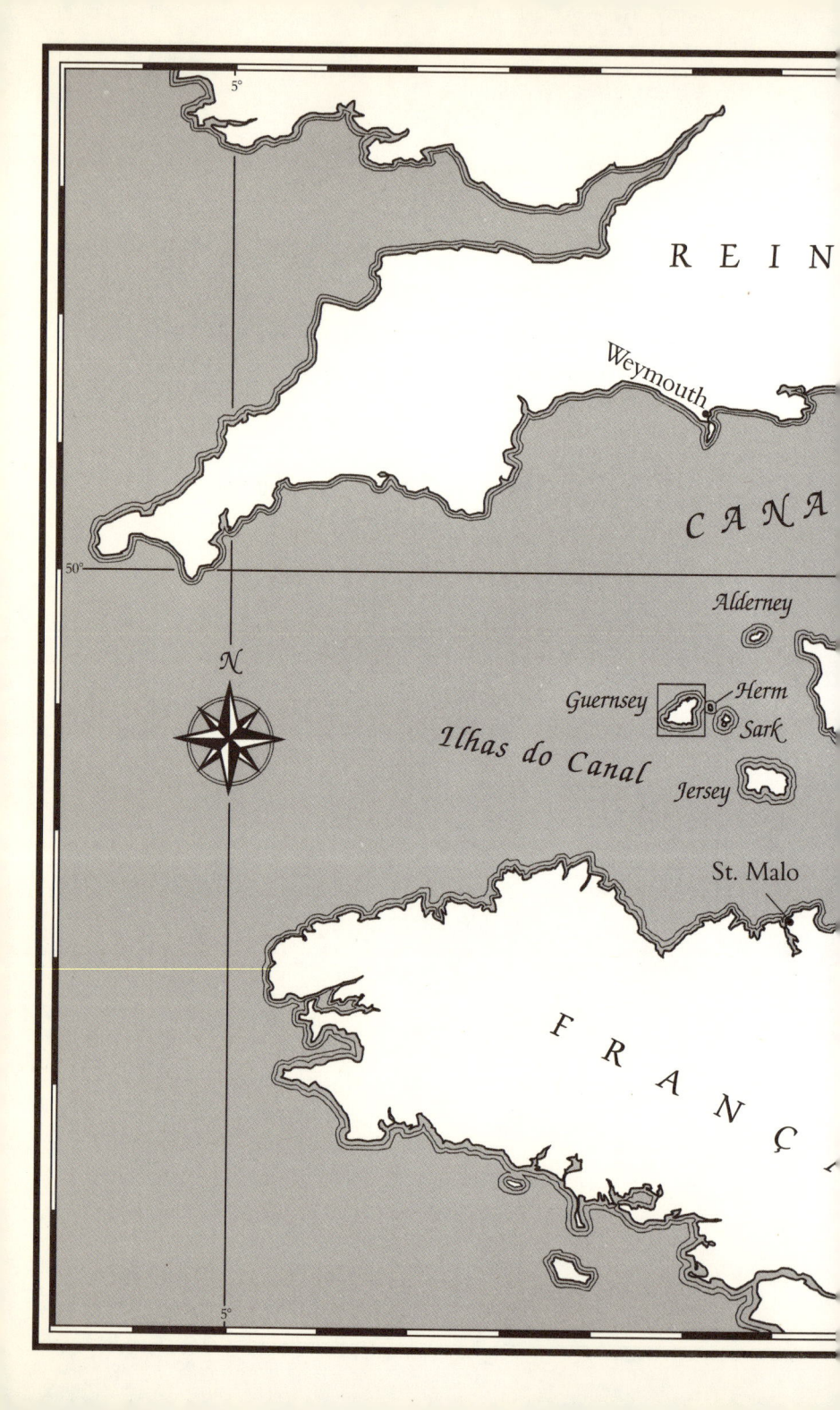

REIN

CANA

Alderney

Guernsey — Herm
Sark

Ilhas do Canal

Jersey

St. Malo

FRANÇA

Guernsey, Ilhas do Canal

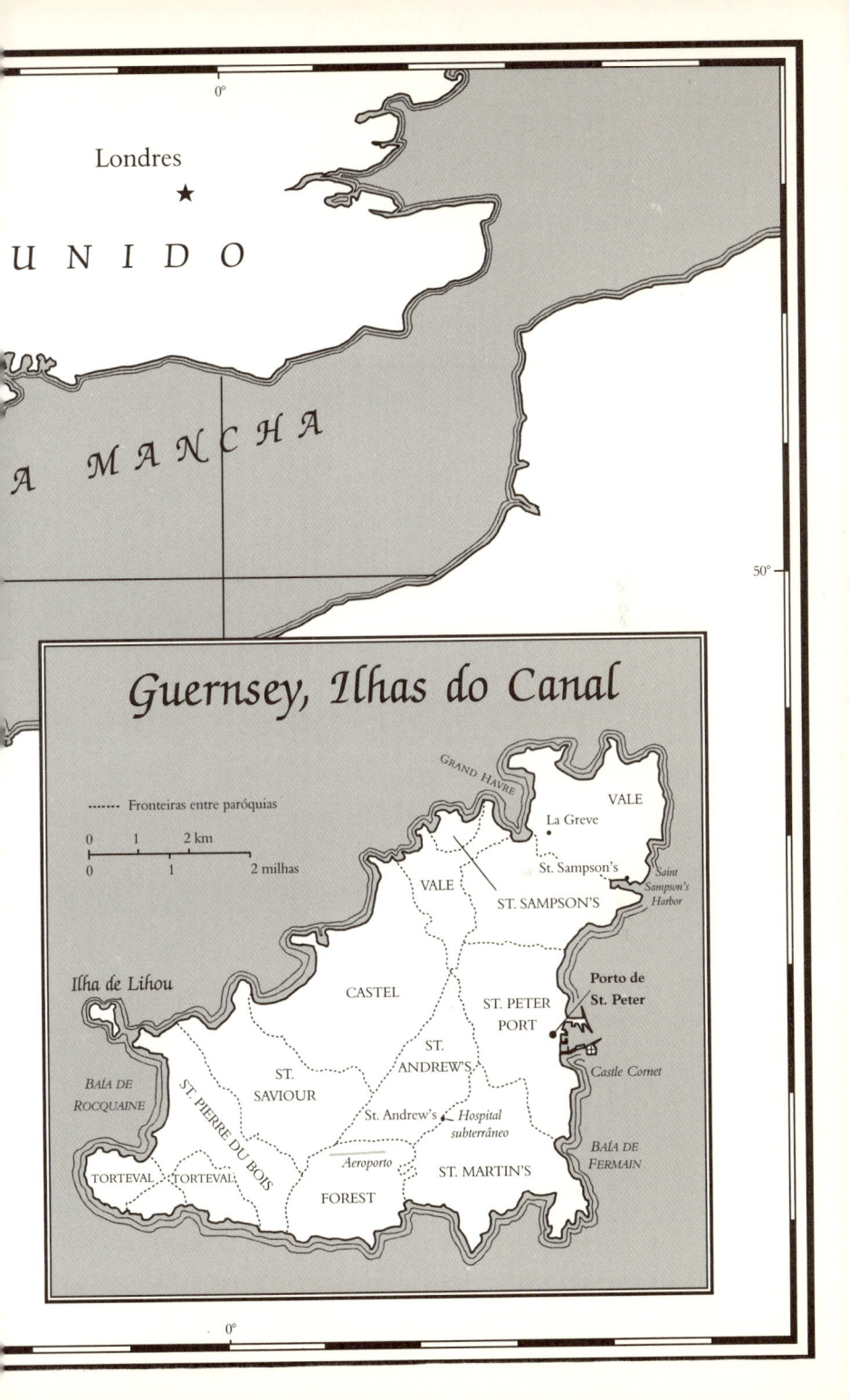

Londres

UNIDO

A MANCHA

.... Fronteiras entre paróquias

0 1 2 km
0 1 2 milhas

GRAND HAVRE

VALE
La Greve
St. Sampson's
Saint Sampson's Harbor

VALE
ST. SAMPSON'S

Ilha de Lihou

CASTEL

ST. PETER PORT

Porto de St. Peter

Castle Cornet

BAÍA DE ROCQUAINE

ST. PIERRE DU BOIS

ST. SAVIOUR

ST. ANDREW'S

St. Andrew's

Hospital subterrâneo

BAÍA DE FERMAIN

TORTEVAL TORTEVAL

Aeroporto

ST. MARTIN'S

FOREST

PRIMEIRA PARTE

8 de janeiro de 1946

Sr. Sidney Stark, Editor
Stephens & Stark Ltd.
21 St. James's Place
Londres S.W.1
Inglaterra

Caro Sidney,

Susan Scott é um espanto. Vendemos mais de quarenta exemplares do livro, o que foi bem agradável, porém muito mais interessante, do meu ponto de vista, foi a comida. Susan conseguiu arranjar cupons para comprar açúcar e *ovos de verdade* para o merengue. Se todos os seus almoços literários alcançarem esse nível, não me importo de percorrer o país. Você acha que uma gratificação generosa a estimularia a conseguir manteiga? Vamos tentar – pode deduzir o dinheiro dos meus direitos autorais.

Agora, a má notícia. Você me perguntou se o novo livro está progredindo. Sidney, não está.

Excentricidades inglesas pareceu tão promissor a princípio. Afinal de contas, devia ser fácil escrever centenas de páginas sobre a Sociedade em Protesto à Glorificação do Coelho Inglês. Desencavei uma fotografia do Sindicato dos Exterminadores de Animais Daninhos, marchando pela Oxford Street com cartazes com os dizeres "Abaixo Beatrix Potter!". Mas o que há para escrever depois de um título? Nada.

Não quero mais escrever este livro – minha cabeça e meu coração não estão mais nele. Por mais querida que Izzy Bickerstaff seja para mim, não quero escrever mais nada com esse nome. Não quero mais ser considerada uma jornalista alegre e despreocupada. Reconheço que fazer os leitores rir – ou pelo menos abrir um sorriso – durante a guerra não foi tarefa fácil, mas não quero mais fazer isso. Atualmente, não estou conseguindo desencavar nenhum senso de proporção e equilíbrio, e Deus sabe que não se pode fazer humor sem isso.

Estou muito feliz pela Stephens & Stark estar ganhando dinheiro com *Izzie Bickerstaff vai à guerra*. Isso alivia minha consciência depois do fracasso da minha biografia de Anne Brontë.

Obrigada por tudo. Amor,
Juliet

P. S.: Estou lendo a correspondência da sra. Montagu. Você sabe o que essa mulher lúgubre escreveu para Jane Carlyle? "Minha querida Jane, todo mundo nasce com uma vocação, e a sua é escrever notinhas encantadoras." Espero que Jane tenha cuspido nela.

De Sidney para Juliet

10 de janeiro de 1946

Srta. Juliet Ashton
23 Glebe Place
Chelsea
Londres S.W. 3

Querida Juliet,

Parabéns! Susan Scott me disse que você e a plateia do almoço foram como abelha e mel, então pare de se preocupar com seu *tour* da semana que vem. Não tenho dúvidas de que será um sucesso. Tendo assistido a seu desempenho eletrizante de "O pastorzinho canta no Vale da Humilhação" há dezoito anos, sei que você terá todos os ouvintes comendo na sua mão em segundos. Uma dica: talvez, neste caso, você deva se controlar e não atirar o livro na plateia quando terminar.

Susan está louca para levar você a todas as livrarias, de Bath a Yorkshire. E, é claro, Sophie está agitando uma extensão do *tour* até a Escócia. Eu disse a ela, no meu jeito mais irritante de irmão mais velho, que Isso Nós Veremos Depois. Ela está morrendo de saudades suas, eu sei, mas a Stephens & Stark não pode dar importância a essas coisas.

Acabei de receber o resultado das vendas de *Izzy's* em Londres e arredores – foi excelente. Mais uma vez, parabéns!

Não fique nervosa por causa de *Excentricidades inglesas*; é melhor perder o entusiasmo agora do que depois de passar seis meses escrevendo sobre coelhos. As possibilidades comerciais da ideia eram atraentes, mas concordo que o tema logo se tornaria muito esquisito. Você vai pensar em outro assunto – mais agradável para você.

Vamos jantar antes de você viajar? Diga quando.

Com amor,
Sidney

P. S.: Você escreve notinhas encantadoras.

De Juliet para Sidney

11 de janeiro de 1946

Querido Sidney,

Sim, ótimo – pode ser em algum lugar perto do rio? Quero ostras, champanhe e rosbife, se houver; se não, serve frango. Estou muito feliz porque as vendas de *Izzy* estão indo bem. Estão suficientemente boas para eu não ser obrigada a arrumar uma mala e deixar Londres?

Já que você e a S&S me transformaram numa autora moderadamente famosa, o jantar vai ser por minha conta.

Com amor,
Juliet

P. S.: Eu não atirei "O pastorzinho canta no Vale da Humilhação" em cima da plateia. Eu o atirei na professora de locução. Queria que ele caísse nos pés dela, mas errei o alvo.

De Juliet para Sophie Strachan

12 de janeiro de 1946

Sra. Alexander Strachan
Feochan Farm
Oban
Argyll

Querida Sophie,

É claro que eu adoraria vê-la, mas sou um autômato sem alma e sem vontade. Sidney mandou que eu fosse para Bath, Colchester, Leeds e vários outros lugares ajardinados de que não me lembro agora, e não posso simplesmente mudar de rumo e ir para a Escócia. Sidney franziria a testa... apertaria os olhos... ficaria na ponta dos pés. Você sabe como é enervante quando Sidney fica na ponta dos pés.

Eu gostaria de poder fugir para a sua fazenda para você me mimar. Você me deixaria pôr os pés em cima do sofá, não é? E depois me cobriria com cobertores e me traria chá. Alexander se importaria de ter alguém morando permanentemente no sofá dele? Você me disse que ele é um homem paciente, mas talvez ele achasse isso irritante.

Por que estou tão melancólica? Eu deveria estar encantada com a ideia de ler *Izzy* para uma plateia fascinada. Você sabe como gosto de falar sobre livros, e sabe como adoro receber cumprimentos. Deveria estar animada. Mas a verdade é que estou deprimida – mais deprimida do que jamais estive durante a guerra. Tudo está tão *destruído*, Sophie: as ruas, os prédios, as pessoas. Particularmente as pessoas.

Isto é, provavelmente, o efeito de um jantar horrível a que eu fui ontem. A comida estava um horror, mas isso já era de esperar. Foram os convidados que me enervaram – eles eram o conjunto de indivíduos mais deprimente que já vi. A conversa era sobre bombas e escassez de alimentos. Você se lembra de Sarah Morecroft? Ela estava lá, toda ossos e pele arrepiada e batom vermelho. Ela não era bonita? Não era louca por aquele cara que montava a cavalo e foi para Cambridge? Ele não estava por lá; ela se casou com um médico de pele cinzenta e que estala a língua antes de falar. E ele era uma figura de romance comparado com o meu par, que era solteiro, possivelmente o último solteiro da face da Terra – meu Deus, como devo estar parecendo mesquinha!

Eu juro, Sophie, acho que tem alguma coisa errada comigo. Todo homem que conheço é intolerável. Talvez eu deva baixar meus padrões – não a ponto de chegar ao médico cinzento que estala a língua, mas baixar um pouco. Não posso nem pôr a culpa na guerra – nunca fui muito boa com homens, não é?

Você acha que o homem da fornalha de St. Swithin foi o meu verdadeiro amor? Como nunca falei com ele, isso parece pouco provável, mas pelo menos foi uma paixão não prejudicada pela decepção. Ele tinha uma bela cabeleira negra. Depois disso, você se lembra, veio o Ano dos Poetas. Sidney é muito sarcástico a respeito daqueles poetas, mas não vejo por quê, já que foi ele quem me apresentou a eles. Depois veio o pobre Adrian. Ah, não preciso descrever as brigas horrorosas para você, mas, Sophie – o que *há* de errado comigo? Será que sou exigente demais? Não quero me casar só por casar. Não consigo pensar em solidão maior do que passar o restante da minha vida com alguém com quem não possa conversar ou, pior, com alguém com quem não possa ficar em silêncio.

Que carta horrível, queixosa. Está vendo? Consegui deixar você aliviada por eu não poder passar pela Escócia. Mas, quem sabe? Talvez eu passe – meu destino está nas mãos de Sidney.

Dê um beijo em Dominic por mim e diga a ele que vi um rato do tamanho de um terrier outro dia.

Transmita meu amor para Alexander, e mais amor ainda para você,

            Juliet

De Dawsey Adams, em Guernsey, Ilhas do Canal, para Juliet

12 de janeiro de 1946

Srta. Juliet Ashton
81 Oakley Street
Chelsea
Londres S.W.3

Cara srta. Ashton,

Meu nome é Dawsey Adams e moro na minha fazenda na paróquia de St. Martin's, Guernsey. Eu a conheço porque tenho um velho livro que foi seu – *Seleção de ensaios de Elia*, de um autor cujo nome verdadeiro era Charles Lamb. Seu nome e seu endereço estavam escritos na contracapa.

Vou ser direto – adoro Charles Lamb. Meu livro diz *Seleção*, então fiquei imaginando se isso queria dizer que ele tinha escrito outras coisas. São esses os textos que eu quero ler, e, embora os alemães tenham ido embora, não há mais nenhuma livraria em Guernsey.

Quero pedir-lhe um favor. A senhorita poderia mandar-me o nome e o endereço de uma livraria em Londres? Gostaria de encomendar pelo correio mais textos de Charles Lamb. Também queria saber se alguém escreveu a história da vida dele, e, se escreveu, poderia procurar um exemplar para mim? Apesar de sua mente brilhante e reflexiva, acho que o sr. Lamb deve ter tido uma grande tristeza em sua vida.

Charles Lamb me fez rir durante a Ocupação Alemã, em especial o que escreveu sobre o porco assado. A Sociedade Literária e Torta de Casca de Batata de Guernsey surgiu por causa de um porco assado que tivemos de manter em segredo dos soldados alemães, então sinto uma certa afinidade com o sr. Lamb.

Sinto muito incomodá-la, mas sentiria ainda mais se não a conhecesse, já que seus textos me tornaram seu amigo.

Esperando não tê-la incomodado,

Dawsey Adams

P. S.: Minha amiga, a sra. Maugery, comprou um livrinho que também pertenceu à senhorita. O título é *Existiu um arbusto flamejante? Uma defesa de Moisés e os Dez Mandamentos.* Ela gostou do comentário que a senhorita escreveu na margem: "Palavra de Deus ou controle da multidão???" A senhorita chegou a alguma conclusão?

De Juliet para Dawsey

15 de janeiro de 1946

Sr. Dawsey Adams
Les Vauxlarens
La Bouvée
St. Martin's, Guernsey

Caro sr. Adams,

Não moro mais na Oakley Street, mas estou muito contente que sua carta tenha me achado e que meu livro o tenha achado. Foi muito triste separar-me da *Seleção de ensaios de*

Elia. Eu tinha dois exemplares e muita necessidade de espaço na estante, mas me senti uma traidora ao vendê-lo. O senhor tranquilizou minha consciência.

Não sei como o livro foi parar em Guernsey. Talvez haja algum instinto secreto nos livros que os leve a seus leitores perfeitos. Se isso fosse verdade, seria encantador.

Como não há nada que me agrade mais do que vasculhar livrarias, fui para a Hastings & Sons assim que recebi sua carta. Frequento-a há anos e sempre encontro o livro que queria – e mais três que eu não sabia que queria. Eu disse ao sr. Hastings que o senhor gostaria de um exemplar em bom estado (e *não* uma edição rara) de *Mais ensaios de Elia*. Ele o enviará ao senhor pelo correio (junto com a fatura) e ficou encantado em saber que o senhor também era um admirador de Charles Lamb. Ele disse que a melhor biografia de Charles Lamb foi escrita por E. V. Lucas e que ia procurar um exemplar para o senhor, embora talvez demorasse um pouco.

Enquanto isso, o senhor aceitaria esta pequena lembrança minha? É sua *Seleção de cartas*. Acho que elas dirão mais sobre ele do que qualquer biografia. E. V. Lucas parece majestoso demais para incluir meu trecho favorito de Lamb: "Buz, buz, buz, bum, bum, bum, wheeze, wheeze, wheeze, fen, fen, fen, tinky, tinky, tinky, cr'annch! Sem dúvida, serei finalmente condenado. Há dois dias seguidos que bebo demais. Meu senso moral está no último estágio, e minha religião está cada vez mais fraca." O senhor achará isso nas *Cartas* (página 244). Foi a primeira coisa de Lamb que li e sinto vergonha em dizer que só comprei o livro porque tinha lido em outro lugar que um homem chamado Lamb visitara um amigo, Leigh Hunt, que estava na prisão por ter difamado o príncipe de Gales.

Durante a visita, Lamb ajudou Hunt a pintar o teto de sua cela de azul-celeste com nuvens brancas. Depois, eles pintaram uma trepadeira de rosas em uma das paredes. Então, como descobri mais tarde, Lamb ofereceu dinheiro para ajudar a família de Hunt fora da prisão – embora ele mesmo fosse um homem muito pobre. Lamb também ensinou a filha mais moça de Hunt a recitar o Pai-nosso de trás para a frente. É claro que a gente quer saber tudo o que puder sobre um homem assim.

É isto que amo na leitura: uma pequena coisa o interessa num livro, e essa pequena coisa o leva a outro livro, e um pedacinho que você lê nele o leva a um terceiro. Isso vai em progressão geométrica – sem nenhuma finalidade em vista, e unicamente por prazer.

A mancha vermelha na capa, que parece sangue – é sangue. Eu me descuidei com a faca de abrir livro. O cartão-postal que vai junto é uma reprodução de um retrato de Lamb pintado por seu amigo William Hazlitt.

Se tiver tempo para se corresponder comigo, poderia responder a algumas perguntas? De fato, três. Por que comer um porco assado tem de ser mantido em segredo? Como um porco pôde motivá-lo a iniciar uma sociedade literária? E, o mais importante, o que é uma torta de casca de batata – e por que ela foi incluída no nome da sua sociedade?

Subloquei um apartamento na Glebe Place, número 23, Chelsea, Londres S.W.3. Meu apartamento na Oakley Street foi bombardeado em 1945 e ainda sinto saudades dele. A Oakley Street era uma maravilha – eu podia ver o Tâmisa de três das minhas janelas. Sei que tenho sorte em ter um lugar para morar em Londres, mas prefiro me lamentar a comemorar minha sorte. Fico feliz por ter pensado em mim para procurar o seu *Elia*.

Cordialmente,
Juliet Ashton

P. S.: Nunca consegui me decidir a respeito de Moisés – isso ainda me incomoda.

De Juliet para Sidney

18 de janeiro de 1946

Querido Sidney,

Isto não é uma carta, é um pedido de desculpas. Por favor, perdoe minhas lamentações sobre os chás e almoços que você organizou para *Izzy*. Eu o chamei de tirano? Retiro o que disse – eu amo a Stephens & Stark por ter me mandado para fora de Londres.

Bath é uma cidade gloriosa: belas ruas em arco, com casas brancas e altivas, em vez dos prédios escuros e tristes de Londres ou – pior ainda – pilhas de entulho que um dia foram prédios. É uma maravilha respirar ar fresco e limpo, sem fumaça de carvão nem poeira. O tempo está frio, mas não é aquele frio úmido de Londres. Até as pessoas na rua são diferentes – altivas, como suas casas, não cinzentas e curvadas como os londrinos.

Susan disse que os convidados para o chá no Abbot's se divertiram imensamente – e sei que é verdade. Consegui despregar a língua do céu da boca em dois minutos e comecei a gostar muito.

Susan e eu partimos amanhã para o *tour* de livrarias em Colchester, Norwich, King's Lynn, Bradford e Leeds.

Obrigada. Com amor,
Juliet

De Juliet para Sidney

21 de janeiro de 1946

Querido Sidney,

Viajar de trem noturno é, outra vez, maravilhoso! Não é preciso mais passar horas em pé nos corredores, nem ser desviado para dar passagem a um trem transportando tropas, e, acima de tudo, nada de cortinas pretas. Todas as janelas pelas quais passamos estavam iluminadas e pude voltar a bisbilhotar. Senti tanta falta disso durante a guerra. Eu tinha a impressão de que tínhamos sido todos transformados em mulas, fugindo apressados, cada um no seu próprio túnel. Não me considero uma voyeur – eles preferem os quartos; são as famílias reunidas na sala ou na cozinha que despertam a minha curiosidade. Consigo imaginar suas vidas inteiras dando apenas uma olhada nas estantes, ou escrivaninhas, ou velas acesas, ou almofadas coloridas.

Havia um homem desagradável e arrogante na livraria Tillman's hoje. Depois da minha palestra sobre *Izzy*, perguntei se alguém tinha alguma pergunta. Ele literalmente pulou da cadeira para ficar cara a cara comigo – como é que eu, ele disse, uma simples mulher, tinha coragem de abastardar o nome de Isaac Bickerstaff? "O verdadeiro Isaac Bickerstaff, renomado jornalista, e, mais ainda, a alma da literatura do século dezoito: já falecido e tendo o nome profanado pela senhora."

Antes que eu pudesse pronunciar uma palavra, uma mulher que estava sentada na última fila ficou em pé de um salto. "Ora, sente-se! Não se pode profanar uma pessoa que nunca existiu! Isaac Bickerstaff era o pseudônimo usado por Joseph Addison em seus artigos no *Spectator*! A senhorita Ashton pode usar o nome falso que quiser; portanto, cale a boca!" Que valente defensora – ele saiu correndo da livraria.

Sidney, você conhece um homem chamado Markham V. Reynolds Jr.? Se não conhecer, pode procurá-lo para mim – no *Who's Who*, no *Domesday Book*, na Scotland Yard? Se não o encontrar em nenhum desses, talvez ele esteja no catálogo de telefones. Ele enviou um belo buquê de flores-do-campo para mim no hotel em Bath, uma dúzia de rosas brancas para o meu trem e um monte de rosas vermelhas para Norwich – sem nenhuma mensagem, apenas seu cartão de visita.

Aliás, como ele sabe onde eu e Susan nos hospedamos? Que trens tomamos? Todas essas flores estavam esperando por mim. Não sei se me sinto envaidecida ou perseguida.

Com amor,
Juliet

De Juliet para Sidney

23 de janeiro de 1946

Querido Sidney,

Susan acabou de me informar o volume de vendas de *Izzy* – mal pude acreditar. Pensei, sinceramente, que todo mundo estaria tão cansado da guerra que não iria querer uma lembrança dela – muito menos num livro. Felizmente, e mais uma vez, você estava certo, e eu estava errada (quase me mata admitir isto).

Viajar, falar para uma plateia cativa, autografar livros e conhecer estranhos *é* fascinante. As mulheres que conheci me contaram histórias de guerra tão fantásticas que quase desejei ter minha coluna de volta. Ontem, tive uma conversa muito agradável com uma senhora de Norwich. Ela tem quatro filhas adolescentes e, na semana passada, a mais velha foi convidada para um chá na escola de cadetes da cidade. Toda elegante no seu vestido mais bonito e luvas imaculadamente brancas, a moça foi até a escola, entrou, deu uma olhada no mar de cadetes diante dela... e desmaiou! A pobre criança nunca tinha visto tantos rapazes juntos na vida. Pense só nisto – toda uma geração cresceu sem bailes, chás e flertes.

Adoro visitar as livrarias e conhecer os vendedores de livros – eles são uma raça realmente especial. Ninguém, em sã consciência, aceitaria um emprego numa livraria por causa do salário, e nenhum proprietário, em sã consciência, iria querer ser dono de uma livraria – a margem de lucro é muito pequena. Portanto, o que os leva a fazer isso deve ser o amor pela leitura e pelos leitores – e o fato de poder dar uma espiada nos livros novos.

Você se lembra do primeiro emprego que sua irmã e eu tivemos em Londres? No sebo do rabugento sr. Hawke? Como eu gostava dele – ele abria um pacote novo de livros, entregava um ou dois para nós e dizia: "Nada de cinzas de cigarro, mãos limpas – e, pelo amor de Deus, Juliet, nada de anotações nas margens! Sophie, querida, não a deixe tomar café enquanto estiver lendo." E lá íamos nós com novos livros para ler.

Achava incrível, e ainda acho, que tantas pessoas que passeiam pelas livrarias não saibam realmente o que querem comprar – elas só querem dar uma olhada nos livros, na esperança de encontrar algum que desperte seu desejo. E então, por serem espertas o suficiente para não confiar na conversa do editor, elas fazem três perguntas ao vendedor: 1 – O livro é sobre o quê? 2 – Você já leu? 3 – Achou bom?

Vendedores de livros realmente convictos, como eu e Sophie, não conseguem mentir. Nossos rostos sempre nos denunciam. Uma sobrancelha erguida ou uma boca torcida revela que o livro não vale a pena, e os fregueses espertos, então, pedem uma recomendação, e nós os encaminhamos para determinado livro e ordenamos que eles o leiam. Se eles o lerem e não gostarem, nunca mais voltarão. Mas, se gostarem, irão tornar-se fregueses para sempre.

Você está anotando? Deveria estar – um editor não devia mandar apenas uma prova de um livro para uma livraria, devia mandar várias, para que os funcionários também pudessem ler.

O sr. Seton me disse hoje que *Izzy Bickerstaff* é o presente ideal tanto para alguém de quem você gosta quanto para alguém de quem você não gosta, mas a quem tem de dar um presente assim mesmo. Ele também afirmou que trinta por cento dos livros são comprados para dar de presente. Trinta por cento??? Ele mentiu?

Susan lhe contou o que mais ela organizou além do nosso *tour*? Eu. Não fazia nem meia hora que eu a tinha conhecido e ela já estava me dizendo que minha maquiagem, minhas roupas, meu cabelo e meus sapatos eram desmazelados, tudo desmazelado. Será que eu não sabia que a guerra tinha acabado?

Ela me levou à madame Helena para cortar o cabelo; ele agora está curto e crespo, em vez de comprido e liso. Também fiz uma rinsagem – Susan e madame disseram que isso realçaria os tons dourados dos meus "belos cachos castanhos".

Mas eu bem que sei; é para disfarçar os fios brancos (quatro, na minha conta) que começaram a aparecer. Também comprei um pote de creme facial, uma loção para as mãos com um perfume agradável, um batom novo e um modelador de cílios – que me deixa vesga toda vez que o uso.

Depois Susan sugeriu um vestido novo. Eu lembrei a ela que a rainha estava muito contente com o seu guarda-roupa de 1939, então por que eu não estaria? Ela disse que a rainha não precisava impressionar desconhecidos – e eu sim. Senti-me uma traidora da Coroa e do país; nenhuma mulher decente tem roupas novas – mas esqueci isso assim que me olhei no espelho. Meu primeiro vestido novo em quatro anos, e que vestido! Ele é da cor exata de um pêssego maduro e tem um caimento maravilhoso. A vendedora disse que ele tinha uma "Elegância Francesa" e que eu também teria se o comprasse. Então eu comprei. Os sapatos novos vão ter de esperar, já que gastei quase um ano de cupons de roupa no vestido.

Juntando Susan, meu cabelo, meu rosto e meu vestido, não pareço mais uma mulher apática, desmazelada, de 32 anos. Pareço uma mulher vibrante, ousada, *haute-couturé* (se isso não é um verbo francês, deveria ser) de trinta.

A propósito do meu vestido novo sem sapatos novos – não parece chocante ter mais racionamento depois da guerra do que durante? Entendo que centenas de pessoas por toda a Europa precisam ser alimentadas, abrigadas e vestidas, mas, cá entre nós, lamento que tantas sejam alemãs.

Ainda estou sem ideias para o livro que quero escrever. Isso está começando a me deprimir. Você tem alguma sugestão?

Já que estou no que considero ser o norte, vou ligar para Sophie na Escócia, esta noite. Algum recado para a sua irmã? Para o seu cunhado? Para o seu sobrinho?

Esta foi a carta mais longa que já escrevi – não precisa responder com outra igual.

Com amor,
Juliet

De Susan Scott para Sidney

25 de janeiro de 1946

Querido Sidney,

Não acredite nas notícias de jornal. Juliet não foi presa e algemada. Ela foi apenas repreendida por um policial em Bradford, e ele quase não conseguiu conter o riso.

Ela realmente atirou um bule na cabeça de Gilly Gilbert, mas não acredite na afirmação dele de que ela o queimou; o chá estava frio. Além disso, o bule apenas resvalou nele, não bateu em cheio. O gerente do hotel nem deixou que nós o reembolsássemos pelo bule – ele só ficou um pouquinho amassado. Mas foi obrigado a chamar a polícia por causa dos gritos de Gilly.

Aqui vai a história, e assumo total responsabilidade pelo que houve. Devia ter recusado o pedido de Gilly para entrevistar Juliet. Eu sabia a pessoa detestável que ele era, um daqueles vermes bajuladores que trabalham para *The London Hue and Cry*. Eu também sabia que Gilly e o *LH&C* estavam com inveja do sucesso do *Spectator* com as colunas de Izzy Bickerstaff... e de Juliet.

Tínhamos acabado de voltar da festa do Brady's Booksmith para Juliet. Estávamos cansadas – e toda prosas – quando Gilly se levantou de uma cadeira no saguão. Ele nos implorou para tomar chá com ele. Implorou por uma curta entrevista com "nossa maravilhosa srta. Ashton – ou devia dizer a Izzy Bickerstaff da Inglaterra?". Só aquele elogio hipócrita já devia ter me alertado, mas não – eu queria me sentar, comemorar o sucesso de Juliet e tomar um chá com creme.

E foi o que fizemos. A conversa estava indo bem e minha mente estava divagando quando ouvi Gilly dizer: "... a senhora é uma viúva de guerra, não é? Ou melhor – *quase* uma viúva de guerra –, como se fosse uma. A senhora ia se casar com o tenente Rob Dartry, não ia? Já tinha organizado tudo para a cerimônia, não tinha?"

Juliet disse: "Perdão, sr. Gilbert." Você sabe como ela é educada.

"Não estou enganado, estou? A senhora e o tenente Dartry *tiraram* uma licença de casamento. Marcaram a cerimônia para as 11 horas do dia 13 de dezembro de 1942 no cartório de Chelsea. A senhora *reservou* uma mesa no Ritz para o almoço – só que não apareceu em nada disso. É perfeitamente óbvio que a senhora largou o tenente Dartry no altar – pobre sujeito – e o mandou de volta, sozinho e humilhado, para o seu navio; ele seguiu para Burma de coração partido e foi morto três meses depois."

Fiquei de boca aberta, sem voz. Olhei para Juliet, desamparada, enquanto ela tentava ser gentil: "Eu não o larguei *no altar* – foi na véspera. E ele não ficou humilhado – ficou aliviado. Eu simplesmente disse a ele que tinha concluído que não queria me casar. Acredite, sr. Gilbert, ele saiu de lá muito satisfeito – encantado por ter se livrado de mim. Ele não voltou para o navio, sozinho e traído – ele foi direto para o CCB Club e dançou a noite inteira com Belinda Twining."

Bem, Sidney, Gilly ficou surpreso, mas não se abalou. Ratos como Gilly nunca se abalam, não é? Ele percebeu rapidamente que tinha conseguido uma história ainda mais picante para o seu jornal.

"OH-HO!", ele disse, com um sorriso afetado. "O que foi então? Bebida? Outras mulheres? Um toque do velho Oscar Wilde?"

Foi aí que Juliet atirou o bule nele. Você pode imaginar a confusão que isso causou – o salão estava cheio de gente tomando chá –, logo, tenho certeza de que os jornais souberam do caso.

Imaginei a manchete: *"IZZY BICKERSTAFF VAI À GUERRA – DE NOVO! Repórter ferido em briga de hotel."* Seria um tanto desagradável, mas não horrível. Mas *"ROMEU TRAI JULIETA – HERÓI ABATIDO EM BURMA"* seria de vomitar, mesmo para Gilly Gilbert e o *Hue and Cry*.

Juliet está preocupada de que possa ter envergonhado a Stephens & Stark, mas está literalmente doente com o fato de que o nome de Rob Dartry seja usado desse jeito. Tudo o que consegui tirar dela foi que Rob Dartry era um homem bom, muito bom – que não teve culpa de nada –, e que não merece uma coisa dessas!

Você conheceu Rob Dartry? É claro que o negócio de bebida/Oscar Wilde é uma sandice, mas por que Juliet cancelou o casamento? Você sabe por quê? E, se sabe, me diria? É claro que não; nem sei por que estou perguntando.

A fofoca vai morrer, é claro, mas Juliet precisa estar em Londres neste momento? Devemos estender nosso *tour* até a Escócia? Admito que estou em dúvida; as vendas lá têm sido espetaculares, mas Juliet tem trabalhado tanto nesses chás e almoços – não é fácil encarar uma sala cheia de gente e elogiar a si mesma e ao seu livro. Ela não está acostumada, como eu, a essa agitação, e acho que está muito cansada.

Domingo estaremos em Leeds, então me avise sobre a Escócia.

É claro que Gilly Gilbert é um canalha e espero que ele se dê muito mal, mas ele empurrou *Izzy Bickerstaff vai à guerra* para a lista dos best-sellers. Estou tentada a escrever um bilhete de agradecimento para ele.

Apressadamente sua,
Susan

P. S.: Você já descobriu quem é Markham V. Reynolds? Ele mandou uma floresta de camélias para Juliet, hoje.

Telegrama de Juliet para Sidney

SINTO MUITO TER ENVERGONHADO VOCÊ E A STEPHENS & STARK. AMOR, JULIET.

De Sidney para Juliet

26 de janeiro de 1946

Srta. Juliet Ashton
The Queens Hotel
City Square
Leeds

Querida Juliet,

Não se preocupe com Gilly – você não envergonhou a S&S; só sinto que o chá não estivesse mais quente e que você não tivesse mirado mais baixo. A imprensa está me caçando para dar uma declaração acerca da última baixaria de Gilly, e eu vou dar. Não se preocupe, vai ser sobre jornalismo nesta época degenerada – não sobre você ou Rob Dartry.

Acabei de falar com Susan sobre a ida para a Escócia e – embora saiba que Sophie jamais me perdoará – decidi contra. As vendas de *Izzy* estão subindo – subindo muito – e acho que você deve voltar para casa.

O *Times* quer que você escreva um texto longo para o suplemento – uma parte de uma série em três partes que eles planejam publicar em edições sucessivas. Vou deixar que eles lhe façam uma surpresa com relação ao assunto, mas posso prometer-lhe três coisas agora mesmo: eles querem que seja escrita por Juliet Ashton, *não por Izzy Bickerstaff*, o assunto é sério e a soma mencionada significa que você poderá encher seu apartamento de flores todos os dias durante um ano, comprar uma colcha de cetim (Lorde Woolton diz que você não precisa mais ter sido bombardeado para comprar lençóis novos) e adquirir um par de sapatos de couro de verdade – se conseguir encontrar. Pode ficar com os meus cupons.

O *Times* só quer o artigo no fim da primavera, então vamos ter mais tempo para pensar num novo livro para você. Bons motivos para voltar correndo, mas o maior de todos é que estou com saudades suas.

Agora, quanto a Markham V. Reynolds Jr. Sei quem ele é, e o *Domesday Book* não vai ajudar – ele é americano. É o filho e herdeiro de Markham V. Reynolds Sênior, que tinha o monopólio da fabricação de papel nos Estados Unidos e que agora é dono da maioria das fábricas de papel. Reynolds Júnior, por ter uma mente artística, não suja as mãos fabricando papel – ele usa o papel para impressão. Ele é um editor.

The New York Journal, The Word, View – são todos dele, e ele também é dono de diversas revistas menores. Soube que ele estava em Londres. Oficialmente, ele está aqui para abrir um escritório da *View,* mas dizem que resolveu começar a publicar livros, e veio seduzir os melhores autores ingleses com visões de abundância e prosperidade na América. Não sabia que sua técnica incluía rosas e camélias, mas não estou surpreso. Ele sempre teve um bocado do que nós chamamos de atrevimento e que os americanos chamam de espírito empreendedor. Espere até conhecê-lo – ele tem desencaminhado mulheres mais fortes do que você, incluindo minha secretária. Sinto dizer que foi ela quem forneceu seu itinerário e endereço para ele. A boba achou que ele tinha um ar tão romântico, "usava um belo terno e sapatos feitos à mão". Meu Deus! Ela não conseguiu entender o conceito de quebra de confidencialidade, então tive de mandá-la embora.

Ele está atrás de você, Juliet, quanto a isso não há a menor dúvida. Devo desafiá-lo para um duelo? Ele, sem dúvida, me mataria, então é melhor não. Minha querida, não posso prometer-lhe muita prosperidade, nem mesmo manteiga, mas você sabe que é a autora mais querida da Stephens & Stark – especialmente de Stark –, não sabe?

Que tal um jantarzinho na sua primeira noite de volta ao lar?

Com amor,
Sidney

De Juliet para Sidney

28 de janeiro de 1946

Querido Sidney,

Sim, jantarei com prazer. Vou usar meu vestido novo e comer como um porco.

Estou feliz por não ter envergonhado a S&S no episódio Gilly e o bule – eu estava preocupada. Susan sugeriu que eu fizesse uma "declaração indignada" à imprensa sobre Rob Dartry e o motivo pelo qual não nos casamos. Eu não podia fazer isso. Honestamente, acho que não me importaria de fazer papel de boba, caso isso não fizesse Rob parecer mais bobo ainda. Mas ele *ia parecer bobo*. Ainda prefiro não dizer nada e dar a impressão de ser uma megera desalmada.

Mas eu gostaria que *você* soubesse por quê – eu teria contado antes, mas você estava servindo na Marinha em 1942 e não chegou a conhecer Rob. Nem Sophie o conheceu – ela estava em Bedford naquele outono – e a fiz jurar que não diria nada. Quanto mais eu adiava falar no assunto, tornava-se menos importante você saber, especialmente pela luz desfavorável sobre mim – fui tola e insensata em assumir esse compromisso.

Achei que estava apaixonada (*essa* é a parte patética – minha ideia de paixão). Ao me preparar para dividir minha casa com um marido, abri espaço para ele para que não se sentisse como uma tia de visita. Esvaziei metade das gavetas da minha cômoda, metade do meu guarda-roupa, metade do armário de remédios, metade da minha escrivaninha. Dei os meus cabides acolchoados e comprei aqueles pesados, de madeira. Tirei minha boneca da cama e guardei-a no sótão. Agora meu apartamento estava pronto para dois, em vez de um.

Na véspera do casamento, Rob ia trazer o restante de suas roupas e seus pertences enquanto eu levava meu artigo de *Izzy* para o *Spectator*. Quando terminei, voltei para casa, subi correndo as escadas e abri a porta. Encontrei Rob sentado no banquinho, em frente à minha estante, cercado de caixas de papelão. Ele estava fechando a última caixa com durex e barbante. Havia oito caixas – *oito caixas* dos meus livros fechadas e prontas para o porão!

Ele ergueu os olhos e disse: "Olá, querida. Não ligue para a bagunça, o porteiro disse que vai me ajudar a levar estas caixas para o porão." Ele apontou para as minhas estantes e disse: "Elas não ficaram ótimas?"

Bem, fiquei sem voz! Estava horrorizada demais para dizer alguma coisa. Sidney, todas as prateleiras da estante – nas quais antes estavam os meus livros – estavam cheias de troféus atléticos: taças de prata, taças de ouro, rosetas azuis, fitas vermelhas. Havia prêmios de todos os tipos de jogo disputados com um objeto de madeira: tacos de críquete, raquetes de squash, raquetes de tênis, remos, tacos de golfe, raquetes de pingue-pongue, arco e flecha, tacos de sinuca, bastões de lacrosse, bastões de hóquei e tacos de pólo. Havia estatuetas de tudo o que um homem podia saltar por cima, sozinho ou a cavalo. Depois vinham os certificados emoldurados – por matar mais aves numa determinada data, pelo Primeiro Lugar em corridas, pelo Último Homem em Pé em algum nojento cabo-de-guerra contra a Escócia.

Eu só consegui berrar: "Como você teve coragem! O que foi que você FEZ?! Ponha meus livros de volta!"

Bem, foi assim que começou. No fim, eu disse alguma coisa do tipo eu nunca poderia me casar com um homem cuja ideia de felicidade é atacar bolinhas e passarinhos. Rob contra-atacou com observações sobre mulheres sabidas e ranzinzas. E aí tudo desandou – o único pensamento que provavelmente tivemos em comum foi: "Sobre o que andamos conversando nos últimos quatro meses? Sobre o quê, realmente?" Ele bufou, resmungou e saiu. E eu desempacotei os meus livros.

Lembra aquela noite no ano passado em que você foi esperar meu trem para me dizer que meu apartamento tinha sido bombardeado? Você achou que eu estava rindo de nervoso? Não estava – foi a ironia da situação: se eu tivesse deixado Rob guardar meus livros no porão, eu ainda os teria, todos eles.

Sidney, como prova de nossa longa amizade, você não precisa comentar sobre isso – nunca. De fato, prefiro que você não comente.

Obrigada por encontrar Markham V. Reynolds Jr. Até agora, suas bajulações foram apenas florais e permaneço fiel a você e ao Império. Entretanto, simpatizo com sua secretária – espero que ele mande rosas para ela, pelo transtorno – já que não tenho certeza se meus escrúpulos resistiriam à visão de sapatos feitos à mão. Se eu o vir algum dia, vou tomar cuidado para não olhar para seus pés – eu me amarrarei primeiro num mastro para depois espiar, como Ulisses.

Foi uma bênção você ter dito para eu voltar para casa. Estou louca para saber qual é a proposta do *Times* para uma série. Você jura pela vida de Sophie que não se trata de um tema frívolo? Eles não vão me pedir para escrever um texto entusiasmado sobre a duquesa de Windsor, vão?

Com amor,
Juliet

De Juliet para Sophie Strachan

31 de janeiro de 1946

Querida Sophie,

Obrigada por ter voado até Leeds – não há palavras para expressar quanto eu precisava ver um rosto amigo. Eu estava a ponto de fugir para Shetlands e passar a viver como uma eremita. Você foi maravilhosa por ter vindo.

A caricatura que o *London Hue and Cry* fez de mim, acorrentada e arrastada para a prisão, foi exagerada – eu nem fui presa. Sei que Dominic iria preferir uma madrinha na prisão, mas vai ter de se contentar com algo menos dramático desta vez.

Eu disse a Sidney que a única coisa que podia fazer a respeito das acusações mentirosas e grosseiras de Gilly era manter um silêncio digno. Ele disse que eu podia fazer isso se quisesse, mas que a Stephens & Stark não podia!

Ele marcou uma coletiva de imprensa para defender a honra de *Izzy Bickerstaff*, Juliet Ashton e do próprio jornalismo contra um canalha como Gilly Gilbert. Isso chegou aos jornais da Escócia? Se não, aqui estão as principais informações. Ele chamou Gilly Gilbert de fofoqueiro mentiroso (bem, talvez não exatamente com essas palavras, mas o sentido era este) que mentia porque era preguiçoso demais para pesquisar os fatos e burro demais para entender o mal que suas mentiras causavam às nobres tradições do jornalismo. Foi lindo.

Sophie, duas garotas (agora mulheres) poderiam ter um defensor melhor do que o seu irmão? Acho que não. Ele fez um discurso maravilhoso, embora eu deva admitir algumas falhas. Gilly Gilbert é tão venenoso que não acredito que vá deixar de se vingar. Susan disse que, por outro lado, Gilly é tão covarde que não vai ter coragem de revidar. Espero que ela tenha razão.

        Lembranças a todos,
        Juliet

P. S.: Aquele homem me mandou outra cesta de orquídeas. Estou ficando nervosa, esperando que ele se canse de se esconder e apareça. Você acha que essa é a estratégia dele?

      De Dawsey para Juliet

        31 de janeiro de 1946

Cara srta. Ashton,

  Seu livro chegou ontem! A senhorita é muito gentil e eu lhe agradeço de todo coração.
  Trabalho no cais de St. Peter Port – descarregando navios, portanto posso ler durante os intervalos para o chá. É uma bênção ter chá de verdade e pão com manteiga, e agora... o seu livro. Também gostei de a capa ser mole e eu poder carregá-lo no bolso para toda parte, embora eu tome cuidado para não terminá-lo muito depressa. E gostei muito de ter um retrato de Charles Lamb – ele tinha uma bela cabeça, não tinha?
  Gostaria de me corresponder com a senhorita. Vou responder a suas perguntas o melhor que puder. Embora haja muita gente que saiba contar uma história melhor do que eu, vou contar-lhe sobre nosso porco assado.

Tenho um chalé e uma fazenda, herdados do meu pai. Antes da guerra, eu criava porcos e cultivava legumes para o mercado de St. Peter Port e flores para Covent Garden. Eu também trabalhava como carpinteiro e consertava telhados.

Os porcos se foram. Os alemães os levaram para alimentar os soldados no continente e mandaram que eu plantasse batatas. Só podíamos plantar o que eles mandassem, nada mais. A princípio, antes de conhecer os alemães como vim a conhecer depois, achei que poderia manter alguns porcos escondidos – para mim mesmo. Mas o encarregado da agricultura descobriu e os levou embora. Bem, isso foi um golpe, mas eu achei que iria me arranjar, pois havia muitas batatas e nabos, e naquela época ainda havia farinha. Mas é estranho como a mente se preocupa com comida. Depois de seis meses de nabos e um pedaço de osso de vez em quando, eu só conseguia pensar numa boa refeição.

Uma tarde, minha vizinha, a sra. Maugery, me mandou um bilhete. Venha depressa, ela dizia. E traga uma faca de açougueiro. Eu tentei não ficar muito esperançoso, mas saí apressado para a casa dela. E era verdade! Ela possuía um porco, um porco escondido, e me convidou para comê-lo com ela e os amigos!

Nunca falei muito quando era menino – eu gaguejava demais – e não estava acostumado com festas. Para dizer a verdade, o jantar da sra. Maugery foi o primeiro para o qual fui convidado. Eu disse que sim porque estava pensando no porco assado, mas gostaria mesmo era de levar meu pedaço para comer em casa.

Foi sorte não ter podido realizar o meu desejo, porque essa foi a primeira reunião da Sociedade Literária e Torta de Casca de Batata de Guernsey, embora não soubéssemos disso na época. O jantar foi maravilhoso, mas a companhia, melhor ainda. Conversando e comendo, esquecemos que existiam relógios e toques de recolher até que Amelia (a sra. Maugery) ouviu o relógio bater nove horas – estávamos uma hora atrasados. Bem, a boa comida tinha nos fortalecido e, quando Elizabeth McKenna disse que deveríamos ir para nossas casas em vez de passar a noite na casa de Amelia, todos concordaram. Mas desrespeitar o toque de recolher era crime – eu tinha ouvido dizer que pessoas eram mandadas para campos de concentração por causa disso – e guardar um porco era um crime ainda maior, então atravessamos os campos sem fazer barulho.

Teríamos conseguido se não fosse por John Booker. Ele havia bebido mais do que tinha comido no jantar e, quando chegamos à estrada, ele começou a cantar! Eu o agarrei, mas foi tarde demais: seis guardas alemães apareceram de repente do meio das árvores, com suas Lugers apontadas, e começaram a gritar: "Por que vocês estão fora de casa depois do toque de recolher? Onde vocês estiveram? Para onde estão indo?"

Eu não sabia o que fazer. Se corresse, eles atirariam em mim. Isso eu sabia. Minha boca estava seca como giz, e minha cabeça estava oca, então continuei segurando Booker e esperei.

Foi quando Elizabeth respirou fundo e deu um passo à frente. Elizabeth não é alta, então aquelas pistolas estavam apontadas para os seus olhos, mas ela não pestanejou. Agiu como se não estivesse vendo nenhuma pistola. Ela se aproximou do comandante da patrulha e começou a falar. Nunca se ouviu tanta mentira. Ela sentia muito por termos desrespeitado o toque de recolher. Estávamos numa reunião da Sociedade Literária de Guernsey, e o debate da noite sobre *Elizabeth e seu jardim alemão* havia sido tão fascinante que tínhamos perdido a noção do tempo. Um livro maravilhoso – ele já o tinha lido?

Nenhum de nós teve a presença de espírito de apoiá-la, mas o comandante da patrulha não pôde evitar – ele sorriu de volta para ela. Elizabeth é assim. Ele anotou nossos nomes e ordenou, muito educadamente, que fôssemos falar com o comandante na manhã seguinte. Então ele se inclinou e nos desejou uma boa noite. Elizabeth fez um cumprimento de cabeça, muito amável, enquanto o restante de nós se escafedia, tentando não sair correndo como coelhos assustados. Mesmo arrastando Booker, logo cheguei em casa.

Essa é a história do nosso porco assado.

Gostaria de fazer uma pergunta também. Todo dia chegam navios no cais de St. Peter Port trazendo coisas de que Guernsey ainda está precisando: alimentos, roupas, sementes, arados, ração para os animais, ferramentas, remédios – e, o que é mais importante, agora que temos comida para comer, sapatos. Acho que não havia um só par de sapatos em condições na ilha no fim da guerra.

Algumas das coisas que são trazidas para nós vêm embrulhadas em velhos jornais e páginas de revistas. Meu amigo Clovis e eu alisamos as folhas e as levamos para casa para ler – depois as entregamos aos nossos amigos, que, como nós, estão loucos por qualquer notícia do mundo exterior nos últimos cinco anos. Não apenas notícias e fotos: a sra. Saussey quer ver receitas; madame LePell quer coisas ligadas à moda (ela é costureira); o sr. Brouard lê obituários (ele tem esperanças, mas não diz de quem se trata); Claudia Rainey está querendo fotos de Ronald Colman; o sr. Tourtelle quer ver as Rainhas da Beleza de maiô; e minha amiga Isola gostaria de ler sobre casamentos.

Havia tanta coisa que queríamos saber durante a guerra, mas não podíamos receber nem cartas nem jornais da Inglaterra – ou de qualquer outro lugar. Em 1942, os alemães recolheram todos os rádios – é claro que havia alguns escondidos, que ouvíamos em segredo, mas, se você fosse apanhado ouvindo o rádio, podia ser mandado para o campo de concentração. É por isso que não compreendemos muitas coisas que lemos agora.

Gosto dos cartuns do tempo da guerra, mas tem um que me deixa intrigado. Estava num *Punch* de 1944 e mostra umas dez pessoas andando por uma rua de Londres. As figuras principais são dois homens de chapéu, carregando pastas e guarda-chuvas, e um dos homens está dizendo para o outro: "É ridículo dizer que esses *Doodlebugs* afetaram as pessoas de alguma maneira." Levei vários segundos para perceber que cada pessoa do cartum tinha uma orelha de tamanho normal e outra *muito grande* do outro lado da cabeça. Talvez a senhorita pudesse me explicar isso.

Cordialmente,
Dawsey Adams

Juliet para Dawsey

3 de fevereiro de 1946

Caro sr. Adams,

Fico feliz por ter gostado das cartas de Lamb e do seu retrato. Ele tem o rosto que eu havia imaginado para ele, então fico feliz que o senhor tenha tido a mesma impressão.

Obrigada por me contar sobre o porco assado, mas não pense que não notei que o senhor só respondeu a uma das minhas perguntas. Estou louca para saber mais sobre a Sociedade Literária e Torta de Casca de Batata de Guernsey, e não é só para satisfazer minha curiosidade – eu agora tenho o dever profissional de bisbilhotar.

Eu já lhe disse que sou escritora? Escrevia uma coluna semanal para o *Spectator* durante a guerra, e a editora Stephens & Stark reuniu esses artigos num único volume e os publicou com o título de *Izzy Bickerstaff vai à guerra*. Izzy foi o *nom-de-plume* que o *Spectator* escolheu para mim, e agora, graças aos céus, a pobrezinha descansou e posso escrever com o meu próprio nome de novo. Gostaria de escrever um livro, mas estou tendo problemas para escolher um tema com o qual possa conviver alegremente por muitos anos.

Enquanto isso, o *Times* me pediu que escrevesse um artigo para o suplemento literário. Eles querem abordar o valor prático, moral e filosófico da leitura – em três números e por três autores diferentes. Vou tratar do lado filosófico do tema e até agora minha única ideia é que a leitura evita que você fique gagá. O senhor pode ver que preciso de ajuda.

O senhor acha que sua sociedade literária se importaria de ser incluída nesse artigo? Sei que a história da fundação da sociedade iria fascinar os leitores do *Times*, e adoraria saber mais sobre as reuniões. Mas, se o senhor não quiser, por favor, não se preocupe, vou entender, e, seja como for, gostaria de ter notícias suas de novo.

Eu me lembro do cartum do *Punch* que o senhor descreveu muito bem e acho que foi a palavra *Doodlebug* que o confundiu. Esse foi o nome inventado pelo Ministério da Informação; era para ser menos aterrador do que "foguetes V-1 de Hitler" ou "bombas teleguiadas".

Estávamos acostumados com ataques de bombas à noite e com o cenário que víamos depois, mas essas eram diferentes de todas as bombas que tínhamos visto antes.

Elas vinham durante o dia, e vinham tão depressa que não havia tempo para soar a sirene nem para as pessoas se abrigarem. Dava para vê-las; elas pareciam lápis finos, pretos, oblíquos e faziam um som seco acima de você – como um carro cuja gasolina estava acabando. Enquanto se podia ouvi-las tossindo e engasgando, você estava a salvo. Podia pensar: "Graças a Deus, ela vai passar por mim."

Mas, quando o barulho terminava, isso queria dizer que você só tinha trinta segundos antes que ela explodisse. Então você prestava atenção nelas. Prestava atenção no som de motores sendo desligados. Vi uma *Doodlebug* cair uma vez. Eu estava a alguma distância, então me atirei na sarjeta e me encolhi de encontro ao meio-fio. Algumas mulheres, no último andar de um edifício alto, tinham chegado à janela para olhar. Elas foram sugadas para fora pela força da explosão.

Parece impossível agora que alguém possa ter desenhado um cartum sobre as *Doodlebugs*, e que todo mundo, incluindo eu, tenha rido dele. Mas é verdade. O velho ditado – humor é a melhor maneira de tornar suportável o insuportável – talvez seja verdadeiro.

O sr. Hastings já encontrou a biografia de Lucas para o senhor?

Cordialmente,
Juliet Ashton

De Juliet para Markham Reynolds

4 de fevereiro de 1946

Sr. Markham Reynolds
63 Halkin Street
Londres S.W.1

Caro sr. Reynolds,

Peguei seu entregador depositando um buquê de cravos cor-de-rosa na minha porta. Agarrei-o e o ameacei até ele confessar seu endereço – está vendo, sr. Reynolds, o senhor não é o único que pode seduzir empregados inocentes. Espero que o senhor não o demita; ele parece um bom rapaz e realmente não teve escolha – eu o ameacei com *Memória de coisas passadas*.

Agora posso agradecer-lhe pelas dezenas de flores que me enviou – há muitos anos que eu não via rosas, camélias e orquídeas tão bonitas, e o senhor não imagina quanto elas alegraram meu coração no inverno gelado. Por que mereço viver num viveiro de flores enquanto os outros têm de se contentar com árvores nuas e lama eu não sei, mas estou encantada assim mesmo.

Cordialmente,
Juliet Ashton

De Markham Reynolds para Juliet

5 de fevereiro de 1946

Cara srta. Ashton,

Não demiti o entregador – eu o promovi. Ele conseguiu aquilo que eu não consegui por meus próprios meios: ser apresentado a você. Entendo que o seu bilhete representa um aperto de mãos e que as preliminares estão terminadas. Espero que você seja da mesma opinião, já que isso me poupará o trabalho de conseguir um convite para o próximo jantar de Lady Bascomb na esperança de você estar lá. Seus amigos são muito desconfiados, especialmente aquele sujeito, Stark, que disse que não tinha obrigação de reverter a direção do Lend-Lease e se recusou a levá-la ao coquetel que dei no escritório da *View*.

Deus sabe que minhas intenções são puras, ou, pelo menos, não são mercenárias. A simples verdade é que você é a única escritora que me faz rir. As colunas de Izzy Bickerstaff foram os textos mais engraçados e inteligentes que a guerra provocou e quero conhecer a mulher que os escreveu.

Se eu jurar que não vou raptá-la, você me dará a honra de jantar comigo na semana que vem? Pode escolher o dia – estou inteiramente à sua disposição.

Cordialmente,
Markham Reynolds

De Juliet para Markham Reynolds

6 de fevereiro de 1946

Caro sr. Reynolds,

Não resisto a elogios, especialmente elogios acerca do meu trabalho. Ficarei encantada em jantar com o senhor. Quinta-feira que vem?

Sinceramente,
Juliet Ashton

De Markham Reynolds para Juliet

7 de fevereiro de 1946

Cara Juliet,

Quinta-feira está muito longe. Que tal segunda? No Claridge? Às sete horas?

Cordialmente,
Mark

P. S.: Acho que você não tem telefone, tem?

De Juliet para Markham

7 de fevereiro de 1946

Caro sr. Reynolds,

Tudo bem – segunda, no Claridge, às sete.
Eu tenho um telefone. Ele está na Oakley Street, debaixo do monte de escombros que antes era o meu apartamento. Estou apenas sublocando este aqui, e minha senhoria, sra. Olive Burns, possui o único telefone do prédio. Se quiser bater um papo com ela, posso dar-lhe o número.

Sinceramente,
Juliet Ashton

De Dawsey para Juliet

7 de fevereiro de 1946

Cara srta. Ashton,

Estou certo de que a sociedade literária de Guernsey gostaria de ser incluída no seu artigo para o *Times*. Pedi à sra. Maugery que lhe escrevesse a respeito das nossas reuniões, já que ela é uma senhora culta, e as palavras dela estarão mais de acordo com o artigo do que as minhas. Acho que não somos muito parecidos com as sociedades literárias de Londres.
O sr. Hastings ainda não encontrou um exemplar da biografia de Lucas, mas recebi um cartão-postal dele dizendo: "Estou na pista. Não desista." Ele é muito amável, não?

Estou carregando telhas para o novo telhado do Hotel Crown. Os proprietários estão com esperança de que os turistas voltem este verão. Estou feliz com o trabalho, mas vou ficar contente de poder voltar a trabalhar nas minhas terras, em breve.

É bom chegar em casa à noite e encontrar uma carta sua.

Desejo-lhe boa sorte para encontrar um tema sobre o qual queira escrever um livro.

Sinceramente,
Dawsey Adams

De Amelia Maugery para Juliet

8 de fevereiro de 1946

Cara srta. Ashton,

Dawsey Adams acabou de sair daqui. Nunca o vi tão contente com alguma coisa quanto com seu presente e sua carta. Ele estava tão ocupado em me convencer a escrever para a senhora que se esqueceu da timidez. Acho que ele não percebe, mas Dawsey tem um dom raro para a persuasão – ele nunca pede nada para si mesmo, então as pessoas ficam loucas para fazer o que ele pede para os outros.

Ele me contou sobre seu artigo e pediu que eu lhe escrevesse a respeito da sociedade literária que formamos durante a Ocupação Alemã – e por causa dela. Terei prazer em fazer isso, mas com uma condição.

Uma amiga da Inglaterra me mandou um exemplar de *Izzy Bickerstaff vai à guerra*. Tínhamos ficado cinco anos sem notícias do mundo exterior, então a senhorita pode imaginar como foi bom saber de que modo a Inglaterra suportou esses anos. Seu livro, além de informativo, é divertido e engraçado – mas é o tom humorístico que me assusta.

Entendo que o nosso nome, Sociedade Literária e Torta de Casca de Batata de Guernsey, é incomum e pode ser facilmente ridicularizado. A senhorita pode me assegurar de que não vai ficar tentada a fazer isso? Os membros da sociedade me são muito caros, e não quero que eles sejam vistos como motivo de riso pelos seus leitores.

A senhorita poderia falar-me de suas intenções para o artigo e também um pouco sobre si mesma? Se puder avaliar a importância das minhas indagações, então ficarei feliz em contar-lhe sobre a sociedade. Espero ter notícias suas em breve.

Sinceramente,
Amelia Maugery

De Juliet para Amelia

10 de fevereiro de 1946

Sra. Amelia Maugery
Windcross Manor
La Bouvée
St. Martin's, Guernsey

Cara sra. Maugery,

Obrigada por sua carta. Terei muito prazer em responder a suas perguntas.

Fiz graça de várias situações que ocorreram durante a guerra; o *Spectator* achou que lidar de forma leve com as más notícias serviria como antídoto e que o humor ajudaria a elevar o moral de Londres, que estava muito baixo. Estou muito feliz por *Izzy* ter cumprido esse objetivo, mas a necessidade de ser engraçada, apesar das circunstâncias – graças a Deus –, não existe mais. Eu jamais iria ridicularizar alguém que gostasse de ler. E muito menos o sr. Adams – fiquei contente ao saber que um dos meus livros foi parar em mãos como as dele.

Já que a senhora quer saber algo sobre mim, pedi ao reverendo Simon Simpless, da Igreja de St. Hilda, perto de Bury St. Edmunds, Suffolk, que escrevesse para a senhora. Ele me conhece desde criança e gosta de mim. Pedi, também, a Lady Bella Taunton que lhe desse referências minhas. Fomos da Brigada de Incêndio durante a Blitz, e ela me detesta. Ao ouvir os dois, a senhora poderá formar uma ideia justa do meu caráter.

Estou enviando um exemplar da biografia que escrevi sobre Anne Brontë, para a senhora ver que sou capaz de fazer um tipo diferente de trabalho. Ela não vendeu bem – de fato, nada bem, mas tenho muito mais orgulho dela do que de *Izzy Bickerstaff vai à guerra*.

Se houver mais alguma coisa que eu possa fazer para convencê-la de minhas boas intenções, é só dizer.

Sinceramente,
Juliet Ashton

De Juliet para Sophie

12 de fevereiro de 1946

Querida Sophie,

Markham V. Reynolds, aquele das camélias, apareceu. Apresentou-se, me fez elogios e me convidou para jantar – no Claridge, nada menos. Aceitei magnanimamente – no Claridge, ah, sim, já ouvi falar do Claridge – e então passei os três dias que se seguiram tentando ajeitar o cabelo. Por sorte, tenho meu lindo vestido novo, então não precisei gastar um tempo precioso preocupada com o que iria vestir.

Como madame Helena disse: "Os cabelos, eles são um desastre." Tentei um rolo; ele caiu. Um coque francês; ele caiu. Eu estava a ponto de amarrar um enorme laço de veludo vermelho no alto da cabeça quando minha vizinha, Evangeline Smythe, veio em meu socorro, que Deus a abençoe. Ela foi um gênio. Em dois minutos, eu era o retrato da elegância – ela prendeu todos os cachos atrás – e consegui até mexer com a cabeça. Lá fui eu, sentindo-me perfeitamente adorável. Nem mesmo o saguão de mármore do Claridge seria capaz de *me* intimidar.

Então Markham Reynolds surgiu e a bolha estourou. Ele é deslumbrante. Honestamente, Sophie, nunca vi nada como ele. Nem mesmo o homem da fornalha pode se comparar. Moreno, lindos olhos azuis. Sapatos de couro maravilhosos, um elegante terno de lã, lenço imaculadamente branco no bolso do paletó. É claro que, sendo americano, ele é alto e tem um daqueles sorrisos alarmantemente americanos, dentes brilhantes e bom humor, mas ele não é um americano cordial. Ele tem uma presença marcante e está acostumado a dar ordens – embora faça isso com tanta naturalidade que ninguém nota. Ele tem aquele jeito de achar que a opinião dele é a certa, mas não se torna desagradável por isso. Tem tanta certeza de que tem razão que nem se preocupa em ser desagradável.

Depois que nos sentamos – num reservado forrado de veludo – e todos os garçons e *maîtres* já tinham esvoaçado em torno de nós, perguntei a ele, de supetão, por que tinha me mandado aquele monte de flores sem incluir nenhum bilhete.

Ele riu. "Para você ficar interessada. Se eu tivesse escrito diretamente para você, pedindo que se encontrasse comigo, o que você teria respondido?" Admiti que teria recusado. Ele ergueu uma das sobrancelhas para mim. Tinha culpa de ser mais esperto do que eu?

Fiquei terrivelmente ofendida por ser tão transparente, mas ele simplesmente tornou a rir. Então começou a falar sobre a guerra e literatura vitoriana – ele sabe que escrevi uma biografia de Anne Brontë – e sobre Nova York e o racionamento, e, quando vi, eu já estava inteiramente cativada por ele.

Você se lembra daquela tarde em Leeds quando especulamos sobre as possíveis razões pelas quais Markham V. Reynolds Jr. era obrigado a permanecer um mistério? É muito desapontador, mas estávamos completamente enganadas. Ele não é casado. Não é nada acanhado. Não tem uma cicatriz horrorosa que o faz evitar a luz do dia. Não parece ser um lobisomem (pelo menos, não tem pelos nos dedos). E não é um nazista disfarçado (ele teria sotaque).

Pensando bem, talvez ele *seja* um lobisomem. Consigo imaginá-lo correndo pelas charnecas atrás de sua presa, e tenho certeza de que ele não pensaria duas vezes antes de comer um espectador inocente. Vou observá-lo com atenção na próxima lua cheia. Ele me convidou para dançar amanhã

– talvez eu deva usar uma gola alta. Ah, esses são vampiros, não são?

Acho que estou meio tonta.

Com amor,
Juliet

De Lady Bella Taunton para Amelia

12 de fevereiro de 1946

Cara sra. Maugery,

Estou aqui com a carta de Juliet Ashton e confesso que fiquei atônita com ela. Devo entender que ela quer que eu lhe dê referências dela? Bem, que seja! Não posso impugnar seu caráter – só seu bom senso. Ela não tem nenhum.

A guerra, como a senhora sabe, junta pessoas muito diferentes, e Juliet e eu nos vimos juntas pela primeira vez quando estávamos na Brigada de Incêndio durante a Blitz. As Brigadas de Incêndio passavam as noites em diversos telhados londrinos, vigiando bombas incendiárias que pudessem cair. Quando elas caíam, avançávamos com bombas de água e baldes de areia para apagar as chamas antes que elas se espalhassem. Juliet e eu fomos designadas para trabalhar juntas. Nós não conversávamos, como combatentes de incêndio menos conscienciosas teriam feito. Eu insistia em vigilância total o tempo todo. Mesmo assim, tomei conhecimento de alguns detalhes de sua vida antes da guerra.

Seu pai era um fazendeiro respeitável em Suffolk. Sua mãe, eu suponho, era uma típica esposa de fazendeiro, tirando leite de vacas e depenando frangos, quando não estava ocupada trabalhando na livraria que possuía em Bury St. Edmunds. Os pais de Juliet morreram num acidente de carro quando ela tinha doze anos, e foi então morar com o tio-avô, um classicista renomado, em St. John's Wood. Lá, ela prejudicou os estudos e a família fugindo – duas vezes.

Em desespero, ele a mandou para um seleto colégio interno. Quando se formou, ela não quis cursar o ensino superior, veio para Londres e dividiu um estúdio com a amiga Sophie Stark. De dia, ela trabalhava em livrarias. De noite, escrevia um livro sobre uma daquelas infelizes irmãs Brontë – não me lembro de qual delas. Acho que o livro foi publicado pela empresa do irmão de Sophie, a Stephens & Stark. Embora isto seja biologicamente impossível, só posso acreditar que alguma forma de nepotismo foi responsável pela publicação do livro.

Seja como for, ela começou a publicar artigos em diversos jornais e revistas. Seu estilo leve e fútil proporcionou-lhe um grande número de admiradores entre os leitores menos intelectualizados – que, infelizmente, são muitos. Ela gastou o restante da sua herança comprando um apartamento em Chelsea. Chelsea, bairro de artistas, modelos, libertinos e socialistas, de pessoas completamente irresponsáveis, como Juliet provou ser como membro da Brigada de Incêndio.

Entro agora nos detalhes da nossa parceria.

Juliet e eu éramos duas num grupo de várias vigilantes designadas para o telhado do Inner Temple Hall de Inns of Court. Permita-me dizer primeiro que, para uma vigilante, era imprescindível agir com rapidez e estar sempre atenta – era preciso prestar atenção em *tudo* o que estivesse acontecendo ao redor de si. *Tudo*.

Uma noite, em maio de 1941, uma bomba de alto poder explosivo foi lançada sobre o telhado da biblioteca do Inner

Temple. O telhado da biblioteca estava a certa distância do posto de Juliet, mas ela ficou tão desesperada com a destruição de seus preciosos livros que se atirou *na direção* das chamas – como se, sozinha, pudesse livrar a biblioteca do seu destino! É claro que sua fantasia só provocou mais problemas, porque os bombeiros tiveram de desperdiçar um tempo valioso salvando-a.

Acho que Juliet sofreu algumas queimaduras sem importância no desastre, mas cinquenta mil livros foram queimados. O nome de Juliet foi riscado das listas das Brigadas de Incêndio, e com razão. Descobri que ela então se ofereceu para trabalhar no Serviço Auxiliar de Incêndio. Na manhã seguinte a um bombardeio, o SAI prestava assistência e servia chá às equipes de resgate. O SAI também ajudava sobreviventes: reunindo famílias, conseguindo alojamento temporário, roupa, comida, fundos. Acredito que Juliet se adaptou bem a essa tarefa diurna – não causou nenhuma catástrofe entre as xícaras de chá.

Ela ficou livre para ocupar as noites da forma que bem quisesse. Sem dúvida, isso significou escrever mais artigos de jornal, pois o *Spectator* contratou-a para redigir uma coluna semanal sobre o estado da nação em tempo de guerra, sob o nome de Izzy Bickerstaff.

Li uma das colunas e cancelei minha assinatura. Ela atacava o bom gosto da nossa querida (embora morta) rainha Vitória. Sem dúvida, a senhora já ouviu falar no enorme memorial que Vitória mandou erguer para o seu amado consorte, o príncipe Albert. Ele é a joia da Coroa de Kensington Gardens – um monumento ao gosto refinado da rainha, assim como ao falecido. Juliet aplaudiu o Ministério da Agricultura por ter mandado plantar ervilhas no terreno ao redor do memorial, dizendo que não havia espantalho melhor do que o príncipe Albert em toda a Inglaterra.

Embora eu lhe questione o gosto, o julgamento, as prioridades equivocadas e o inadequado senso de humor, admito que ela tem uma ótima qualidade – é honesta. Se ela disser que vai honrar o nome da sua sociedade literária, ela fará isso. Não posso dizer mais nada.

Sinceramente,
Bella Taunton

Do reverendo Simon Simpless para Amelia

13 de fevereiro de 1946

Cara sra. Maugery,

Sim, a senhora pode confiar em Juliet. Estou absolutamente seguro disso. Seus pais eram meus amigos, além de meus paroquianos na St. Hilda. Na verdade, eu estava jantando na casa deles na noite em que ela nasceu.

Juliet era uma criança teimosa, mas também doce, alegre e atenciosa – com uma tendência incomum à integridade para alguém tão jovem.

Vou contar-lhe um incidente que ocorreu quando ela tinha dez anos. Juliet, ao cantar a quarta estrofe de "O olho Dele está no pardal", fechou o hinário com força e se recusou a continuar. Ela disse ao regente do coral que a música difamava o caráter de Deus. Não devíamos cantá-la. Ele (o regente do coral, não Deus) não soube o que fazer, então levou Juliet ao meu gabinete para que eu conversasse com ela.

Não me saí muito bem. Juliet disse: "Bem, ele não devia ter escrito 'O olho Dele está no pardal' – de que adiantou isso? Ele impediu o pássaro de cair morto? Ele disse apenas: 'Puxa.' Isso dá a impressão de que Deus fica observando pássaros enquanto gente de verdade precisa Dele."

Senti-me inclinado a concordar com Juliet – por que eu nunca tinha pensado nisso antes? Desde então, o coral nunca mais cantou "O olho Dele está no pardal".

Os pais de Juliet morreram quando ela tinha doze anos, e ela foi morar com o tio-avô, dr. Roderick Ashton, em Londres. Embora não fosse um homem mau, ele estava tão focado nos seus estudos greco-romanos que não tinha tempo para dar atenção à menina. E ele não tinha nenhuma imaginação – algo fatal para alguém encarregado de educar uma criança.

Ela fugiu duas vezes; da primeira, só conseguiu ir até a estação de King's Cross. A polícia a encontrou esperando o trem para Bury St. Edmunds, com uma sacola de lona e a vara de pescar do pai. Ela foi devolvida ao dr. Ashton – e tornou a fugir. Desta vez, o dr. Ashton ligou para mim, pedindo-me que ajudasse a encontrá-la.

Eu sabia exatamente aonde ir: à antiga fazenda dos seus pais. Eu a encontrei em frente à entrada da fazenda, sentada no alto de uma pequena colina, sem se importar com a chuva – ali sentada, encharcada –, olhando para a velha casa (que havia sido vendida).

Passei um telegrama para o tio dela e no dia seguinte levei-a de volta de trem para Londres. Eu tinha a intenção de voltar para a minha paróquia no trem seguinte, mas, quando descobri que o idiota do tio tinha mandado a cozinheira esperá-la, insisti em acompanhá-las. Invadi seu escritório e tivemos uma conversa vigorosa. Ele concordou que um colégio interno poderia ser o melhor para Juliet – seus pais tinham deixado dinheiro suficiente para isso.

Felizmente, eu conhecia uma escola muito boa – St. Swithin's. Academicamente uma ótima escola, e com uma diretora que não era feita de granito. Fico feliz em dizer que Juliet desabrochou lá – achou os estudos estimulantes, mas acredito que o verdadeiro motivo da sua recuperação foi a amizade com Sophie Stark e com a família Stark. Ela sempre ia para a casa de Sophie nas férias, e Juliet e Sophie vieram ficar comigo e minha irmã na reitoria por duas vezes. Como nos divertimos: piqueniques, passeios de bicicleta, pescarias. O irmão de Sophie, Sidney Stark, juntou-se a nós uma das vezes – embora dez anos mais velho que as meninas, e apesar da sua tendência em dar ordens a elas, foi muito bem-vindo ao nosso grupo.

Valeu a pena ver Juliet crescer – e, como é o caso agora, conhecê-la adulta. Estou muito feliz por ela ter me pedido para escrever para a senhora a respeito do seu caráter.

Incluí nossa pequena história juntos para a senhora compreender que sei o que estou dizendo. Se Juliet disser que vai fazer uma coisa, ela fará. Se ela disser que não vai fazer, não fará.

Sinceramente,
Simon Simpless

Susan Scott para Juliet

17 de fevereiro de 1946

Querida Juliet,

Será que foi mesmo *você* que eu vi no *Tatler* desta semana, dançando rumba com Mark Reynolds? Você estava linda –

quase tão linda quanto ele –, mas posso sugerir que você se mude para um abrigo antiaéreo antes que Sidney veja um exemplar?

Você pode comprar o meu silêncio com detalhes tórridos, é claro.

Com amor,
Susan

Juliet para Susan Scott

18 de fevereiro de 1946

Querida Susan.
Eu nego tudo.

Com amor,
Juliet

De Amelia para Juliet

18 de fevereiro de 1946

Cara srta. Ashton,

Obrigada por levar tão a sério minha condição. Na reunião da sociedade, ontem à noite, falei aos membros sobre seu artigo para o *Times* e sugeri que aqueles que quisessem poderiam escrever para a senhora, contando sobre os livros que leram e a alegria que encontraram na leitura.

A reação foi tão ruidosa que Isola Pribby, nossa responsável pela lei e pela ordem, foi obrigada a bater com o martelo para pedir ordem (admito que Isola não precisa de muito incentivo para bater com o martelo). Acho que a senhora vai receber muitas cartas de nós, e espero que elas sejam de alguma ajuda para o seu artigo.

Dawsey contou-lhe que a sociedade foi inventada como desculpa para evitar que os alemães prendessem meus convidados: Dawsey, Isola, Eben Ramsey, John Booker, Will Thisbee e nossa querida Elizabeth McKenna, que inventou a história ali na hora, que Deus lhe abençoe a presença de espírito e a voz doce e persuasiva.

Eu, é claro, não fiquei sabendo de nada na hora. Assim que eles saíram, corri para o porão para enterrar as evidências de nossa refeição. Só soube da nossa sociedade literária na manhã seguinte, às sete horas, quando Elizabeth apareceu na minha cozinha e perguntou: "Quantos livros você tem?"

Eu tinha alguns, mas Elizabeth examinou minha estante e sacudiu a cabeça. "Precisamos de mais. Tem muito livro de jardinagem aqui." Ela tinha razão, é claro, gosto de um bom livro de jardinagem. "Vou dizer o que vamos fazer", ela falou. "Depois que eu sair do escritório do comandante, iremos até a livraria Fox para comprar livros. Se vamos ser a sociedade literária de Guernsey, temos de parecer literários."

Fiquei nervosa a manhã inteira, sem saber o que estava acontecendo no gabinete do comandante. E se eles fossem parar na cadeia de Guernsey? Ou, pior ainda, num campo de concentração no continente? Os alemães eram instáveis no que se referia a fazer justiça, então nunca se sabia qual a sentença que seria imposta. Mas não aconteceu nada disso.

Por mais estranho que pareça, os alemães permitiam – e até encorajavam – atividades artísticas e culturais entre os ilhéus do canal. O objetivo deles era provar aos britânicos que a Ocupação Alemã era uma Ocupação Modelo. Como essa mensagem seria enviada ao mundo exterior eles nunca explicaram, já que os telefones e o telégrafo entre Guernsey e Londres tinham sido cortados no dia em que os alemães desembarcaram, em junho de 1940. Qualquer que fosse o raciocínio torto deles, o fato é que as Ilhas do Canal foram tratadas com muito mais indulgência do que o restante da Europa conquistada – a princípio.

No gabinete do comandante, meus amigos tiveram de pagar uma pequena multa e apresentar o nome e os membros de sua sociedade. O comandante anunciou que ele também era um amante da literatura e que gostaria de frequentar, de vez em quando, as reuniões, junto com alguns oficiais que também eram apreciadores de livros.

Elizabeth disse que eles seriam muito bem-vindos. E então, ela, Eben e eu fomos voando para a Fox, escolhemos um monte de livros para a nossa recém-fundada sociedade e corremos de volta para casa para guardá-los nas minhas estantes. Depois fomos de casa em casa – com o ar mais natural do mundo –, a fim de avisar os outros para passar lá de noite e escolher um livro para ler. Foi uma agonia andar devagar, parando para conversar com um e outro, quando queríamos sair correndo! O tempo era crucial, já que Elizabeth temia que o comandante aparecesse na próxima reunião, dali a duas semanas apenas. (Ele não apareceu. Uns poucos alemães vieram ao longo dos anos, mas, felizmente, saíram um tanto confusos e nunca mais voltaram.)

E foi assim que começamos. Eu conhecia todos os membros, mas não os conhecia muito bem. Dawsey era meu vizinho havia mais de trinta anos; no entanto, acho que eu nunca tinha falado com ele sobre outra coisa que não fosse o tempo e o cultivo da fazenda. Isola era uma amiga querida, e Eben também, mas Will Thisbee era apenas um conhecido, e John Booker era quase um estranho, pois tinha acabado de chegar quando os alemães vieram. O que tínhamos em comum era Elizabeth. Sem seu incentivo, eu jamais teria pensado em convidá-los para dividir meu porco, e a Sociedade Literária e Torta de Casca de Batata de Guernsey nunca teria nascido.

Naquela noite, quando eles chegaram na minha casa para escolher os livros, aqueles que raramente tinham lido outra coisa além da Bíblia, de catálogos de sementes e de *The Pigman's Gazette* descobriram um tipo diferente de leitura. Foi aqui que Dawsey encontrou o seu Charles Lamb e que Isola descobriu *O morro dos ventos uivantes*. Escolhi *As aventuras do senhor Pickwick*, pensando que ele melhoraria o meu ânimo – e melhorou.

Então, todos foram para casa e leram. Começamos a nos reunir – primeiro por causa do comandante e depois por prazer. Nenhum de nós tinha nenhuma experiência com sociedades literárias, por isso fizemos nossas próprias regras: cada pessoa tinha a sua vez para falar dos livros que lia. A princípio, tentamos ser calmos e objetivos, mas isso logo passou e a intenção das pessoas que falavam era criar nos ouvintes a vontade de ler aquele livro. Depois que dois membros tinham lido o mesmo livro, eles podiam debater, o que era um grande prazer para nós. Líamos livros, falávamos sobre livros, debatíamos livros e nos tornamos cada vez mais amigos. Outros habitantes pediram para se juntar a nós e nossas noites se tornaram alegres e divertidas – quase conseguíamos esquecer a escuridão do lado de fora. Nós ainda nos reunimos a cada duas semanas.

Will Thisbee foi o responsável pela inclusão de Torta de Casca de Batata no nosso nome. Com ou sem alemães, ele não ia a nenhuma reunião que não tivesse o que comer! Então as comidas passaram a fazer parte do nosso programa. Como quase não havia manteiga, farinha menos ainda e nenhum açúcar em Guernsey na época, Will inventou uma torta de casca de batata: purê de batatas como recheio, beterrabas coadas para adoçar e cascas de batata para cobrir. As receitas de Will normalmente são duvidosas, mas essa se tornou a favorita.

Gostaria de receber notícias suas outra vez e de saber como o artigo está progredindo.

Sinceramente,
Amelia Maugery

De Isola Pribby para Juliet

19 de fevereiro de 1946

Cara srta. Ashton,

Puxa vida, a senhorita escreveu um livro sobre Anne Brontë, irmã de Charlotte e Emily. Amelia Maugery diz que vai me emprestar, porque sabe que tenho muito carinho pelas irmãs Brontë... pobrezinhas. Pensar que todas cinco tinham pulmões fracos e morreram tão cedo! Que tristeza.

O pai delas era um egoísta, não era? Não ligava a mínima para as filhas, sempre sentado no escritório, berrando por sua manta. Ele nunca se levantava para fazer as coisas pra ele, não é? Ficava lá, sentado sozinho em seu escritório, enquanto as filhas morriam como moscas.

E o irmão delas, Branwell, também não era muito melhor. Sempre bebendo e vomitando nos tapetes. Elas eternamente tendo que limpar a sujeira dele. Belo trabalho para escritoras!

Eu acredito que com dois homens assim na casa e sem oportunidade de conhecer outros, Emily teve que criar Heathcliff do nada! E fez um ótimo trabalho. Os homens são mais interessantes em livros do que na vida real.

Amelia nos contou que você queria saber sobre nossa sociedade literária e sobre o que conversávamos nas reuniões. Falei sobre as irmãs Brontë uma vez, quando foi minha vez de falar. Sinto não poder enviar-lhe minhas notas a respeito de Charlotte e Emily – eu as usei para avivar o fogo no meu fogão, já que não havia nenhum outro papel na casa. Eu já tinha queimado as tabelas de marés, o Livro do Apocalipse e a história de Jó.

A senhorita vai querer saber por que admiro aquelas moças. Gosto de histórias sobre amores apaixonados. Eu mesma nunca tive nenhum, mas agora posso imaginar. A princípio, não gostei de *O morro dos ventos uivantes*, mas assim que aquele fantasma, Cathy, passou os dedos ossudos pelo vidro da janela, fiquei fascinada e não consegui mais largar o livro. Com Emily, eu podia ouvir os gritos desesperados de Heathcliff nas charnecas. Não acredito que depois de ler uma escritora tão boa quanto Emily Brontë eu consiga voltar a ler *Ill-Used by Candlelight*, da srta. Amanda Gillyflower. Ler bons livros não permite que você goste de livros ruins.

Agora vou falar um pouco de mim mesma. Tenho um chalé ao lado da casa da fazenda de Amelia Maugery. Nós duas moramos perto do mar. Cuido das minhas galinhas e da minha cabra, Ariel, e planto coisas. Tenho um papagaio comigo também – o nome dela é Zenobia, e ela não gosta de homens.

Tenho uma barraca no mercado toda semana, onde vendo minhas conservas, meus legumes e elixires que faço para restaurar o ardor masculino. Kit McKenna – filha da minha querida amiga Elizabeth McKenna – me ajuda a preparar minhas poções. Ela só tem quatro anos e tem que ficar em pé num banquinho para mexer a panela, mas ela consegue fazer um monte de espuma.

Não tenho uma aparência muito agradável. Meu nariz é grande e quebrou quando caí do telhado do galinheiro. Um dos meus olhos fica revirado para cima e meu cabelo é rebelde e não fica penteado. Sou alta e tenho ossos grandes.

Posso tornar a escrever, se a senhora quiser. Poderia contar-lhe mais sobre minhas leituras e como os livros melhoraram nossos ânimos enquanto os alemães estavam aqui. A única vez que ler não ajudou foi depois que Elizabeth foi presa pelos alemães. Eles a pegaram escondendo um daqueles pobres trabalhadores escravos da Polônia e a mandaram para a prisão na França. Não houve livro que conseguisse me animar na época, e nem por um bom tempo. Eu mal podia me controlar para não bater em todo alemão que via. Por causa de Kit, me controlei. Ela era muito pequena na época e precisava de nós. Elizabeth ainda não voltou para casa. Tememos por ela, mas acho que ainda é cedo, e ela pode voltar. Rezo tanto porque sinto uma saudade enorme dela.

Sua amiga,
Isola Pribby

De Juliet para Dawsey

20 de fevereiro de 1946

Caro sr. Adams,

Como o senhor sabia que lilases brancos são minhas flores preferidas? Sempre foram e agora estão aqui, enfeitando minha mesa. Eles são lindos e adoro tê-los aqui – a beleza, o perfume delicado e a surpresa de recebê-los. A princípio, pensei: "Como ele encontrou estas flores em fevereiro", e então lembrei que as Ilhas do Canal são abençoadas por uma corrente quente do golfo.

O sr. Dilwyn apareceu na minha porta com o seu presente, hoje de manhã bem cedo. Ele disse que estava em Londres, a trabalho, para o banco. Ele me garantiu que não foi nenhum transtorno entregar as flores – ele faria qualquer coisa pelo senhor por causa do sabão que o senhor deu para a sra. Dilwyn durante a guerra. Ela ainda chora toda vez que pensa nisso. Que homem simpático... foi uma pena ele não ter tido tempo de entrar para tomar um café.

Graças ao senhor, recebi longas cartas da sra. Maugery e de Isola Pribby. Eu não tinha me dado conta de que os alemães não permitiam que *qualquer notícia de fora*, até mesmo cartas, chegasse até Guernsey. Isso me surpreendeu muito. Não deveria ter me surpreendido – eu sabia que as Ilhas do Canal tinham sido ocupadas, mas nunca, nem uma vez, imaginei o que isso poderia ter causado. Ignorância deliberada é como eu a classifico. Portanto, estou indo para a biblioteca de Londres para me informar. A biblioteca sofreu um bombardeio terrível, mas já se pode andar nela agora, todos os livros que puderam ser salvos estão de volta nas estantes e sei que eles têm todos os *Times* desde 1900 até... ontem. Vou estudar tudo sobre a Ocupação.

Também quero descobrir alguns livros de viagens ou de história sobre as Ilhas do Canal. É verdade que num dia claro você pode ver os automóveis passando nas estradas costeiras da França? É o que está escrito na minha enciclopédia, mas eu a comprei de segunda mão por quatro shillings e não confio muito. Também aprendi nela que Guernsey tem "cerca de sete milhas de comprimento por cinco de largura, com uma população de 42 mil habitantes". Estritamente falando, muito informativo, mas quero saber mais do que isso.

A srta. Pribby me contou que sua amiga Elizabeth McKenna foi mandada para um campo de prisioneiros no continente e ainda não voltou. Isso me deixou sem ar. Desde que recebi sua carta sobre o porco assado, sempre a imaginei lá, junto com vocês. Mesmo sem me dar conta disso, eu estava esperando receber uma carta dela também. Sinto muito. Vou torcer para ela voltar em breve.

Mais uma vez, obrigada pelas flores. Foi muita gentileza sua.

Sinceramente,
Juliet

P. S.: Pode considerar esta uma pergunta retórica, se quiser, mas por que a sra. Dilwyn chora por causa de uma barra de sabão?

De Juliet para Sidney

21 de fevereiro de 1946

Meu querido Sidney,

Faz um tempão que não tenho notícias suas. O seu silêncio glacial tem algo a ver com Mark Reynolds?
Tenho uma ideia para um novo livro. É um romance sobre uma bela mas sensível autora cujo espírito é esmagado por seu editor dominador. O que você acha?

Com o amor de sempre,
Juliet

De Juliet para Sidney

23 de fevereiro de 1946

Querido Sidney,

Eu só estava brincando.

Com amor,
Juliet

De Juliet para Sidney

25 de fevereiro de 1946

Sidney?

Com amor,
Juliet

De Juliet para Sidney

26 de fevereiro de 1946

Querido Sidney,

Você achou que eu não ia notar que você sumiu? Eu notei. Depois de três bilhetes sem resposta, fui pessoalmente a St. James's Place, onde encontrei a férrea srta. Tilley, que disse que você estava fora da cidade. Bastante esclarecedor. Depois de muita insistência, soube que você tinha ido para a Austrália! A srta. Tilley ouviu calmamente as minhas exclamações de espanto. Ela se recusou a me dar seu endereço exato – só disse que você estava percorrendo o Outback, procurando novos autores para o catálogo da Stephens & Stark. Ela enviaria qualquer carta para você, a critério dela.

A sua srta. Tilley não me engana. Nem você – sei exatamente onde você está e o que está fazendo. Você foi para a Austrália para encontrar Piers Langley e está segurando a mão dele enquanto ele fica sóbrio. Pelo menos, é o que espero que você esteja fazendo. Ele é um amigo tão querido... e um escritor tão brilhante. Quero que ele fique bem de novo e volte a escrever poesia. Eu acrescentaria esquecer tudo a respeito de Burma e os japoneses, mas sei que isso é impossível.

Você poderia ter me contado. Sei ser discreta quando me esforço de verdade (você nunca me perdoou por aquela indiscrição a respeito da sra. Atwater na pérgula, não é? Eu me desculpei gentilmente na época).

Eu gostava mais da sua outra secretária. E você a despediu à toa, sabe; Markham Reynolds e eu nos conhecemos. Tudo bem, fizemos mais do que nos conhecer. Dançamos a rumba. Mas não se preocupe. Ele não mencionou *View*, exceto de passagem, e não tentou, nem uma vez, me atrair para Nova York. Conversamos sobre assuntos mais importantes, tais como literatura vitoriana. Ele não é o diletante superficial como você me fez acreditar, Sidney. Ele é um especialista em Wilkie Collins, imagine só. Você sabia que Wilkie Collins tinha duas casas, com duas amantes e dois conjuntos de filhos? As dificuldades de agenda devem ter sido chocantes. Não surpreende que ele tomasse láudano.

Acho que você ia gostar de Mark se o conhecesse melhor, e talvez você seja obrigado a isso. Mas meu coração e minha mão direita pertencem à Stephens & Stark.

O artigo para o *Times* se transformou num grande prazer para mim – presente e futuro. Fiz um grupo de amigos novos nas Ilhas do Canal – a Sociedade Literária e Torta de Casca de Batata de Guernsey. Você não adora esse nome? Se Piers precisar de distração, posso escrever uma carta bem comprida para você, contando como eles chegaram a esse nome. Se não, conto quando você voltar (quando é que você volta?).

Minha vizinha, Evangeline Smythe, vai ter gêmeos em junho. Ela não está muito contente com isso, então vou lhe pedir que dê um deles para mim.

                        Com amor para você e Piers,
                        Juliet

De Juliet para Sophie

28 de fevereiro de 1946

Minha querida Sophie,

Estou tão surpresa quanto você. Ele não me contou nada. Na terça-feira, me dei conta de que fazia vários dias que não tinha notícias de Sidney, então fui até a Stephens & Stark para exigir atenção e descobri que ele tinha dado no pé. Aquela nova secretária dele é um demônio. A cada pergunta minha ela dizia: "Eu não posso dar informações de caráter pessoal, srta. Ashton." Eu tive vontade de bater nela.

Quando eu estava a ponto de concluir que Sidney tinha sido recrutado pelo M16 e estava em missão na Sibéria, a terrível srta. Tilley admitiu que ele tinha ido para a Austrália. Bem, aí ficou tudo muito claro, não? Ele foi buscar Piers. Teddy Lucas parecia ter certeza de que Piers ia beber até morrer naquela casa de repouso, a menos que alguém fosse lá para impedi-lo. Não posso culpá-lo, depois de tudo o que ele passou – mas Sidney não vai permitir isso, graças a Deus.

Você sabe que adoro o Sidney, mas existe algo de muito libertador no fato de ele estar na *Austrália*. Mark Reynolds tem sido o que sua tia Lydia teria chamado de persistente em suas atenções nas últimas três semanas, mas, embora eu tenha comido lagosta e bebido champanhe, estou sempre olhando furtivamente por cima do ombro para ver se Sidney está por perto. Ele está convencido de que Mark está tentando me tirar de Londres em geral, e da Stephens & Stark em particular, e nada que eu dissesse conseguiria convencê-lo do contrário. Sei que ele não gosta de Mark – acho que as palavras que ele usou da última vez que o vi foram agressivo e inescrupuloso –, mas, na realidade, ele se comportou um tanto como o rei Lear a respeito de tudo isso. Sou uma mulher adulta – quase – e posso tomar champanhe com quem eu quiser.

Quando não estou olhando debaixo da mesa atrás de Sidney, tenho me divertido muito. Sinto como se tivesse saído de um túnel escuro e entrado no meio de uma festa à fantasia. Não gosto especialmente de festas à fantasia, mas, depois do túnel, isso é delicioso. Mark circula toda noite – se não vamos a uma festa (normalmente vamos), vamos ao cinema, ao teatro, a uma boate ou a um bar de má fama (ele diz que está tentando me apresentar aos ideais democráticos). É muito excitante.

Você já notou que existem pessoas – especialmente os americanos – que parecem intocadas pela guerra, ou, pelo menos, não mutiladas por ela? Não estou querendo dizer que Mark fugiu da guerra – ele lutou na Força Aérea –, mas ele não foi soterrado por ela. E, quando estou com ele, também me sinto intocada pela guerra. É uma ilusão, eu sei, e, francamente, ficaria envergonhada de mim mesma se a guerra não me tivesse afetado. Mas é perdoável eu me divertir um pouco... não é?

Dominic está velho demais para um *jack-in-the-box*? Vi um infernal ontem numa loja. O boneco salta da caixa, com um olhar travesso, contorcendo-se, o bigode preto enroscado sobre dentes brancos e pontudos, o retrato perfeito de um vilão. Dominic ia adorar, depois que superasse o choque inicial.

Com amor,
Juliet

De Juliet para Isola

28 de fevereiro de 1946

Srta. Isola Pribby
Pribby Homestead
La Bouvée
St. Martin's Guernsey

Cara srta. Pribby,

Muito obrigada pela carta a seu respeito e de Emily Brontë. Ri quando li que Emily a havia agarrado pelo pescoço assim que o fantasma da pobre Cathy bateu na janela. Ela me agarrou *nesse exato momento*.

Nossa professora tinha mandado ler *O morro dos ventos uivantes* nas férias de primavera. Fui para a casa da minha amiga Sophie Stark e passamos dois dias choramingando por causa daquela injustiça. Finalmente, o irmão dela, Sidney, nos disse para calar a boca e *ler o livro de uma vez*. Obedeci, ainda furiosa, até chegar ao trecho do fantasma de Cathy na janela. Nunca senti tanto medo na minha vida. Monstros e vampiros nunca me assustaram em livros – mas fantasmas são outra conversa.

Sophie e eu não fizemos mais nada durante as férias a não ser ir da cama para a rede e de lá para a poltrona, lendo *Jane Eyre, Agnes Grey, Shirley* e *The Tenant of Wildfell Hall*.

Que família a delas – mas escolhi escrever sobre Anne Brontë porque ela era a menos conhecida das irmãs, e, na minha opinião, uma escritora tão boa quanto Charlotte. Deus sabe como Anne conseguiu escrever livros, influenciada por aquela deformação religiosa que sua tia Branwell tinha. Emily e Charlotte tiveram o bom senso de ignorar aquela tia horrorosa, mas não a pobre Anne. Imagine ensinar que Deus queria que as mulheres fossem Dóceis, Brandas e Delicadamente Melancólicas. Seria um problema a menos em casa, velha perniciosa!

Espero que a senhora torne a me escrever.

Da sua,
Juliet Ashton

De Eben Ramsey para Juliet

28 de fevereiro de 1946

Cara srta. Ashton,

Moro em Guernsey e meu nome é Eben Ramsey. Meus pais e avós eram escultores de lápides – cordeiros eram sua especialidade. É isso que gosto de fazer à noite, mas, para ganhar a vida, eu pesco.

A sra. Maugery disse que a senhora gostaria de receber cartas a respeito das nossas leituras durante a Ocupação. Eu nunca iria falar – ou pensar, se pudesse – sobre aqueles tempos, mas a sra. Maugery disse que podíamos confiar no seu julgamento ao escrever sobre a sociedade durante a guerra. Se a sra. Maugery diz que podemos confiar na senhora, eu acredito. Além disso, a senhora foi muito amável em mandar um livro para o meu amigo Dawsey – uma pessoa que era quase um desconhecido para a senhora. Então estou escrevendo e espero que possa ajudar com a sua história.

É melhor dizer que, no início, não éramos uma sociedade literária de verdade. Fora Elizabeth, a sra. Maugery e, talvez, Booker, a maioria de nós não tinha tido muito contato com livros desde os tempos de escola. Nós os apanhávamos na estante da sra. Maugery, com medo de estragar aquele papel delicado. Eu não tinha gosto por essas coisas naquela época. Foi só o pensamento no comandante e na cadeia que me fez abrir o livro e começar a ler.

Ele se chamava *Seleções de Shakespeare*. Mais tarde, compreendi que o sr. Dickens e o sr. Wordsworth estavam pensando em homens como eu quando escreveram suas palavras. Mas acho que, principalmente, William Shakespeare estava. Nem sempre entendo o que ele diz, é verdade, mas um dia vou entender.

A impressão que tenho é que, quanto menos ele disse, mais beleza criou. Sabe qual é a frase dele que eu mais admiro? É: "O belo dia terminou e a escuridão nos aguarda."

Eu gostaria de já ter lido essas palavras no dia em que vi aquelas tropas alemãs desembarcarem, aviões e aviões cheios delas – e navios atracando no porto! Eu só conseguia pensar *malditos, malditos*, sem parar. Se eu pudesse ter pensado nas palavras "o belo dia terminou e a escuridão nos aguarda", sentiria um certo consolo e estaria preparado para enfrentar as circunstâncias, em vez de ficar com o coração tão pesado.

Eles chegaram aqui no domingo, 30 de junho de 1940, depois de nos terem bombardeado dois dias antes. Eles disseram que não tiveram a intenção de nos bombardear; confundiram nossos caminhões de tomates que estavam no cais com caminhões do exército. Por que eles pensaram isso eu não consigo entender. Eles nos atacaram, matando cerca de trinta homens, mulheres e crianças – uma delas foi o filho do meu primo. Ele tinha se abrigado debaixo do caminhão assim que viu os aviões lançando bombas, e o caminhão explodiu e pegou fogo. Eles mataram homens em seus botes salva-vidas no mar. Eles bombardearam as ambulâncias levando nossos feridos. Como ninguém atirou neles, viram que os britânicos tinham nos deixado indefesos. Eles simplesmente voaram tranquilamente para cá dois dias depois e nos ocuparam durante cinco anos. A princípio, eles foram muito gentis. Estavam todos prosas por terem conquistado um pedacinho da Inglaterra, e eram burros o bastante para achar que num instante estariam desembarcando em Londres. Quando viram que isso não ia acontecer, voltaram à sua maldade característica.

Eles tinham regras para tudo – faça isso, não faça aquilo, mas estavam sempre mudando de ideia, tentando parecer simpáticos, como se estivessem sacudindo uma cenoura na frente do nariz de um burro. Mas nós não éramos burros. Então eles ficavam zangados de novo.

Por exemplo, eles estavam sempre mudando a hora do toque de recolher – oito da noite, ou nove, ou cinco da tarde – se estivessem muito zangados. Você não podia visitar os amigos nem mesmo cuidar dos animais.

No início, estávamos esperançosos, achando que eles não iam ficar mais de seis meses. Mas o tempo foi se estendendo indefinidamente. Ficou difícil achar comida e depois não havia mais lenha. Os dias eram cinzentos de trabalho, e as noites, negras de tédio. Todo mundo estava enfraquecido pela falta de comida e desanimado por achar que aquilo nunca iria terminar. Nós nos agarramos aos livros e aos nossos amigos; eles nos faziam lembrar que havia um outro lado em nós. Elizabeth costumava recitar um poema. Não me lembro dele todo, mas começava assim: "Será algo tão insignificante ter apreciado o sol, ter se alegrado na primavera, ter amado, ter pensado, ter feito, ter cultivado amizades verdadeiras?" Não é. Eu espero que, onde quer que esteja, ela se lembre disso.

No fim de 1944, já não importava a hora que os alemães determinavam para o toque de recolher. A maioria das pessoas ia para a cama por volta das cinco horas, de qualquer maneira, para se aquecer. Só tínhamos direito a duas velas por semana, depois apenas a uma. Era muito entediante ficar deitado na cama sem ter luz para ler.

Depois do Dia D, os alemães não puderam mais enviar navios com suprimentos da França por causa dos caças dos Aliados. Então, eles finalmente ficaram tão famintos quanto nós – e começaram a matar cães e gatos para ter o que comer. Eles invadiam nossos quintais, desencavavam batatas – e comiam até as pretas e podres. Quatro soldados morreram porque comeram uma erva venenosa achando que era salsa.

Os oficiais alemães disseram que qualquer soldado que fosse apanhado roubando comida de nossos quintais seria fuzilado. Um pobre soldado foi apanhado roubando uma batata. Ele foi perseguido por sua própria gente e subiu numa árvore para se esconder. Mas eles o encontraram e o derrubaram da árvore com um tiro. Mesmo assim, isso não os impediu de roubar comida. Não estou censurando ninguém porque alguns dos nossos estavam fazendo o mesmo. Acho que a fome deixa a pessoa desesperada quando se torna uma realidade de todo dia.

Meu neto, Eli, foi evacuado para a Inglaterra quando tinha sete anos. Ele está em casa agora – tem doze anos e é bem alto –, mas eu jamais perdoarei aos alemães por terem me impedido de vê-lo crescer.

Agora tenho que ir ordenhar minha vaca, mas tornarei a escrever, se a senhora quiser.

Desejo-lhe saúde,
Eben Ramsey

Da srta. Adelaide Addison para Juliet

1º de março de 1946

Cara srta. Ashton,

Perdoe a ousadia de uma carta enviada por uma desconhecida. Mas tenho um dever a cumprir. Soube por Dawsey Adams que a senhorita vai escrever um longo artigo para o suplemento literário do *Times* acerca do valor da leitura e pretende retratar a Sociedade Literária e Torta de Casca de Batata de Guernsey.

Isso me dá vontade de rir.

Talvez a senhorita reconsidere essa decisão quando souber que sua fundadora, Elizabeth McKenna, não é nem mesmo natural das ilhas. Apesar da sua aparência fina, ela é apenas uma empregada da residência londrina de Sir Ambrose Ivers, R. A. (Real Academia) que subiu na vida. Sem dúvida a senhorita já ouviu falar nele. Ele é um pintor de certa fama, embora eu nunca tenha entendido por quê. Seu retrato da condessa de Lambeth como Boadiceia, chicoteando seus cavalos, foi imperdoável. Seja como for, Elizabeth McKenna era filha da governanta dele, faça-me o favor.

Enquanto a mãe de Elizabeth limpava a casa, Sir Ambrose deixava a menina ficar no seu escritório, e a manteve na escola por muito mais tempo do que o normal para alguém de sua classe social. A mãe de Elizabeth morreu quando ela tinha catorze anos. Sir Ambrose a enviou para uma instituição para ser treinada para uma ocupação adequada?

Não. Ele a manteve na casa dele, em Chelsea. E conseguiu uma bolsa de estudos para ela na Slade School de Belas-Artes.

Veja bem, não estou dizendo que Sir Ambrose virou pai da garota – conhecemos muito bem suas tendências para achar isso –, mas ele a adorava de tal forma que incentivou seu maior defeito: falta de humildade. A decadência de padrões é a cruz de nossos tempos, e essa lamentável decadência é gritante em Elizabeth MacKenna.

Sir Ambrose tinha uma casa em Guernsey – no alto do penhasco, perto de La Bouvée. Ele, a governanta e a menina veraneavam aqui quando ela era pequena. Elizabeth era uma coisinha selvagem – vagando solta pela ilha, até aos domingos. Sem tarefas domésticas, sem luvas, sem sapatos, sem meias. Saindo em barcos pesqueiros com homens rudes. Espionando gente decente com seu telescópio. Uma desgraça.

Quando ficou claro que a guerra ia começar logo, Sir Ambrose mandou Elizabeth para cá para fechar sua casa. Elizabeth sofreu as consequências do jeito descuidado dele neste caso, porque, quando estava fechando a casa, o exército alemão desembarcou na sua porta. Entretanto, a escolha de ficar aqui foi dela, e, como ficou provado por certos acontecimentos subsequentes (que não vou me rebaixar a mencionar), ela não é a heroína que algumas pessoas parecem acreditar que seja.

Além disso, a dita sociedade literária é um escândalo. Existem pessoas cultas e educadas aqui em Guernsey, e elas não participarão dessa história (mesmo se forem convidadas). Só há duas pessoas respeitáveis na sociedade – Eben Ramsey e Amelia Maugery. Os outros membros: um catador de lixo, um psiquiatra decadente que bebe, um criador de porcos gago, um lacaio com pose de lorde e Isola Pribby, uma bruxa que, como ela própria admitiu para mim, fabrica e vende poções. Eles juntaram mais algumas pessoas da mesma laia ao longo do tempo e nem dá para imaginar como são suas "noites literárias".

A senhora não deve escrever sobre essas pessoas e seus livros – Deus sabe o que elas leem!

> Atenciosamente, Cristamente Preocupada
> e Consternada,
> Adelaide Addison (senhorita)

De Mark para Juliet

2 de março de 1946

Cara Juliet,

Acabei de me apropriar dos ingressos para a ópera do meu crítico de música. Covent Garden às oito horas. Você pode?

> Do seu,
> Mark

De Juliet para Mark

Caro Mark,

Esta noite?

> Juliet

De Mark para Juliet

Sim!

M.

De Juliet para Mark

Ótimo! Mas estou com pena do seu crítico. Essas entradas valem ouro.

Juliet

De Mark para Juliet

Ele vai se ajeitar na galeria. Pode escrever sobre o efeito benéfico da ópera nos pobres etc. etc. etc.
Apanho você às sete.

M.

De Juliet para Eben

3 de março de 1946

Sr. Eben Ramsey
Les Pommiers
Calais Lane
St. Martin's Guernsey

Caro sr. Ramsey,

Foi muita gentileza escrever-me sobre suas experiências durante a Ocupação. Quando a guerra terminou, também prometi a mim mesma que nunca mais iria falar sobre ela. Eu tinha passado seis anos falando sobre a guerra e vivendo a guerra e estava querendo prestar atenção em outra coisa – qualquer coisa. Mas isso era como querer ser outra pessoa. A guerra agora faz parte da história de nossas vidas, e não há como esquecê-la.

Fiquei contente em saber que seu neto Eli voltou para casa. Ele mora com o senhor ou com os pais? O senhor teve notícias dele durante a Ocupação? Todas as crianças de Guernsey voltaram ao mesmo tempo? Que festa deve ter sido se isso for verdade!

Não quero inundá-lo de perguntas, mas tenho mais algumas, se o senhor estiver disposto a responder. Sei que o senhor esteve no jantar do porco assado que levou à fundação da Sociedade Literária e Torta de Casca de Batata de Guernsey – mas como foi que a sra. Maugery conseguiu o porco? Como é que alguém esconde um porco?

Elizabeth McKenna foi muito corajosa naquela noite! Ela realmente consegue manter a elegância sobre pressão, uma qualidade que me causa profunda admiração. Sei que o senhor e outros membros da sociedade devem estar preocupados, conforme os meses vão passando e não chegam notícias dela, mas não devem perder a esperança. Sei por amigos que a Europa está igual a uma colmeia partida, com milhares de pessoas tentando voltar para casa. Um amigo muito querido, que foi ferido em Burma em 1943, reapareceu na Austrália no mês passado – não em muito boa forma, mas vivo e com a intenção de permanecer vivo.

 Obrigada por sua carta,

Sinceramente,
Juliet Ashton

De Clovis Fossey para Juliet

4 de março de 1946

Prezada senhorita,

 A princípio, eu não queria ir a nenhuma reunião sobre livros. Minha fazenda dá muito trabalho e não queria desperdiçar meu tempo lendo sobre gente que nunca existiu, fazendo coisas que elas nunca fizeram.
 Então, em 1942, comecei a cortejar a viúva Hubert. Quando saíamos para passear, ela andava alguns passos na minha frente e nunca me deixava dar o braço a ela. Ela deixava Ralph Murchey dar o braço a ela, portanto eu sabia que estava fracassando no meu intento.
 Ralph é um falastrão quando bebe e disse para todo mundo na taverna: "As mulheres gostam de poesia. Basta cochichar uma palavra doce no ouvido delas e elas se derretem

todas – como uma mancha de gordura na grama." Isso não é jeito de falar de uma dama, e eu soube na hora que ele não queria a viúva Hubert apenas por si mesma, como eu. Ele só queria os pastos de propriedade dela para pôr suas vacas. Então eu pensei: se são rimas que a viúva Hubert quer, vou achar algumas.

Fui procurar o sr. Fox na sua livraria e pedi alguns poemas de amor. Nessa época, não tinham sobrado muitos livros – as pessoas os compravam para queimar e, quando ele ficou sem nada, fechou a livraria de vez –, então ele me deu alguns de um sujeito chamado Catullus. Ele era romano. A senhora sabe o tipo de coisas que ele dizia em seus versos? Eu sabia que não podia dizer aquelas palavras para uma dama decente.

Ele desejava uma mulher, Lesbia, que o rejeitou depois de recebê-lo em sua cama. Não me espanta que ela tenha feito isso – ele não gostou quando ela acariciou seu pardalzinho macio. Ele teve ciúme de um simples passarinho. Foi para casa e escreveu sobre sua angústia ao vê-la apertar contra o peito o passarinho. Isso o afetou muito, nunca mais quis saber de mulheres depois disso e escreveu poemas malvados sobre elas.

Além disso, ele era um sujeito pão-duro. A senhora quer ver um poema que ele escreveu quando uma mulher decaída cobrou-lhe por seus favores?... pobre moça. Vou copiá-lo para a senhora:

> *Essa prostituta horrorosa, que me pede mil sestércios, perdeu o juízo?*
> *Essa mulher com um nariz tão feio?*
> *Vocês, da família, que têm obrigação de cuidar da moça,*
> *Chamem os amigos e os médicos; a moça está louca.*
> *Ela acha que é bonita.*

Essas são juras de amor? Eu disse ao meu amigo Eben que nunca tinha visto coisa tão mesquinha. Ele me disse que eu não tinha lido o poeta certo. Levou-me para o seu chalé e me emprestou um livrinho. Era a poesia de Wilfred Owen. Ele lutou na Primeira Guerra Mundial e dava o nome certo às coisas certas. Eu também estive lá, em Paschendale, e sabia o que ele sabia, mas nunca consegui exprimir em palavras.

Bem, depois disso, achei que podia haver algo de bom nessa história de poesia. Comecei a frequentar as reuniões, e estou contente por ter feito isso, senão não teria lido os poemas de William Wordsworth, nunca o teria conhecido. Sei de cor vários poemas dele.

Bem, conquistei o coração da viúva Hubert – a minha Nancy. Uma noite, consegui que ela fosse comigo até o penhasco e disse: "Olhe para isso, Nancy. A doçura do céu paira sobre o mar – Ouça, o Todo-poderoso está acordado." Ela deixou que eu a beijasse. Agora ela é minha mulher.

Sinceramente,
Clovis Fossey

P. S.: A sra. Maugery me emprestou um livro na semana passada. O título dele é *The Oxford Book of Modern Verse, 1892-1935*. Eles deixaram um homem chamado Yeats escolher os poemas. Não deviam ter deixado. Quem é ele? O que ele entende de poesia?

Procurei poemas de Wilfred Owens e de Siegfried Sassoon no livro todo. Não havia nenhum – nem unzinho. E a senhora sabe por que não? Porque esse sr. Yeats disse... ele disse: "Eu escolhi, de propósito, NÃO incluir nenhum poema sobre a Primeira Guerra Mundial. Eles me desagradam. Sofrimento passivo não é assunto para poesia."

Sofrimento passivo? Sofrimento passivo! Fiquei atônito. O que foi que deu no homem? O tenente Owen escreveu um verso: "Que sinos tocam por estes que morrem como gado? Só o rugido monstruoso dos canhões." O que há de passivo nisso? Eu gostaria de saber. É assim mesmo que eles morrem. Vi com meus próprios olhos e digo: quero que o sr. Yeats vá para o inferno.

Sinceramente,
Clovis Fossey

De Eben para Juliet

10 de março de 1946

Cara srta. Ashton,

Obrigado pela carta e por seu amável interesse por meu neto, Eli. Ele é filho da minha filha, Jane. Jane e seu bebê recém-nascido morreram no hospital no dia em que os alemães nos bombardearam, 28 de junho de 1940. O pai de Eli foi morto no Norte da África, em 1942, portanto Eli agora vive comigo.

Eli deixou Guernsey no dia 20 de junho, junto com milhares de bebês e crianças que foram evacuados para a Inglaterra. Sabíamos que os alemães estavam chegando, e Jane temeu pela segurança dele aqui. O médico não deixou Jane embarcar com eles porque estava muito perto de o bebê nascer.

Não tivemos nenhuma notícia das crianças por seis meses. Aí recebi um cartão da Cruz Vermelha, dizendo que Eli estava bem, mas não onde ele estava morando – nunca soubemos em que cidade nossas crianças estavam, e rezávamos para que não fosse numa cidade grande. E se passou mais tempo antes que eu pudesse mandar um cartão para ele, mas eu estava em dúvida quanto a isso. Temia contar a ele que sua mãe e o bebê tinham morrido. Odiava imaginar meu menino lendo aquelas palavras frias no verso de um cartão-postal. Mas eu tive que fazer isso. E depois uma segunda vez, quando soube do seu pai.

Eli só voltou quando a guerra terminou – e eles mandaram todas as crianças de volta ao mesmo tempo. Foi um dia e tanto! Foi ainda mais maravilhoso do que quando os soldados britânicos chegaram para libertar Guernsey. Eli foi o primeiro a descer a rampa do navio – ele tinha crescido muito em cinco anos – e acho que eu o teria abraçado com força se Isola não tivesse me empurrado para poder abraçá-lo antes.

Agradeço a Deus pelo fato de ele ter ficado com uma família de fazendeiros em Yorkshire. Foram muito bons para ele. Eli me deu uma carta que eles tinham escrito para mim – contando tudo o que eu tinha perdido por não tê-lo visto crescer. Contavam do seu progresso na escola, de como ele ajudava na fazenda, de como procurou ser forte quando recebeu meus cartões.

Ele pesca comigo e me ajuda a cuidar da vaca e do jardim, mas o que mais gosta de fazer é esculpir madeira – Dawsey e eu o estamos ensinando a fazer isso. Ele fez uma bela cobra com um pedaço de madeira de cerca na semana passada, embora eu desconfie de que a cerca quebrada era, na verdade, uma viga do celeiro de Dawsey. Dawsey apenas sorriu quando perguntei a ele, mas é difícil encontrar madeira sobrando na ilha agora, já que tivemos que cortar quase todas as árvores – corrimãos e mobília também – para transformar em lenha quando acabou o carvão e a parafina. Eli e eu estamos plantando árvores no meu terreno, mas elas vão levar um longo tempo para crescer... todos nós sentimos saudades das folhas e da sombra.

Vou contar-lhe agora sobre o porco assado. Os alemães eram rígidos em relação aos animais. Todos os porcos e as vacas foram contados. Guernsey tinha que alimentar as tropas alemãs estacionadas aqui e na França. Nós mesmos podíamos ficar com as sobras, se houvesse.

Os alemães adoravam contabilidade. Eles anotavam cada galão de leite tirado, pesavam o creme, registravam cada saco de farinha. Por um tempo, eles deixaram as galinhas em paz. Mas, quando a ração e os restos de comida se tornaram escassos, mandaram que nós matássemos as galinhas mais velhas, para que as boas poedeiras pudessem ter ração suficiente para continuar a pôr ovos.

Nós, pescadores, tínhamos que dar para eles a maior parte do que pescávamos. Eles esperavam nossos barcos no cais para separar a parte deles. No início da Ocupação, muitos moradores das ilhas fugiram para a Inglaterra em barcos pesqueiros – alguns naufragaram, mas outros conseguiram. Então os alemães criaram uma nova regra, qualquer pessoa que tivesse um membro da família na Inglaterra estava proibida de entrar num barco pesqueiro – eles tinham medo que tentássemos fugir. Como Eli estava na Inglaterra, tive que emprestar o meu barco para outra pessoa. Fui trabalhar numa das estufas do sr. Pivot, e, algum tempo depois, aprendi a cuidar bem das plantas. Mas como eu sentia saudades do meu barco e do mar.

Os alemães eram especialmente severos em relação à carne porque não queriam que nada fosse para o mercado negro, em vez de alimentar seus próprios soldados. Se sua porca tivesse uma ninhada, o funcionário agrícola alemão ia à sua fazenda, contava os filhotes, emitia uma certidão de nascimento para cada um e anotava num livro. Se um porco morresse de morte natural, você comunicava ao FA e ele voltava para ver o cadáver e emitia uma certidão de óbito.

Eles faziam visitas de surpresa à sua fazenda, e era melhor que o número de porcos vivos batesse com o deles. Se faltasse um porco, você era multado; se isso acontecesse uma segunda vez, você era preso e mandado para a prisão em St. Peter Port. Se estivessem faltando muitos porcos, os alemães achavam que você os estava vendendo no mercado negro, e você era mandado para um campo de trabalhos forçados na Alemanha. Com os alemães, você nunca sabia o que poderia acontecer – eles eram um povo mal-humorado.

No início, entretanto, era fácil enganar o funcionário agrícola e guardar um porco vivo para seu uso. Foi assim que Amelia ficou com o dela.

Will Thisbee tinha um porco doente, que morreu. O FA veio e emitiu uma certidão de óbito dizendo que o porco estava realmente morto e deixou Will em paz para enterrar o pobre animal. Mas Will não o enterrou – ele atravessou o bosque com o cadáver do bicho e o entregou a Amelia Maugery. Amelia escondeu seu porco saudável e chamou o FA, dizendo: "Venha depressa, meu porco morreu."

O FA veio imediatamente e, ao ver o porco com as patas para cima, não percebeu que era o mesmo porco que tinha visto de manhã. Ele anotou mais um porco morto no seu Livro de Animais Mortos.

Amelia levou a carcaça para a casa de outro amigo e ele fez o mesmo truque no dia seguinte. Podíamos fazer isso até o porco começar a apodrecer. Mas os alemães acabaram percebendo e começaram a tatuar cada porco e vaca ao nascer, de modo que não pôde mais haver troca de animais.

Mas Amelia, com um porco vivo, escondido, gordo e saudável, só precisou que Dawsey fosse lá para matá-lo silenciosamente. Tinha que ser feito silenciosamente porque havia uma bateria alemã em sua fazenda, e ninguém queria que os soldados ouvissem o porco guinchar e viessem correndo.

Os porcos sempre gostaram de Dawsey – ele entrava num curral e eles vinham correndo para ele coçar suas costas. Faziam um escândalo com qualquer outra pessoa – guinchando, bufando, correndo. Mas Dawsey conseguia acalmá-los e conhecia exatamente o lugar sob o queixo onde devia enfiar a faca. Os porcos não tinham tempo de gritar; eles caíam no chão sem fazer nenhum ruído.

Eu disse a Dawsey que eles só erguiam os olhos, surpresos, mas ele disse que não, que os porcos eram inteligentes o bastante para saber que estavam sendo traídos, e que não adiantava eu tentar dourar a pílula.

O porco de Amelia nos proporcionou um ótimo jantar – havia batatas e cebolas para acompanhar o churrasco. Já tínhamos quase esquecido como era a sensação de ter o estômago cheio. Com as cortinas de Amelia fechadas para que os alemães não pudessem olhar para dentro, com comida e amigos à mesa, conseguimos fingir que nada daquilo tinha acontecido.

Você tem razão em dizer que Elizabeth foi corajosa. Ela é mesmo corajosa, e sempre foi. Ela vinha de Londres para Guernsey quando era pequena, junto com a mãe e Sir Ambrose Ivers. Conheceu a minha Jane durante o primeiro verão que passou aqui, quando ambas tinham dez anos, e nunca mais se largaram.

Quando Elizabeth voltou, na primavera de 1940, para fechar a casa de Sir Ambrose, ela ficou mais tempo do que devia, porque não queria deixar Jane. Minha garota estava mal desde que o marido, John, fora para a Inglaterra para se alistar – isso foi em dezembro de 1939 – e quase não conseguiu segurar a gravidez até o fim. O dr. Martin mandou que ela ficasse de cama, então Elizabeth ficou aqui para fazer companhia a Jane e brincar com Eli. Não havia nada que Eli gostasse mais de fazer do que brincar com Elizabeth. Eles eram uma ameaça para a mobília, mas era uma alegria ouvi-los rir. Uma vez fui buscá-los para jantar comigo, e, quando entrei, lá estavam eles – esparramados sobre uma pilha de almofadas, no pé da escada. Tinham encerado o corrimão de madeira de Sir Ambrose e escorregado por três andares!

Foi Elizabeth quem cuidou de tudo para embarcar Eli no navio. Nós, das ilhas, só soubemos com um dia de antecedência quando os navios iriam chegar da Inglaterra para levar as crianças embora. Elizabeth trabalhou como uma moura, lavando e costurando as roupas de Eli, e ajudando-o a entender por que não podia levar seu coelhinho de estimação junto com ele. Quando fomos para o pátio da escola, Jane teve que sair correndo para Eli não a ver chorando, então Elizabeth segurou a mão dele e disse que o tempo estava muito bom para uma viagem por mar.

Mesmo depois disso, Elizabeth se recusou a deixar Guernsey, quando todo mundo estava tentando partir. "Não", ela disse, "vou esperar o bebê de Jane nascer e, quando o bebê já tiver engordado o suficiente, ele e Jane irão para Londres comigo. Aí descobriremos para onde Eli foi mandado e iremos buscá-lo." Apesar daquele seu jeito cativante, Elizabeth era teimosa. Ela empinava o queixo e você percebia que não adiantava discutir com ela. Não quis ouvir falar em partir nem quando vimos toda aquela fumaça vindo de Cherbourg, onde os franceses estavam queimando seus tanques de combustível para que os alemães não ficassem com eles. Elizabeth se recusava a partir sem Jane e o bebê. Acho que Sir Ambrose tinha dito a ela que ele e um de seus amigos poderiam ir de barco até St. Peter Port e tirá-las de Guernsey antes da chegada dos alemães. Para falar a verdade, fiquei contente por ela não ter nos deixado. Ela estava comigo no hospital quando Jane e o bebê morreram. Ela se sentou ao lado de Jane, segurando com força a mão dela.

Depois que Jane morreu, eu e Elizabeth ficamos parados no corredor, sem ação, olhando pela janela. Foi então que vimos sete aviões alemães voando baixo sobre o porto. Estavam fazendo um voo de reconhecimento, pensamos – mas então começaram a lançar bombas, que caíram do céu como pedaços de pau. Ficamos mudos, mas sei o que cada um de nós estava pensando – graças a Deus Eli estava a salvo, bem longe. Elizabeth nos apoiou nesse momento difícil, e depois. Não pude ajudar Elizabeth, então agradeço a Deus pelo fato de a filha dela, Kit, estar a salvo e conosco, e rezo para que Elizabeth volte logo para casa.

Fiquei contente em saber que seu amigo foi achado na Austrália. Espero que a senhora volte a escrever para mim e para Dawsey, uma vez que ele gosta tanto quanto eu de receber notícias suas.

Sinceramente,
Eben Ramsey

De Dawsey para Juliet

12 de março de 1946

Cara srta. Ashton,

Estou contente que a senhorita tenha gostado dos lilases brancos.

Vou contar-lhe sobre o sabão da sra. Dilwyn. Mais ou menos no meio da Ocupação, o sabão tornou-se muito escasso; as famílias só podiam comprar uma barra por pessoa, por mês. Ele era feito de algum tipo de argila francesa e parecia uma coisa morta no fundo da banheira. Ele não fazia espuma nenhuma – você tinha que esfregar e torcer para dar certo.

Era difícil ficar limpo e nós todos tivemos que nos acostumar a viver mais ou menos sujos, junto com nossas roupas. Só nos era permitido um pouquinho de sabão em pó para louças e roupas, mas era uma quantidade de fazer rir; e ele também não fazia nenhuma espuma. Algumas das senhoras sentiram muito isso, e a sra. Dilwyn foi uma delas. Antes da guerra, ela tinha comprado seus vestidos em Paris, e aquelas roupas elegantes se estragavam mais depressa que as mais simples.

Um dia, o porco do sr. Scope morreu de febre do leite. Como ninguém teve coragem de comê-lo, o sr. Scope me ofereceu a carcaça. Eu lembrei que minha mãe fazia sabão com gordura, então achei que podia tentar. Ficou parecendo água de lavar louça congelada e cheirando pior ainda. Então derreti tudo de novo e recomecei. Booker, que tinha vindo me ajudar, sugeriu páprica para dar cor e canela para dar cheiro. Amelia nos deu um pouco de cada uma e pusemos na mistura.

Quando o sabão endureceu, nós o cortamos em círculos com o cortador de biscoito de Amelia. Eu o envolvi com o pano de embrulhar queijo, Elizabeth amarrou laços de linha vermelha e demos os sabonetes de presente para todas as damas da sociedade na reunião seguinte. Pelo menos durante uma ou duas semanas ficamos parecendo pessoas respeitáveis.

Agora estou trabalhando diversos dias por semana na pedreira, além de trabalhar no porto. Isola achou que eu parecia cansado e preparou um bálsamo para músculos doloridos – ele se chama Dedos de Anjo. Isola tem um xarope para tosse chamado Chupada do Diabo e rezo para nunca precisar dele.

Ontem, Amelia e Kit vieram jantar aqui e levamos um cobertor para a praia depois do jantar para ver a lua nascer. Kit adora fazer isso, mas ela sempre adormece antes que a lua tenha nascido completamente, e eu a carrego até a casa de Amelia. Ela tem certeza de que vai conseguir ficar acordada a noite inteira assim que fizer cinco anos.

A senhora entende de crianças? Eu não, e, embora esteja aprendendo, acho que sou lento para aprender. Era muito mais fácil antes de Kit aprender a falar, mas não tão divertido. Tento responder às perguntas dela, mas geralmente me atraso, e ela já passou para outra pergunta, antes que eu possa responder à primeira. Além disso, não sei o suficiente para satisfazê-la. Não sei como é uma fuinha.

Gosto de receber suas cartas, mas sempre acho que não tenho nada que valha a pena contar, por isso é bom responder a suas perguntas retóricas.

           Cordialmente,
           Dawsey Adams

De Adelaide Addison para Juliet

12 de março de 1946

Cara srta. Ashton,

Estou vendo que a senhorita não aceitou meu conselho. Encontrei Isola Pribby, na sua barraca de feira, escrevendo uma carta – em resposta a uma carta sua! Tentei continuar a fazer compras calmamente, mas aí encontrei Dawsey Adams pondo uma carta no correio – para a senhorita! Quem será o próximo? Eu gostaria de saber. Isso não pode ser tolerado e vou usar minha pena para fazê-la parar com isso.

Não fui inteiramente franca com a senhorita na minha carta anterior. Por delicadeza, disfarcei a verdadeira natureza daquele grupo e de sua fundadora, Elizabeth McKenna. Mas agora estou vendo que vou ter de revelar tudo.

Os membros da sociedade conspiraram entre si para criar a filha bastarda de Elizabeth McKenna e seu amante alemão, doutor/capitão Christian Hellman. Sim, um soldado alemão! Imagino o seu choque.

Ora, quero apenas ser justa. Não digo que Elizabeth fosse o que as classes mais ignorantes chamavam de puxa-saco, andando com *qualquer* soldado alemão que pudesse lhe dar presentes. Nunca vi Elizabeth usando meias de seda, vestidos de seda (na realidade, sua roupa continuava horrorosa como sempre), perfume francês, deliciando-se com chocolates e vinho ou FUMANDO CIGARROS, como outras moças atrevidas da ilha.

Mas a verdade é bem ruim.

Aqui vão os tristes fatos: em abril de 1942, Elizabeth McKenna, SOLTEIRA, deu à luz uma menina – em seu próprio chalé. Eben Ramsey e Isola Pribby assistiram o parto –

ele para segurar a mão da mãe, e ela para manter o fogo aceso. Amelia Maugery e Dawsey Adams (Um homem solteiro! Que vergonha!) fizeram o parto, antes que o dr. Martin conseguisse chegar. O suposto pai? Ausente! De fato, ele tinha deixado a ilha pouco tempo antes. "Transferido para o continente" – FOI O QUE DISSERAM. O caso é muito claro: quando a prova do relacionamento ilícito tornou-se irrefutável, o capitão Hellman abandonou a amante, deixando-a à própria sorte.

Eu poderia ter previsto esse escândalo. Vi Elizabeth com o amante em diversas ocasiões – caminhando juntos, conversando animadamente, colhendo ervas para sopa, catando lenha. E, uma vez, vi um de frente para o outro, e ele estava acariciando o rosto dela.

Embora eu tivesse pouca esperança de ser bem-sucedida, sabia que era meu dever avisá-la do destino que a aguardava. Eu disse que ela ia ser expulsa do convívio de pessoas decentes, mas ela não me deu ouvidos. De fato, ela riu. Tolerei isso. Ela me mandou sair da casa dela.

Não me orgulho da minha previsão. Isso não seria cristão.

De volta ao bebê – chamada Christina, apelido Kit. Mal tinha passado um ano, Elizabeth, irresponsável como sempre, cometeu um ato criminoso expressamente proibido pela Força de Ocupação Alemã – ela abrigou e alimentou um fugitivo do Exército alemão. Foi detida e enviada à prisão no continente.

A sra. Maugery, na época da prisão de Elizabeth, levou o bebê para casa. E desde aquela noite? A sociedade literária cria a criança como se fosse sua – ela passa temporadas na casa de cada um deles. A principal responsável pelo sustento da criança é Amelia Maugery, e os outros membros da sociedade a levam para casa – como se fosse um livro da biblioteca – para passar várias semanas de cada vez.

Todos eles cuidaram do bebê, e, agora que a criança sabe andar, ela vai a toda parte com um ou outro – de mãos dadas ou montada em seus ombros. Esses são os padrões deles! A senhorita não deve exaltar gente assim no *Times*!

A senhorita não terá mais notícias minhas – fiz o que pude. Agora fica por sua conta.

          Adelaide Addison

Telegrama de Sidney para Juliet

          20 de março de 1946

QUERIDA JULIET – VIAGEM DE VOLTA ADIADA. CAÍ DO CAVALO, QUEBREI A PERNA. PIERS CUIDANDO DE MIM. AMOR, SIDNEY.

Telegrama de Juliet para Sidney

          21 de março de 1946

MEU DEUS, QUE PERNA? SINTO MUITO. AMOR, JULIET.

Telegrama de Sidney para Juliet

22 de março de 1946

FOI A OUTRA. NÃO SE PREOCUPE – POUCA DOR. PIERS EXCELENTE ENFERMEIRO. AMOR, SIDNEY.

Telegrama de Juliet para Sidney

22 de março de 1946

MUITO FELIZ POR NÃO SER A QUE EU QUEBREI. POSSO MANDAR ALGUMA COISA PARA AJUDAR SUA CONVALESCENÇA? LIVROS – DISCOS – FICHAS DE PÔQUER – MEU SANGUE?

Telegrama de Sidney para Juliet

23 de março de 1946

NEM SANGUE, NEM LIVROS, NEM FICHAS DE PÔQUER. APENAS CONTINUE A MANDAR CARTAS DE AMOR PARA NOS ENTRETER. AMOR, SIDNEY E PIERS.

De Juliet para Sophie

23 de março de 1946

Querida Sophie,

Só recebi um telegrama, então você sabe mais do que eu. Mas, sejam quais forem as circunstâncias, é ridículo você pensar em pegar um avião para a Austrália. E quanto a Alexander? E Dominic? E seus carneiros? Eles vão definhar.

Pare e pense por um momento e você vai perceber que não precisa se preocupar. Em primeiro lugar, Piers vai cuidar de Sidney muito bem. Em segundo lugar, antes Piers do que nós – você lembra que doente terrível Sidney foi da última vez? Devíamos estar felizes por ele estar a milhas de distância. Em terceiro, Sidney tem estado mais tenso do que corda de violino há anos. Ele precisa de um descanso e quebrar a perna é, provavelmente, a única maneira de ele se permitir isso. E o mais importante de tudo, Sophie: *ele não nos quer lá.*

Tenho certeza de que Sidney preferiria que eu escrevesse um livro novo a que aparecesse em sua cabeceira na Austrália, portanto pretendo ficar aqui mesmo no meu apartamento horrível e procurar um tema para o livro. Tenho uma pequena ideia, frágil e indefensável demais para me arriscar a contar para você. Em homenagem à perna de Sidney, vou cuidar dela e alimentá-la para ver se ela cresce.

Agora, quanto a Markham V. Reynolds (Júnior). Suas perguntas relativas ao cavalheiro são muito delicadas, muito sutis, muito parecidas com ser golpeada na cabeça com um taco de madeira. Se estou apaixonada por ele? Que espécie de pergunta é essa? É uma tuba no meio das flautas, e eu esperava mais de você. A primeira regra da bisbilhotice é ser sutil – quando você começou a me escrever cartas estonteantes sobre

Alexander, não perguntei se estava apaixonada por ele, perguntei qual era o animal favorito dele. E sua resposta me disse tudo o que precisava saber sobre ele – quantos homens admitiriam amar patos? (Isso traz à tona uma questão importante: não sei qual é o animal favorito de Mark. Duvido de que seja um pato.)

Você gostaria de algumas sugestões? Você poderia me perguntar quem é o autor favorito dele (Dos Passos! Hemingway!!). Ou sua cor favorita (azul, não estou certa do tom, provavelmente azul-escuro). Ele é um bom dançarino? (Sim, muito melhor do que eu, nunca pisa no meu pé, mas não conversa nem cantarola enquanto dança. Não cantarola nunca, até onde sei.) Ele tem irmãos ou irmãs? (Sim, duas irmãs mais velhas, uma casada com um barão do açúcar, e a outra ficou viúva no ano passado. E um irmão mais moço, que ele disse, com uma careta de desprezo, que é um asno.)

Então, agora que fiz todo o trabalho por você, talvez possa responder a sua pergunta ridícula, porque eu não posso. Sinto-me confusa quando estou com Mark, o que pode ser amor e pode não ser. Com certeza não é tranquilo. Estou com medo desta noite, por exemplo. Outro jantar, muito elegante, com os homens se debruçando na mesa para argumentar e mulheres gesticulando com suas piteiras. Céus, eu queria ficar enfiada no meu sofá, mas vou ter de me levantar e me arrumar toda. Deixando o amor de lado, Mark é um estresse terrível para o meu guarda-roupa.

Bem, querida, não se preocupe com Sidney. Ele vai estar espreitando por aqui logo, logo.

Com amor,
Juliet

De Juliet para Dawsey

25 de março de 1946

Recebi uma longa carta (duas, de fato!) de uma srta. Adelaide Addison, avisando-me para não escrever sobre a sociedade no meu artigo. Se eu fizer isso, ela desiste de mim para sempre. Vou tentar suportar essa provação com coragem. Ela fica enfurecida com essa história de "puxa-saco de alemão", não fica?

Recebi também uma carta maravilhosa de Clovis Fossey sobre poesia, e uma de Isola Pribby sobre as irmãs Brontë. Além de me deliciarem, eles me deram ideias novas para o meu artigo. Juntando eles, você, o sr. Ramsey e a sra. Maugery, Guernsey está praticamente escrevendo o artigo para mim. Até a srta. Adelaide Addison fez sua parte – desafiá-la será um prazer.

Não sei tanto sobre crianças quanto gostaria de saber. Sou madrinha de um maravilhoso menino de três anos chamado Dominic, filho da minha amiga Sophie. Eles moram na Escócia, perto de Oban, e não o vejo com frequência. Sempre fico atônita quando o vejo, com o seu desenvolvimento – mal eu tinha me acostumado a carregar um bebezinho macio e ele já estava andando sozinho. Fiquei seis meses sem vê-lo e, pronto, ele aprendeu a falar! Agora ele fala sozinho, o que acho um amor, porque também faço isso.

Uma fuinha, você pode dizer a Kit, é uma criatura parecida com uma doninha, de dentes afiados e muito mal-humorada. Ela é a única inimiga da cobra e imune ao seu veneno. Se não encontrar cobras, ela come escorpiões. Talvez você pudesse comprar uma para ela.

Cordialmente,
Juliet

P. S.: Quase não enviei esta carta – e se Adelaide Addison for uma amiga sua? Então achei que não, isso não seria possível, e aqui vai ela.

De John Booker para Juliet

27 de março de 1946

Cara srta. Ashton,

Amelia Maugery me pediu que escrevesse para a senhorita, pois sou um dos fundadores da Sociedade Literária e Torta de Casca de Batata de Guernsey, embora eu só lesse um único livro, muitas e muitas vezes. Foi *As cartas de Sêneca: traduzidas do latim em um volume, com apêndice*. Sêneca e a sociedade, os dois juntos, me livraram da triste vida de bêbado.

De 1940 a 1944, fingi para as autoridades alemãs que era Lorde Tobias Penn-Piers – meu antigo patrão, que tinha fugido para a Inglaterra, apavorado, quando Guernsey foi bombardeada. Eu era seu criado pessoal e fiquei. Meu verdadeiro nome é John Booker e nasci e fui criado em Londres.

Fui apanhado junto com os outros depois do toque de recolher na noite do churrasco de porco. Não me lembro dela com clareza. Acho que eu estava bêbado, porque normalmente estava. Eu me lembro dos soldados gritando e sacudindo as armas, e de Dawsey me segurando para eu não cair. Então veio a voz de Elizabeth. Ela estava falando sobre livros – não consegui entender por quê. Depois disso, Dawsey estava me puxando por um pasto em grande velocidade e então caí na cama. Isso é tudo.

Mas a senhora quer saber sobre a influência dos livros na minha vida, e, como eu disse, só houve um livro. Sêneca. A senhora sabe quem ele foi? Foi um filósofo romano que escreveu cartas para amigos imaginários, dizendo a eles como deveriam se comportar pelo resto de suas vidas. Talvez isso pareça uma tolice, mas as cartas não são – elas são inteligentes. Acho que você aprende mais quando está rindo ao mesmo tempo.

Creio que as palavras dele fazem bem a todos os homens de todos os tempos. Vou dar-lhe um exemplo: veja a Luftwaffe e seus penteados. Durante a Blitz, a Luftwaffe decolava de Guernsey e se juntava aos grandes aviões de bombardeio que estavam a caminho de Londres. Eles só voavam de noite, então os dias pertenciam a eles, para fazer o que quisessem em St. Peter Port. E como é que eles passavam os dias? Em salões de beleza: fazendo as unhas, massageando o rosto, tirando as sobrancelhas, penteando e ondulando os cabelos. Quando eu os via de rede na cabeça, caminhando em grupos de cinco pela rua, obrigando os moradores a sair da calçada, eu pensava nas palavras de Sêneca acerca da Guarda Pretoriana. Ele tinha escrito: "Qual destes não preferiria ver Roma em desordem em vez do seu cabelo?"

Vou contar-lhe como vim a fingir ser meu antigo patrão. Lorde Tobias queria passar a guerra num lugar seguro, então comprou a mansão La Fort em Guernsey. Ele passava a Primeira Grande Guerra no Caribe, mas tinha sofrido muito com o calor.

Na primavera de 1940, ele se mudou para La Fort com a maioria dos seus bens, incluindo Lady Tobias. Chausey, seu mordomo em Londres, tinha se trancado na copa e se recusado a vir. Então eu, que era seu criado, vim no lugar de Chausey, para supervisionar a arrumação da mobília, a colocação das cortinas, o polimento da prataria e *a estocagem do vinho na adega*. Foi lá que guardei cada garrafa em seu lugar, com a gentileza de quem põe um bebê no berço.

Assim que o último quadro foi pendurado na parede, os aviões alemães chegaram e bombardearam St. Peter Port. Lorde Tobias entrou em pânico, chamou o capitão do seu iate e ordenou que ele "aprontasse o navio"! Iríamos encher o barco com a prataria, os quadros, os bibelôs e, se houvesse lugar, com Lady Tobias, e partir imediatamente para a Inglaterra.

Fui o último a subir a rampa, com Lorde Tobias gritando: "Depressa, homem! Depressa, os alemães estão chegando!"

Fui apanhado pelo destino naquele exato momento, srta. Ashton. Eu ainda estava com a chave da adega de Sua Senhoria. Pensei em todas aquelas garrafas de vinho, champanhe, conhaque que não couberam no iate – e em mim, sozinho no meio delas. Pensei: chega de sinetas, chega de uniforme, chega de Lorde Tobias. De fato, *chega de trabalhar como criado*.

Dei meia-volta e desci a rampa rapidamente. Corri até La Fort e vi o iate partir, com Lorde Tobias ainda gritando. Então entrei, acendi o fogo e desci para a adega. Peguei minha primeira garrafa de vinho tinto e tirei a rolha. Deixei o vinho respirar. Então voltei para a biblioteca, provei o vinho e comecei a ler *O companheiro do amante de vinhos*.

Eu lia sobre uvas, cuidava do jardim, dormia de pijama de seda... e tomava vinho. E foi assim até setembro, quando Amelia Maugery e Elizabeth McKenna vieram me chamar. Elizabeth eu conhecia ligeiramente – eu e ela tínhamos conversado várias vezes na feira –, mas Amelia era uma estranha para mim. Será que elas iam me entregar à polícia?, pensei.

Não. Elas estavam lá para me alertar. O comandante de Guernsey tinha ordenado que todos os judeus fossem se registrar no Grange Lodge Hotel. Segundo o comandante, nossas identidades seriam simplesmente marcadas "Juden" e depois estaríamos livres para voltar para casa. Elizabeth sabia que minha mãe era judia; eu mencionara isso uma vez. Elas foram me dizer para eu não ir, de jeito nenhum, ao Grange Lodge Hotel.

Mas isso não era tudo. Elizabeth refletira muito sobre o meu problema (mais do que eu) e tinha criado um plano. Já que todos os habitantes da ilha tinham de ter documentos de identidade, por que eu não declarava ser o próprio Lorde Tobias Penn-Piers? Eu poderia dizer que, como visitante, todos os meus documentos tinham sido deixados no meu banco em Londres. Amelia tinha certeza de que o sr. Dilwyn ficaria feliz em confirmar minha farsa, e ele ficou. Ele e Amelia foram comigo até o escritório do comandante, e nós todos juramos que eu era Lorde Tobias Penn-Piers.

Foi Elizabeth quem deu o toque final. Os alemães estavam se apossando de todas as mansões de Guernsey para seus oficiais morarem, e eles jamais iriam ignorar uma casa como La Fort – ela era boa demais para ser ignorada. Quando eles chegassem, eu deveria estar preparado para ser Lorde Tobias Penn-Piers. Eu tinha de parecer com um lorde de férias e agir como um. Fiquei apavorado.

– Bobagem – disse Elizabeth. – Você tem presença, Booker. Você é alto, moreno, bonito e todos os criados pessoais sabem ser esnobes.

Ela decidiu que iria pintar rapidamente o meu retrato como um Penn-Piers do século dezesseis. Então posei como tal, com uma capa de veludo, sentado na frente de uma tapeçaria escura, segurando uma espada. Eu parecia Nobre, Arrogante e Traiçoeiro.

Foi uma ideia brilhante, porque, menos de duas semanas depois, um grupo de oficiais alemães (seis ao todo) apareceu na minha biblioteca – sem avisar. Eu os recebi lá, tomando um Chateau Margaux'93 e mostrando uma incrível semelhança com o retrato do meu "antepassado" que estava pendurado sobre a lareira.

Eles se curvaram diante de mim e foram muito educados, o que não evitou que tomassem a casa e me obrigassem a me mudar para o chalé do porteiro no dia seguinte. Eben e Dawsey apareceram depois do toque de recolher naquela noite e me ajudaram a carregar a maior parte do vinho para o chalé, onde o escondemos atrás da pilha de lenha, dentro do poço, no cano da chaminé, debaixo de um monte de feno e em cima das vigas do teto. Mas, mesmo com todo esse estoque de garrafas, fiquei sem vinho no início de 1941. Um dia triste, mas eu tinha amigos para me distrair – e então, então, eu encontrei Sêneca.

Passei a gostar muito das nossas reuniões literárias – elas me ajudaram a suportar a Ocupação. Alguns dos livros pareciam bons, mas fiquei fiel a Sêneca. Eu tinha a sensação de que ele estava falando comigo – do seu jeito engraçado e mordaz –, mas falando só comigo. As cartas dele me ajudaram a continuar vivo durante o que aconteceu mais tarde.

Ainda vou a todas as reuniões da sociedade. Todo mundo está farto de Sêneca e estão pedindo para eu ler outra coisa. Mas não vou fazer isso. Também atuo em peças que uma de nossas companhias teatrais encena – representar Lorde Tobias me deu gosto pelo teatro, e, além disso, sou alto, falo alto e consigo ser ouvido da última fila.

Estou contente com o fim da guerra e com o fato de poder voltar a ser John Booker.

Sinceramente,
John Booker

De Juliet para Sidney e Piers

31 de março de 1946

Sr. Sidney Stark
Monreagle Hotel
Broadmeadows Avenue, 79
Melbourne
Victoria
Austrália

Caros Sidney e Piers,

Nenhum sangue – só polegares torcidos de copiar as cartas anexas dos meus novos amigos de Guernsey. Adoro as cartas deles e não suportei a ideia de mandar os originais para o fim do mundo, onde eles, sem dúvida, seriam devorados por cães selvagens.

Eu sabia que os alemães tinham ocupado as Ilhas do Canal, mas mal pensei nisso durante a guerra. Desde então tenho pesquisado o *Times* atrás de artigos, e qualquer outra coisa que consiga encontrar na biblioteca de Londres sobre a Ocupação. Também preciso descobrir um bom livro de viagens sobre Guernsey – com descrições, não horários e recomendações de hotéis – para eu poder sentir um pouco a ilha.

Fora de qualquer interesse *pelo interesse deles* em leitura, eu me apaixonei por dois homens: Eben Ramsey e Dawsey Adams. De Clovis Fossey e John Booker eu gosto. Quero que Amelia Maugery me adote, e quero adotar Isola Pribby. Deixo para vocês a tarefa de adivinhar meus sentimentos em relação a Adelaide Addison (senhorita) quando lerem suas cartas. A verdade é que estou vivendo mais em Guernsey do que em Londres no momento – finjo trabalhar com um dos ouvidos atento ao som da correspondência caindo na caixa, e, quando ouço, desço a escada correndo, sem fôlego, para buscar mais um pedaço da história. As pessoas deviam se sentir assim quando se reuniam na porta da editora para pegar o mais recente capítulo de *David Copperfield*, assim que ele saía da prensa.

Sei que vocês também vão amar as cartas – mas estariam interessados em mais? Para mim, essas pessoas e suas experiências durante a guerra são fascinantes e comoventes. Vocês concordam? Acham que isso pode dar um livro? Não sejam amáveis – eu quero sua opinião (de vocês dois) sincera. E não precisam se preocupar – vou continuar a mandar cópias das cartas, mesmo que vocês não queiram que eu escreva um livro sobre Guernsey. Estou acima (quase sempre) de vinganças mesquinhas.

Já que sacrifiquei meus polegares para sua diversão, vocês deveriam mandar-me em troca um dos últimos poemas de Piers. Estou tão feliz por você estar escrevendo de novo, meu querido.

         Meu amor para os dois,
         Juliet

De Dawsey para Juliet

2 de abril de 1946

Cara srta. Ashton,

Divertir-se é o maior dos pecados na bíblia de Adelaide Addison (falta de humildade vem logo em seguida), e não estou surpreso por ela ter escrito para a senhorita a respeito de puxa-sacos de alemães. Adelaide se alimenta da sua ira.

Haviam sobrado poucos homens solteiros em Guernsey e, é claro, nenhum excitante. Muitos de nós estávamos cansados, irritados, preocupados, rasgados, descalços e sujos – tínhamos sido derrotados e parecíamos como tal. Não tínhamos nem energia, nem tempo, nem dinheiro para nos divertir. Os homens de Guernsey não tinham charme – e os soldados alemães sim. Eles eram, segundo uma amiga minha, altos, louros, bonitos e bronzeados – como deuses. Eles davam grandes festas, eram uma companhia alegre e vibrante, tinham carros, dinheiro e podiam dançar a noite inteira.

Mas algumas das moças que namoravam soldados davam os cigarros para os pais e o pão para as famílias. Elas voltavam das festas com pães, patês, frutas, empadas de carne e geleias enfiados na bolsa, e suas famílias tinham uma refeição completa no dia seguinte.

Acho que alguns ilhéus nunca pensaram no tédio daqueles anos como sendo um motivo para confraternizar com o inimigo. O tédio é um motivo poderoso, e a possibilidade de se divertir é um atrativo poderoso – especialmente quando se é jovem.

Havia muita gente que não queria nenhum contato com os alemães – se você desse bom-dia, já estava cooperando com o inimigo, segundo eles. Mas, em razão das circunstâncias, não pude agir assim em relação ao capitão Christian Hellman, um médico das forças de Ocupação e meu bom amigo.

No fim de 1941, não havia sal na ilha e não chegava nenhum da França. Raízes e sopas são intragáveis sem sal, então os alemães tiveram a ideia de usar água do mar para produzi-lo. Eles tiravam água da baía e a despejavam num grande tanque no meio de St. Peter Port. Todo mundo tinha de ir à cidade, encher seus baldes e carregá-los de volta para casa. Então tínhamos de ferver a água e usar a lama que ficava no fundo da panela como sal. Esse plano fracassou – não havia lenha suficiente para produzir um fogo quente o bastante para ferver a água até a panela secar. Então resolvemos cozinhar nossos legumes na água do mar.

Isso funcionou muito bem para dar sabor, mas havia muitas pessoas idosas que não conseguiam andar até a cidade nem carregar baldes pesados de volta. Ninguém tinha forças para isso. Eu manco um pouco por causa de um defeito na perna, e embora isso tenha impedido que eu servisse o Exército, nunca chegou a me incomodar. Eu era muito saudável, então comecei a entregar água em alguns chalés.

Troquei uma pá extra e um pedaço de corda pelo velho carrinho de bebê de Mme. LePell, e o sr. Soames me deu dois pequenos barris de vinho, cada um com uma torneira. Serrei a parte de cima dos barris para transformar em tampas removíveis e os adaptei ao meu carrinho – então consegui um transporte. Diversas praias não estavam minadas e era fácil descer pelas pedras, encher um barril de água e tornar a subir.

O vento de novembro é gélido e um dia minhas mãos estavam quase dormentes depois que subi da baía com o primeiro barril de água. Eu estava parado ao lado do carrinho, tentando aquecer os dedos, quando Christian passou de carro. Ele parou, deu marcha à ré e perguntou se eu precisava de ajuda. Eu disse que não, mas ele saltou do carro assim mesmo e me ajudou a colocar o barril no carrinho. Depois, sem uma palavra, desceu o penhasco comigo para me ajudar com o segundo barril.

Eu não notara que ele tinha um dos braços e um dos ombros duros, mas, por causa disso, da minha perna manca e das pedras soltas, escorregamos na subida e caímos, soltando o barril. Este caiu, se espatifou de encontro às rochas e nos molhou todos. Deus sabe por que achamos graça nisso. Nós nos apoiamos nas pedras, sem conseguir parar de rir. Foi quando os ensaios de Elia caíram do meu bolso, e Christian os apanhou, encharcados. "Ah, Charles Lamb", ele disse e me devolveu. "Ele não era homem de se importar com um pouco de umidade." Ele deve ter notado minha surpresa, porque acrescentou: "Eu costumava lê-lo em casa. Tenho inveja da sua biblioteca portátil."

Subimos de volta e fomos até seu carro. Ele quis saber se eu poderia arranjar outro barril. Eu disse que sim e expliquei minha rota de entrega de água. Ele balançou e saí empurrando o carrinho. Mas aí eu me virei e disse: "Posso emprestar-lhe o livro, se quiser." Parecia que eu estava dando a lua para ele. Trocamos nomes e um aperto de mãos.

Depois disso, ele me ajudava frequentemente a carregar água, então me oferecia um cigarro e ficávamos conversando no meio da estrada – sobre a beleza de Guernsey, sobre história, sobre livros, sobre fazendas, mas nunca sobre o presente – sempre coisas muito distantes da guerra. Uma vez, quando estávamos ali parados, Elizabeth passou de bicicleta. Ela estivera de plantão o dia inteiro e, provavelmente, a maior parte da noite anterior, e, como o restante de nós, suas roupas tinham mais manchas do que pano. Mas Christian interrompeu uma frase no meio e ficou vendo-a se aproximar. Elizabeth parou. Nenhum deles disse nada, mas vi seus rostos e fui embora assim que pude. Eu não sabia que eles se conheciam.

Christian tinha sido um cirurgião de campo até que o ferimento no ombro o trouxe da Europa Oriental para Guernsey. No início de 1942, ele foi mandado para um hospital em Caen; seu navio foi afundado por aviões dos Aliados e ele morreu. Coronel Mann, o diretor do Hospital de Ocupação Alemã, sabia que éramos amigos e veio me comunicar sua morte. Ele queria que eu contasse a Elizabeth e contei.

O modo como eu e Christian nos conhecemos pode ter sido estranho, mas nossa amizade não foi. Tenho certeza de que muitos ilhéus se tornaram amigos de alguns soldados. Mas, às vezes, penso em Charles Lamb e fico maravilhado com o fato de que um homem nascido em 1775 tenha permitido que eu me tornasse amigo de pessoas como a senhorita e Christian.

Sinceramente,
Dawsey Adams

De Juliet para Amelia

4 de abril de 1946

Cara sra. Maugery,

O sol apareceu pela primeira vez em meses e, se eu ficar em pé em cima da cadeira e inclinar o pescoço, consigo vê-lo brilhando sobre o rio. Estou desviando a vista dos montes de entulho do outro lado da rua e fingindo que Londres está linda de novo.

Recebi uma carta triste de Dawsey Adams, contando-me sobre Christian Hellman, sua gentileza e sua morte. A guerra nunca termina, não é? Uma vida tão boa – perdida. E que golpe terrível deve ter sido para Elizabeth. Ainda bem que ela contava com a senhora, o sr. Ramsey, Isola e Dawsey para ajudá-la quando teve o bebê.

A primavera está chegando. Estou quase aquecida no meu pedacinho de sol. E na rua – não estou evitando olhar agora – um homem de macacão está pintando a porta de sua casa de azul-celeste. Dois meninos pequenos, que batiam um no outro com pedaços de pau, pedem para ajudar. Ele dá um pincel para cada um. Bem, talvez haja um fim para a guerra.

Sinceramente,
Juliet Ashton

De Mark para Juliet

5 de abril de 1946

Querida Juliet,

Você está sendo evasiva e não gosto disso. Não quero assistir à peça com outra pessoa – quero ir com você. De fato, não estou ligando a mínima para a peça. Só estou tentando tirar você desse apartamento. Jantar? Chá? Coquetéis? Passeio de barco? Dançar? Você escolhe e eu obedeço. Raramente sou tão dócil – não desperdice a oportunidade de melhorar meu caráter.

Seu,
Mark

De Juliet para Mark

Querido Mark,

Você quer ir ao Museu Britânico comigo? Tenho um compromisso marcado na Sala de Leitura às duas horas. Podemos ver as múmias depois.

            Juliet

De Mark para Juliet

Para o inferno com a Sala de Leitura e as múmias. Venha almoçar comigo.

            Mark

De Juliet para Mark

Você acha isso dócil?

            Juliet

De Mark para Juliet

Para o inferno com o dócil.

M.

De Will Thisbee para Juliet

7 de abril de 1946

Cara srta. Ashton,

Sou membro da Sociedade Literária e Torta de Casca de Batata de Guernsey. Sou funileiro, embora algumas pessoas gostem de me chamar de catador de lixo. Também invento aparelhos para poupar trabalho – o mais recente foi um pregador de roupa elétrico que faz a roupa flutuar delicadamente no ar, poupando os pulsos da lavadeira.

Se encontrei consolo na leitura? Sim, mas não logo de início. Eu só ia até lá e comia a minha torta, quieto, num canto. Então Isola me disse que eu tinha que ler um livro e falar sobre ele como os outros faziam. Ela me deu um livro chamado *Passado e presente*, de Thomas Carlyle, e como ele era chato – me deu até dor de cabeça – até eu chegar na parte sobre religião.

Eu não era um homem religioso, embora não por não ter tentado. Lá ia eu, da igreja para a capela, de novo para a igreja. Mas nunca consegui ter fé – até que o sr. Carlyle me mostrou a religião de outra maneira. Ele estava andando no meio das ruínas do mosteiro de Bury St. Edmunds quando um pensamento lhe veio à mente e ele o descreveu assim:

Alguma vez você se perguntou se os homens tinham uma alma – não por ouvir dizer, ou em sentido figurado, mas como uma verdade que eles conheciam e que praticamente deduziam! Realmente, era um outro mundo aquele... entretanto, é uma pena termos perdido contato com nossas almas... na verdade, vamos ter de ir em busca delas de novo ou vamos sofrer as piores consequências.

Isso não é incrível – conhecer sua alma por ouvir dizer, e não por conhecimento próprio? Por que eu deveria deixar um pastor me dizer se eu tinha ou não uma alma? Se eu pudesse acreditar que tinha uma alma por mim mesmo, então eu poderia entrar em contato com ela, sozinho.

Dei minha palestra sobre o sr. Carlyle para a sociedade e isso provocou uma discussão sobre a alma. Sim? Não? Talvez? O dr. Stubbins era quem gritava mais alto, e logo todo mundo parou de discutir e prestou atenção nele.

Thompson Stubbins é um homem de pensamentos profundos. Ele era psiquiatra em Londres até surtar no jantar anual dos Amigos da Sociedade Sigmund Freud, em 1934. Ele me contou a história toda, uma vez. Os Amigos eram grandes faladores e seus discursos demoravam horas – enquanto os pratos ficavam vazios. Finalmente, o jantar foi servido e se fez silêncio na sala, enquanto os psiquiatras devoravam costeletas. Thompson viu sua chance: ele bateu com a colher no copo e gritou bem alto, para todos ouvirem:

"Algum de vocês já se deu conta de que foi mais ou menos na época em que a noção de ALMA desapareceu que Freud surgiu com o EGO para pôr em seu lugar? O *timing* do homem! Será que ele não parou para refletir? Velho tolo e irresponsável! Acredito que os homens repetem essas tolices sobre egos porque temem não possuir almas! Pensem nisso!"

Thompson foi banido de lá para sempre e se mudou para Guernsey para cultivar legumes. Às vezes ele vai comigo na minha carroça e conversamos sobre o homem e Deus e tudo o que há no meio. Eu teria perdido tudo isso se não pertencesse à Sociedade Literária e Torta de Casca de Batata de Guernsey.

Diga-me, srta. Ashton, o que pensa sobre o assunto? Isola acha que a senhorita deveria vir visitar Guernsey, e, se vier, poderia passear de carroça conosco. Eu levaria uma almofada.

Desejo-lhe muita saúde e felicidade.

Will Thisbee

Da sra. Clara Saussey para Juliet

8 de abril de 1946

Cara srta. Ashton,

Ouvi falar da senhorita. Fui membro da sociedade literária, embora possa apostar que ninguém jamais lhe mencionou meu nome. Não li nenhum livro escrito por um escritor morto. Li algo que eu mesma escrevi – meu livro de receitas culinárias. Ouso dizer que meu livro provocou mais lágrimas e tristeza do que qualquer coisa que Charles Dickens tenha escrito.

Escolhi ler acerca da maneira correta de assar um leitão. Unte o pequeno corpo com manteiga, eu disse. Deixe a gordura escorrer e fazer o fogo crepitar. Do modo que li, dava para sentir o cheiro do porco assando, ouvir sua pele rachar.

Falei sobre os meus bolos de cinco camadas – usando uma dúzia de ovos –, sobre meus confeitos de algodão-doce, minhas bolas de chocolate e rum, meus pães-de-ló com creme. Bolos feitos com farinha branca de boa qualidade – não aquele grão partido e aquela semente de passarinho que estávamos usando na época.

Bem, senhorita, minha plateia não suportou. Ficou nervosa ao ouvir minhas receitas gostosas. Isola Pribby, que nunca teve modos, gritou que eu a estava atormentando e que ela ia enfeitiçar minhas panelas. Will Thisbee disse que eu ia queimar como minhas cerejas jubileu. Então Thompson Stubbins me xingou e foi preciso Dawsey e Eben juntos para me tirar de lá.

Eben ligou no dia seguinte para pedir desculpas pela falta de educação da sociedade. Ele pediu que eu lembrasse que a maioria deles tinha ido para a reunião depois de jantar sopa de nabo (sem nem um osso dentro para dar gosto) ou batatas aferventadas e grelhadas em ferro quente, já que não havia gordura para fritá-las. Ele me pediu que fosse tolerante e que lhes perdoasse.

Bem, não vou fazer isso, eles me xingaram. Não havia um só deles que realmente gostasse de literatura. Porque era isto que o meu livro de receitas era – pura poesia na panela. Acho que eles estavam tão entediados, com o toque de recolher e outras regras nazistas, que só queriam uma desculpa para sair de casa uma noite por semana, e ler foi o que escolheram.

Quero que a senhorita conte a verdade sobre eles na sua história. Eles nunca teriam tocado num livro se não fosse pela DISTRAÇÃO. Sustento o que digo, e a senhorita pode me citar diretamente.

Meu nome é Clara S-A-U-S-S-E-Y. Três esses ao todo.

Clara Saussey (senhora)

De Amelia para Juliet

10 de abril de 1946

Minha querida Juliet,

Também tenho a impressão de que a guerra não acaba nunca. Quando meu filho, Ian, morreu em El Alamein – junto com o pai de Eli, John –, as visitas vinham me dar pêsames e, achando que isso iria me consolar, diziam: "A vida continua." Que bobagem, eu pensava, porque é claro que ela não continua. É a morte que continua; Ian está morto agora, estará morto amanhã e no ano que vem e para sempre. Não existe fim para isso. Mas, talvez, haja um fim para o sofrimento que isso causa. O sofrimento invadiu o mundo como as águas do Dilúvio, e levará tempo para recuar. Mas já existem algumas pequenas ilhas de... esperança? Felicidade? Alguma coisa parecida, pelo menos. Gosto de imaginar você em pé na cadeira para avistar um pedacinho de sol, desviando os olhos dos montes de entulho.

Meu maior prazer foi voltar a caminhar à noite ao longo dos penhascos. O canal não está mais cercado de arame farpado, a vista não é mais prejudicada por enormes placas de *VERBOTEN*. As minas desapareceram de nossas praias e posso caminhar quando, onde e pelo tempo que quiser. Se parar no alto dos penhascos e olhar para o mar, não vejo os feios *bunkers* de cimento atrás de mim, nem a terra nua, sem as árvores. Nem mesmo os alemães conseguiram arruinar o mar.

Este verão, o tojo vai começar a crescer ao redor das fortificações, e, no ano que vem, talvez cresçam trepadeiras sobre elas. Espero que em breve elas estejam cobertas. No entanto, por mais que eu olhe para o outro lado, nunca poderei esquecer como elas foram feitas.

Os trabalhadores Todt as construíram. Sei que você já ouviu falar nos trabalhadores escravos da Alemanha em campos no continente, mas você sabia que Hitler mandou mais de dezesseis mil deles para cá, para as Ilhas do Canal?

Hitler era fanático em defender estas ilhas – a Inglaterra jamais poderia recuperá-las! Seus generais chamaram isso de Mania de Ilha. Ele ordenou plataformas para armas pesadas, barreiras antitanque nas praias, centenas de *bunkers* e baterias, depósitos de armas e bombas, quilômetros e quilômetros de túneis subterrâneos, um enorme hospital subterrâneo e uma estrada de ferro cruzando a ilha para carregar material. As fortificações costeiras eram absurdas – as Ilhas do Canal foram mais fortificadas do que o Muro do Atlântico construído para impedir uma invasão dos Aliados. As instalações se projetavam sobre cada baía. O Terceiro Reich era para durar mil anos – em concreto.

Então, é claro, ele precisava de milhares de trabalhadores escravos; homens e meninos foram recrutados, alguns estavam presos e outros foram simplesmente apanhados nas ruas – em filas de cinema, em cafés, nas estradas e nos campos de qualquer território ocupado pelos alemães. Havia até prisioneiros políticos da Guerra Civil Espanhola. Os prisioneiros de guerra russos eram os mais maltratados, talvez por causa da sua vitória sobre os alemães no front russo.

A maioria desses trabalhadores escravos veio para as ilhas em 1942. Eles eram alojados em galpões abertos, túneis, atrás de cercas nas praças, alguns em casas. Marchavam por toda a ilha, em direção aos seus locais de trabalho: esqueléticos, usando calças rasgadas, geralmente sem casacos para protegê-los do frio. Sem sapatos nem botas, os pés amarrados em trapos sujos de sangue. Rapazes jovens, de quinze e dezesseis anos, tão cansados e famintos que mal conseguiam ficar em pé.

Os habitantes de Guernsey costumavam ficar no portão para oferecer-lhes um pouco de comida ou alguma roupa quente de que pudessem dispor. Às vezes, os alemães que guardavam as colunas de trabalho deixavam os homens saírem da fila para aceitar esses presentes – outras vezes, eles os atiravam no chão e batiam neles com a coronha dos rifles.

Milhares desses homens e rapazes morreram aqui, e soube recentemente que o tratamento desumano dado a eles foi uma política de Himmler. Ele chamava seu plano de Morte por Exaustão, e o implementou. Faça-os trabalhar muito, não desperdice comida com eles, deixe-os morrer. Eles poderiam sempre ser substituídos por novos trabalhadores escravos dos países ocupados da Europa.

Alguns dos trabalhadores Todt eram mantidos no parque, atrás de uma cerca de arame farpado – eram brancos como fantasmas, cobertos de pó de cimento; só havia uma única bica para mais de cem homens se lavarem.

As crianças às vezes iam até o parque para ver os trabalhadores Todt atrás das cercas de arame. Elas enfiavam nozes e maçãs, às vezes batatas, através do arame para eles. Havia um trabalhador Todt que não aceitava a comida – ele vinha para ver as crianças. Enfiava o braço pela cerca só para segurar o rosto delas entre as mãos, para tocar-lhes os cabelos.

Os alemães davam aos trabalhadores Todt meio dia de folga por semana – aos domingos. Esse era o dia em que os engenheiros sanitários alemães esvaziavam todo o esgoto no oceano, por meio de um grande cano. Os peixes se juntavam para comer as sobras, e os trabalhadores Todt ficavam no meio de toda aquela imundície, que ia até o peito deles, tentando pegar os peixes com as mãos para comê-los.

Não há flores nem trepadeiras que possam cobrir lembranças como essas.

Eu lhe contei a história mais odiosa da guerra. Juliet, Isola acha que você devia vir aqui e escrever um livro sobre a Ocupação Alemã. Ela me disse que não tem competência para escrever o livro ela mesma; porém, por mais que eu goste de Isola, fico apavorada em pensar que ela possa comprar um caderno e começar a escrever assim mesmo.

Sinceramente,
Amelia Maugery

De Juliet para Dawsey

11 de abril de 1946

Caro sr. Adams,

Depois de ter prometido nunca mais me escrever, Adelaide Addison enviou-me outra carta. Ela é dedicada a todas as pessoas e práticas que deplora, e o senhor é uma delas, junto com Charles Lamb.

Parece que ela foi até sua casa para lhe entregar o exemplar de abril da revista da paróquia e o senhor não estava em lugar nenhum. Nem ordenhando a vaca, nem cuidando do jardim, nem lavando a casa, nem fazendo nada que um bom fazendeiro deveria fazer. Então ela entrou no seu celeiro, e o que foi que viu? O senhor, deitado no palheiro, lendo um livro de Charles Lamb! O senhor estava "tão entretido com aquele beberrão" que nem notou a presença dela.

Essa mulher é uma praga. O senhor sabe por quê? Estou inclinada a achar que alguma fada má foi ao batizado dela.

Em todo caso, a imagem do senhor deitado no feno, lendo Charles Lamb, me agradou muito. Isso me fez lembrar da minha própria infância em Suffolk. Meu pai era fazendeiro lá e eu ajudava na fazenda; embora admita que tudo o que fazia era saltar do carro, abrir o portão, fechá-lo e pular para dentro do carro de novo, apanhar ovos, tirar mato do jardim e ficar deitada no feno quando me dava vontade.

Eu me lembro de ficar deitada no palheiro lendo *O jardim secreto* com o sino da vaca do meu lado. Eu lia por uma hora e depois tocava o sino para me trazerem um copo de limonada. A sra. Hutchins, a cozinheira, finalmente se cansou dessa história e contou para minha mãe, e esse foi o fim do meu sino, mas não da leitura no palheiro.

O sr. Hastings encontrou a biografia de Charles Lamb escrita por E. V. Lucas. Ele decidiu não informar primeiro o preço para o senhor, mas simplesmente enviá-la imediatamente. Ele disse: "Um apreciador de Charles Lamb não deve ter de esperar."

Sinceramente,
Juliet Ashton

De Susan Scott para Sidney

11 de abril de 1946

Querido Sidney,

Sou muito compreensiva, mas, que diabo, se você não voltar logo, Charlie Stephens vai ter um colapso nervoso.

Ele não foi feito para trabalhar, foi feito para pagar grandes somas de dinheiro e deixar você fazer o trabalho. Ele apareceu no escritório *antes das dez horas*, ontem, mas o esforço acabou com ele. Às onze, ele estava mortalmente pálido, e, às onze e meia, tomou um uísque. Ao meio-dia, um dos jovenzinhos inocentes levou uma capa para ele aprovar – ele arregalou os olhos de terror e começou a fazer aquele cacoete nojento com a orelha. Qualquer dia ele vai arrancá-la. À uma hora, ele foi para casa, e ainda não o vi hoje (são quatro da tarde).

Outra coisa deprimente, Harriet Munfries ficou completamente louca; ela quer "uniformizar a cor" de todo o catálogo infantil. Rosa e vermelho. Não estou brincando. O menino que cuida da correspondência (não me dou mais o trabalho de aprender o nome deles) ficou bêbado e jogou fora todas as cartas endereçadas a pessoas cujos nomes começavam com S. Não me pergunte por quê. A srta. Tilley foi tão grosseira com Kendrick que ele tentou atingi-la com o telefone. Não posso dizer que o culpe por isso, mas telefones são difíceis de achar e não podemos perder um. Você tem que despedi-la assim que chegar.

Se você precisar de mais motivos para comprar uma passagem de avião, posso contar também que vi Juliet e Mark Reynolds muito aconchegados no Café de Paris na noite passada. A mesa deles estava atrás do cordão de isolamento, mas, do meu lugar, pude perceber todos os sinais de romance – ele murmurando coisas no ouvido dela, a mão dela pousada sobre a dele ao lado das taças de coquetel, ele tocando no ombro dela para apontar um conhecido. Considerei que era meu dever (como sua dedicada funcionária) acabar com aquilo, então me enfiei por baixo do cordão para cumprimentar Juliet. Ela pareceu encantada e me convidou para me sentar com eles, mas ficou evidente, pelo sorriso de Mark, que ele não queria companhia, então não aceitei. Ele não é um homem para se desagradar, aquele ali, com seu sorrisinho gélido, por mais que suas gravatas sejam bonitas, e minha mãe ficaria de coração partido se meu cadáver fosse achado boiando no Tâmisa.

Em outras palavras, consiga uma cadeira de rodas, um par de muletas, um burro para carregá-lo, mas volte para casa *agora*.

Da sua
Susan

De Juliet para Sidney e Piers

12 de abril de 1946

Queridos Sidney e Piers,

Tenho vasculhado as bibliotecas de Londres atrás de informações a respeito de Guernsey. Cheguei a comprar um tíquete para a Sala de Leitura, o que mostra minha devoção ao dever – como vocês sabem, morro de medo daquele lugar.

Descobri muita coisa. Vocês se lembram de uma série de livros horríveis, imbecis, dos anos 1920, chamados *A-Tramp in Skye*... ou *A-Tramp in Lindisfarne*... ou em *Sheepholm* – ou seja qual fosse o porto em que o autor atracasse seu iate. Bem, em 1930 ele foi para St. Peter Port, Guernsey, e escreveu um livro sobre o lugar (com excursões para Sark, Herm, Alderney e Jersey, onde ele foi espancado por um pato e teve de voltar para casa).

O verdadeiro nome de *Tramp* era Cee Cee Meredith. Ele era um idiota que se achava um poeta e era rico o bastante para viajar para onde quisesse, depois escrever sobre o lugar, depois pagar para o livro ser publicado e depois dar um exemplar de presente para qualquer amigo que aceitasse. Cee Cee não se preocupava com fatos: ele preferia refugiar-se na charneca, praia ou no bosque mais próximo e se dedicar à sua Musa. Mas que Deus o abençoe assim mesmo; seu livro, *A-Tramp in Guernsey*, era exatamente o que eu precisava para sentir a atmosfera da ilha.

Cee Cee atracou em St. Peter Port, deixando a mãe, Dorothea, se balançando no mar, vomitando no convés. Em Guernsey, Cee Cee escreveu poemas para as íris e os narcisos. Também para os tomates. Ele ficou encantado com as vacas e os touros de Guernsey e compôs uma canção em homenagem aos seus sinos ("tlim, tlim, que som tão alegre..."). Logo abaixo das vacas, na afeição de Cee Cee, vinha "a gente simples das paróquias rurais, que ainda fala o dialeto normando e acredita em fadas e bruxas". Cee Cee entrou no espírito da coisa e viu uma fada no crepúsculo.

Depois de escrever sobre os chalés, as cercas vivas e as lojas, Cee Cee finalmente chegou ao mar, ou, à sua maneira: "O MAR! Ele está em toda parte! As águas: azuis, cor de esmeralda, enfeitadas de prata, quando não estão duras e escuras como um saco de pregos."

Graças a Deus, *Tramp* tinha uma coautora, Dorothea, que possuía uma personalidade mais austera e odiou Guernsey. Ela ficou encarregada de contar a história da ilha e não dourou a pílula:

"... Quanto à história de Guernsey – bem, quanto menos se falar, melhor. As ilhas um dia pertenceram ao duque da Normandia, mas quando Guilherme, duque da Normandia, tornou-se Guilherme, o Conquistador, ele levou no bolso as Ilhas do Canal e as deu de presente para a Inglaterra – com privilégios especiais. Esses privilégios foram, mais tarde, aumentados pelo rei João, e aumentados ainda mais por Eduardo III. POR QUÊ? Por que elas mereceram essa preferência? Por nada! Mais tarde, quando aquele fracote do Henrique VI conseguiu perder a maior parte da França para os franceses, as *Ilhas do Canal* preferiram continuar sendo uma Possessão da Coroa Inglesa, e quem não iria preferir?

As Ilhas do Canal prestam lealdade e amor, livremente, à Coroa Inglesa, mas ouçam só isto, caros leitores: A COROA NÃO PODE OBRIGÁ-LAS A FAZER NADA QUE ELAS NÃO QUEIRAM FAZER!

... A instância de governo de Guernsey é denominada Estados de Deliberação, mas é comumente chamada de Estados. Quem governa mesmo é o presidente dos Estados, que é eleito pelos ESTADOS e chamado de governador. De fato, todo mundo é eleito, não indicado pelo rei. Por favor, para que serve um monarca, se NÃO PARA INDICAR AS PESSOAS PARA OS LUGARES?

... O único representante da Coroa nesta bagunça é o vice-governador. Embora ele compareça às reuniões dos Estados, e possa se manifestar à vontade, ele NÃO TEM DIREITO A VOTO. Pelo menos, ele pode morar no Palácio do Governo, a única mansão decente em Guernsey – se você não contar com Sausmarez Mansion, que eu não conto.

... A Coroa não pode cobrar impostos das ilhas – nem fazer recrutamento militar. A honestidade me obriga a admitir que os habitantes das ilhas não precisam de recrutamento militar para obrigá-los a entrar na guerra a favor da querida Inglaterra. Eles se apresentaram como voluntários e se tornaram soldados e marinheiros muito respeitáveis, até mesmo heroicos, nas lutas contra Napoleão e o cáiser. Mas tomem nota – esses atos de bravura não compensam o fato de que AS ILHAS DO CANAL NÃO PAGAM IMPOSTOS À INGLATERRA. NEM UM CENTAVO. ISSO DÁ VONTADE DE CUSPIR!"

Essas foram suas amáveis palavras – vou poupá-los do restante, mas já deu para vocês terem uma ideia.

Um de vocês, ou melhor, os dois, tratem de escrever para mim. Quero saber como o paciente e o enfermeiro estão indo. O que o médico diz sobre sua perna, Sidney – eu juro que já deu tempo de nascer outra perna em você.

Beijos,
Juliet

De Dawsey para Juliet

15 de abril de 1946

Cara srta. Ashton,

Não sei qual é o problema com Adelaide Addison. Isola diz que ela é amarga porque gosta de ser amarga – isso lhe dá um sentido na vida. Adelaide me prestou um favor, não foi? Ela lhe contou, melhor do que eu seria capaz, quanto eu estava me deliciando com Charles Lamb.

A biografia chegou. Eu a li logo – estava louco para isso. Mas vou tornar a ler desde o começo – desta vez mais devagar, para poder apreender tudo. Gostei do que o sr. Lucas disse a respeito dele: "Ele conseguia transformar qualquer coisa simples e familiar em algo novo e lindo." Os textos de Lamb me fazem sentir mais em casa na sua Londres do que aqui, em St. Peter Port.

Mas o que não consigo imaginar é Charles, chegando em casa do trabalho e encontrando a mãe morta a facadas, o pai sangrando, e a irmã, Mary, debruçada sobre eles com uma faca na mão. Como ele conseguiu entrar na sala e tirar a faca da mão dela? Depois que a polícia a levou para o hospício, como ele persuadiu a Corte a soltá-la e deixá-la sob seus cuidados? Ele só tinha 21 anos na época – como foi que a convenceu?

Ele prometeu cuidar de Mary pelo resto da vida dela – e, depois que tomou essa decisão, nunca se afastou dela. É triste que ele tenha deixado de escrever poesia, o que amava, e tivesse que escrever críticas e ensaios, que não apreciava tanto, para ganhar dinheiro.

Penso na vida dele, trabalhando como secretário na Companhia das Índias Orientais, para poder economizar dinheiro para o dia, que sempre chegava, em que Mary enlouquecia de novo e ele tinha de interná-la num asilo privado.

E, mesmo assim, ele parecia sentir saudades dela – eles eram tão amigos. Imagine os dois: ele tinha que vigiá-la como um falcão para perceber os terríveis sintomas, e ela mesma sabia quando a loucura estava chegando e não podia fazer nada para impedir – isso deve ter sido o pior de tudo. Eu o imagino ali sentado, vigiando-a disfarçadamente, e ela ali sentada, vendo-o vigiá-la. Como eles devem ter odiado o modo como o outro era obrigado a viver.

Mas não lhe parece que, quando Mary estava lúcida, não havia companhia mais inteligente... ou mais agradável? Charles com certeza era dessa opinião, bem como seus amigos, Wordsworth, Hazlitt, Leigh Hunt e, acima de todos, Coleridge. No dia em que Coleridge morreu, encontraram uma anotação que ele tinha feito no livro que estava lendo. Ela dizia: "Charles e Mary Lamb, tão caros ao meu coração, sim, como se fossem ele próprio."

Talvez eu tenha escrito demais sobre ele, mas queria que a senhorita e o sr. Hastings soubessem quanto seus livros me fizeram pensar e o prazer que encontro neles.

Gosto da história da sua infância – o sino e o feno. Posso imaginá-la em minha mente. A senhorita gostava de morar numa fazenda... sente saudades disso? Nunca se está longe do campo em Guernsey, nem mesmo em St. Peter Port, então não consigo imaginar a diferença que deve ser morar numa cidade grande como Londres.

Kit passou a detestar fuinhas, agora que sabe que elas comem cobras. Ela tem esperança de encontrar uma jiboia debaixo de uma pedra. Isola passou aqui esta noite e mandou lembranças para a senhorita. Ela irá escrever assim que colher suas ervas – alecrim, tomilho, meimendro e coentro.

Sinceramente,
Dawsey Adams

De Juliet para Dawsey

18 de abril de 1946

Caro sr. Adams,

Estou tão contente que o senhor queira conversar por escrito sobre Charles Lamb. Sempre achei que foi o sofrimento de Mary que transformou Charles num grande escritor – mesmo que ele tenha tido que desistir da poesia e trabalhar na Companhia das Índias Orientais por causa disso. Ele tinha uma capacidade de solidariedade que nenhum dos seus amigos conseguiu igualar. Quando Wordsworth o censurou por não gostar o bastante da natureza, Charles escreveu: "Não tenho paixão por bosques ou vales. Os aposentos onde nasci, a mobília que contemplei a vida toda, uma estante que me acompanhou como um cão fiel para onde quer que eu fosse – velhas cadeiras, velhas ruas, praças onde tomei sol, minha velha escola –, já não tenho o suficiente, sem as suas montanhas? Eu não o invejo. Eu deveria ter pena de você, se não soubesse que a mente pode fazer amizade com qualquer coisa." A Mente pode fazer amizade com qualquer coisa – eu pensei muito nisso durante a guerra.

Por acaso, encontrei outra história sobre ele hoje. Costumava beber muito, demais até, mas não era um bêbado mal-humorado. Uma vez, o mordomo do seu anfitrião teve de carregá-lo para casa, pendurado no ombro como fazem os bombeiros. No dia seguinte, Charles escreveu um bilhete de desculpas tão engraçado para o seu anfitrião que o homem o deixou em testamento para o filho. Espero que Charles também tenha escrito para o mordomo.

O senhor já notou que quando a mente é despertada ou atraída por uma pessoa nova o nome dessa pessoa surge de repente onde quer que a gente vá? Minha amiga Sophie chama isso de coincidência, e o sr. Simpless, meu amigo pároco, chama de Graça. Ele acha que, quando uma pessoa gosta muito de alguém ou de alguma coisa, ela envia uma espécie de energia para o mundo, e isso dá frutos.

Sinceramente,
Juliet

De Isola para Juliet

18 de abril de 1946

Cara Juliet,

Agora que estamos nos correspondendo como amigas, gostaria de fazer-lhe algumas perguntas – altamente pessoais. Dawsey disse que não seria educado, mas digo que esta é uma das diferenças que existem entre homens e mulheres, a noção de educado e grosseiro. Dawsey nunca me fez uma pergunta pessoal em quinze anos. Não me importaria se ele fizesse, mas Dawsey é muito reservado. Não espero mudá-lo, e nem a mim. Percebo que você gostaria de saber mais a nosso respeito, então acho que também gostaria que soubéssemos mais a seu respeito – só que você não pensou nisso antes.

Em primeiro lugar, vi um retrato seu na orelha do livro sobre Anne Brontë, então sei que você tem menos de quarenta anos – quanto menos? O sol estava batendo nos seus olhos ou você tem estrabismo? Ele é permanente? Devia ser um dia ventoso, porque seus cachos estão voando para todos os lados. Não consegui distinguir direito a cor do seu cabelo, embora tenha visto que não é louro, o que me alegra. Não gosto muito de louras.

Você mora perto do rio? Espero que sim, porque pessoas que moram perto de água corrente são muito mais simpáticas do que as que não moram. Eu seria uma víbora se morasse no interior. Você tem um pretendente sério? Eu não tenho.

Seu apartamento é aconchegante ou suntuoso? Seja minuciosa na resposta, pois quero poder formar um retrato dele em minha mente. Você gostaria de nos visitar em Guernsey? Você tem um bicho de estimação? De que tipo?

>
> Sua amiga,
> Isola

De Juliet para Isola

20 de abril de 1946

Cara Isola,

Estou feliz por você querer saber mais a meu respeito e só sinto não ter pensado nisso antes.

Primeiro, o presente: tenho 33 anos e você tem razão – o sol estava batendo nos meus olhos. Nos bons dias, digo que meu cabelo é castanho com reflexos dourados. Nos maus dias, eu o chamo de cor-de-burro-quando-foge. Não era um dia ventoso; meu cabelo é sempre assim. Cabelos naturalmente crespos são uma praga e não acredite em quem disser o contrário. Meus olhos são cor de avelã. Embora eu seja magra, gostaria de ser mais alta.

Não moro mais perto do Tâmisa, e é disso que sinto mais falta – eu adorava poder ver e ouvir o rio o tempo todo. Agora moro num apartamento alugado na Glebe Place. Ele é pequeno, entulhado de móveis e seu dono só voltará dos Estados Unidos em novembro; até lá, vou ficar morando aqui. Eu gostaria de ter um cachorro, mas a administração do prédio não permite animais de estimação! Kensington Gardens não fica longe; portanto, quando me sinto muito enclausurada, posso caminhar até o parque, alugar uma espreguicadeira por um shilling, ficar deitada debaixo das árvores, observando as pessoas, vendo as crianças brincar, e me sinto mais consolada.

O número 81 da Oakley Street foi destruído por uma bomba há pouco mais de um ano. O estrago maior foi na fileira de casas atrás da minha, mas três andares do número 81 foram arrasados e meu apartamento agora é uma pilha de escombros. Espero que o sr. Grant, o proprietário, reconstrua o prédio, pois quero o meu apartamento, ou uma cópia dele, de volta, exatamente como era, com Cheyne Walk e o rio em frente às minhas janelas.

Felizmente, eu estava em Bury quando a bomba caiu. Sidney Stark, meu amigo e agora meu editor, foi esperar meu trem aquela noite e me levou para casa. Vimos a montanha de escombros e o que havia restado do prédio.

Com parte da parede destruída, pude ver minhas cortinas rasgadas esvoaçando ao vento e minha escrivaninha sem uma das pernas e caída no que tinha restado do chão. Meus livros eram uma pilha de lama e, embora eu pudesse ver o retrato da minha mãe na parede – todo torto e sujo de fuligem –, não havia como recuperá-lo. O único bem intacto era meu peso de papel de cristal – com *Carpe Diem* gravado em cima. Ele tinha pertencido ao meu pai – e lá estava ele, inteirinho, sobre uma pilha de tijolos quebrados e madeira lascada. Eu não podia ficar sem ele, então Sidney escalou os escombros e o apanhou para mim.

Fui uma criança razoavelmente bem-comportada até os doze anos, quando meus pais morreram. Deixei a fazenda em Suffolk e fui morar com meu tio-avô em Londres. Tornei-me uma menina zangada, amarga, intratável. Fugi de casa duas vezes, causando uma infinidade de problemas para o meu tio – e na época fiquei muito satisfeita com isso. Sinto vergonha, agora, quando penso no modo como o tratei. Ele morreu quando eu tinha dezessete anos, então nunca vou poder me desculpar com ele.

Quando eu tinha treze anos, meu tio resolveu mandar-me para um colégio interno. Fui, teimosa como sempre, e conheci a diretora, que me levou para o refeitório. Ela me conduziu a uma mesa com quatro outras meninas. Eu me sentei, as mãos enfiadas debaixo dos braços, parecendo uma águia na muda, procurando alguém a quem odiar. Meus olhos encontraram Sophie Stark, a irmã mais moça de Sidney.

Perfeita, Sophie tinha cachos dourados, grandes olhos azuis e um sorriso muito doce. Ela se esforçou para conversar comigo. Não respondi até ela dizer: "Espero que você seja feliz aqui." Eu disse a ela que não ficaria tempo suficiente para descobrir. "Assim que eu souber os horários dos trens, vou embora!", eu disse.

Aquela noite, subi no telhado do dormitório, com a intenção de ficar sentada ali, refletindo no escuro. Poucos minutos depois, Sophie apareceu no telhado... com um horário de trens para mim.

Não é preciso dizer que não fugi. Fiquei – e Sophie se tornou minha melhor amiga. Sua mãe costumava me convidar para a casa dela nas férias, onde conheci Sidney. Ele era dez anos mais velho do que eu e era, é claro, um deus. Mais tarde, ele se transformou num irmão mais velho mandão, e, mais tarde ainda, num dos meus amigos mais queridos.

Sophie e eu deixamos a escola e, sem querer mais saber de vida acadêmica, e sim de VIDA, fomos para Londres e dividimos um apartamento que Sidney tinha encontrado para nós. Trabalhamos juntas por algum tempo numa livraria e eu escrevia – e jogava fora – histórias, à noite.

Então o *Daily Mirror* lançou um concurso de ensaios – quinhentas palavras sobre "O que as mulheres mais temem". Eu sabia o que o *Mirror* estava querendo armar, mas tenho muito mais medo de galinhas do que de homens, então escrevi sobre isso. Os juízes, felizes por não terem de ler nem mais uma palavra sobre sexo, me deram o primeiro lugar. Cinco libras e, finalmente, um trabalho publicado. O *Daily Mirror* recebeu tantas cartas de fãs que me encomendaram outro artigo, depois outro. Em pouco tempo, comecei a escrever histórias para outros jornais e revistas. Aí veio a guerra e fui convidada para escrever uma coluna quinzenal no *Spectator*, chamada "Izzy Bickerstaff vai à guerra". Sophie conheceu um piloto e se apaixonou por ele, Alexander Strachan. Eles se casaram e Sophie se mudou para a fazenda da família dele na Escócia. Sou madrinha do filho deles, Dominic, e, embora não tenha ensinado nenhum hino a ele, tiramos as dobradiças da porta do porão da última vez que estive com ele – era uma emboscada dos pictos.

    Acho que tenho um pretendente, mas ainda não me acostumei direito com ele. É incrivelmente charmoso e me faz a corte com refeições deliciosas, mas às vezes acho que prefiro pretendentes nos livros em vez daqueles de carne e osso. Que coisa horrível, atrasada, covarde e mentalmente deturpada, se for verdade.

    Sidney publicou um livro com as colunas de Izzy Bickerstaff e fui fazer um *tour* pelas livrarias. E então comecei a escrever cartas para estranhos em Guernsey, que agora são meus amigos, e que eu realmente gostaria de visitar.

Sinceramente,
Juliet

De Eli para Juliet

21 de abril de 1946

Cara srta. Ashton,

Obrigado pelos blocos de madeira. Eles são lindos. Não pude acreditar nos meus olhos quando abri a caixa – todos aqueles tamanhos e tons, do mais claro ao mais escuro.

Como a senhorita conseguiu encontrar tipos e formas diferentes de madeira? A senhorita deve ter ido a muitos lugares para encontrá-los. Aposto que sim e não sei como agradecer-lhe pelo presente e por ter saído para procurar todas essas peças. Elas chegaram na hora certa. O animal favorito de Kit era uma cobra que ela viu num livro, e ela foi fácil de fazer, por ser tão longa e fina. Agora ela está com mania de furões. Ela diz que nunca mais vai mexer na minha faca de entalhar madeira se eu fizer um furão para ela. Acho que não vai ser muito difícil fazer um porque eles também são pontudos. Por causa do seu presente, tenho madeira para trabalhar.

A senhorita gostaria de ter algum animal? Quero fazer-lhe um de presente, mas gostaria que fosse algo que lhe agradasse. A senhorita gostaria de um camundongo? Sou bom com camundongos.

Sinceramente,
Eli

De Eben para Juliet

22 de abril de 1946

Cara srta. Ashton,

A caixa que a senhorita mandou para Eli chegou na sexta-feira – que gentileza a sua. Ele passa horas estudando os blocos de madeira – como se estivesse vendo algo escondido neles e pudesse revelar com sua faca.

A senhorita perguntou se todas as crianças de Guernsey foram levadas para a Inglaterra. Não – algumas ficaram e, quando eu sentia saudades de Eli, olhava para os pequeninos à minha volta e ficava feliz por ele ter ido. As crianças aqui passaram maus pedaços, pois não havia comida para elas se alimentarem direito. Eu me lembro de ter levantado o filho de Bill LePell – ele tinha doze anos, mas não pesava mais que uma criança de sete.

Foi uma decisão terrível de tomar – mandar os filhos embora para morar com estranhos ou deixá-los ficar com você? Talvez os alemães não viessem, mas se viessem, como eles se comportariam em relação a nós? Mas e se eles também invadissem a Inglaterra, como as crianças se arranjariam sem suas famílias?

A senhorita imagina o estado em que estávamos quando os alemães chegaram? Eu chamaria de estado de choque. A verdade é que não achávamos que eles fossem nos querer. Eles estavam atrás era da Inglaterra, e nós não interessávamos a eles. Achamos que íamos ficar na plateia, e não no próprio palco.

Então, na primavera de 1940, Hitler começou a atravessar a Europa como uma faca quente cortando manteiga. Foi conquistando tudo. Foi tão rápido – as janelas de Guernsey sacudiram e quebraram com as explosões na França, e depois que a costa da França foi tomada, ficou claro como dia que a Inglaterra não ia usar seus homens e navios para nos defender. Eles precisavam ser poupados para quando chegasse o momento de sua própria invasão. Então fomos deixados à nossa própria sorte.

Em meados de junho, quando tivemos certeza de que seríamos invadidos, os Estados ligaram para Londres e perguntaram se eles poderiam enviar navios para pegar nossas crianças e levá-las para a Inglaterra. Elas não podiam ir de avião, por causa da Luftwaffe. Londres disse que sim, mas as crianças teriam que estar prontas imediatamente. Os navios teriam que vir até aqui e voltar com muita rapidez, enquanto ainda havia tempo. Foi um momento de desespero para todo mundo e havia uma terrível sensação de urgência.

Jane não tinha mais forças que um gato na época, mas sabia o que queria. Ela queria que Eli partisse. Outras senhoras estavam na dúvida – ir ou ficar? – e queriam discutir isso, mas Jane disse a Elizabeth para mantê-las a distância. "Não quero ouvir a discussão delas", ela disse. "É ruim para o bebê." Jane achava que os bebês sabiam tudo o que se passava em volta deles, mesmo antes de nascerem.

O momento de hesitação durou pouco. As famílias só tiveram um dia para decidir, e cinco anos para se conformar com essa decisão. Crianças em idade escolar e bebês com suas mães embarcaram nos dias 19 e 20 de junho. Os Estados davam dinheiro às crianças quando os pais não tinham nada para dar. As crianças menores estavam excitadas com os doces que iriam comprar com o dinheiro. Algumas achavam que era como um passeio de domingo, e que voltariam para casa quando a noite caísse. Elas tiveram mais sorte nesse aspecto. As crianças mais velhas, como Eli, sabiam a verdade.

De tudo o que vi no dia em que elas partiram, tem uma imagem que não consigo tirar da cabeça. Duas meninazinhas, usando vestido de festa cor-de-rosa, anáguas engomadas, sapatos de pulseirinha – como se a mãe delas achasse que elas estavam indo para uma festa. Como devem ter sentido frio ao atravessar o canal.

Todas as crianças tinham que ser levadas pelos pais para o pátio da escola. Era lá que tínhamos que nos despedir delas. Ônibus vieram buscar as crianças para levá-las ao cais. Os barcos que tinham estado em Dunquerque voltaram para buscar as crianças. Não houve tempo para conseguir um comboio para escoltá-las. Não houve tempo para conseguir barcos suficientes nem boias salva-vidas.

Aquela manhã, fomos primeiro ao hospital para Eli se despedir da mãe. Ele não conseguiu. Estava com os dentes trincados e só pôde balançar a cabeça. Jane abraçou-o por um instante e então Elizabeth e eu o levamos para o pátio da escola. Eu o abracei com força e essa foi a última vez que o vi por cinco anos. Elizabeth ficou porque tinha se oferecido para ajudar a embarcar as crianças.

Eu estava voltando para o hospital, para ficar com Jane, quando me lembrei de algo que Eli tinha dito para mim uma vez. Ele tinha uns cinco anos e estávamos indo para La Courbière para ver os barcos pesqueiros chegando. Havia um velho sapato de lona jogado no meio do caminho. Eli se aproximou dele e ficou olhando. Finalmente, ele disse:

– Esse sapato está sozinho, vovô.

Respondi que sim, que ele estava sozinho. Ele ficou olhando mais um pouco e então prosseguimos. Depois de um tempo, ele disse:

– Vovô, nunca fico assim.

– Assim como? – perguntei a ele. E ele disse:

– Solitário em meu espírito.

Pronto! Eu tinha algo de bom para contar a Jane e rezei para que isso continuasse a ser verdade para ele.

Isola diz que quer escrever para você, contando o que aconteceu na escola. Ela diz que viu uma cena que você vai querer saber como autora: Elizabeth deu um tapa na cara de Adelaide Addison e a obrigou a sair. A senhorita não conhece a srta. Addison, e tem sorte de não conhecer – ela é demais para uso diário.

Isola me disse que talvez a senhorita venha conhecer Guernsey. Eu ficaria feliz em hospedá-la comigo e Eli.

Sinceramente,
Eben Ramsey

Telegrama de Juliet para Isola

ELIZABETH DEU MESMO UM TAPA EM ADELAIDE ADDISON? COMO EU QUERIA TER ESTADO LÁ! POR FAVOR, MANDE DETALHES. AMOR, JULIET.

De Isola para Juliet

24 de abril de 1946

Cara Juliet,

Sim, ela deu um tapa bem na cara dela. Foi lindo.

Estávamos todos em St. Brioc School para ajudar as crianças a se preparar para embarcar nos ônibus que as levariam para os navios. Os Estados não queriam que os pais entrassem na escola – gente demais e triste demais. Era melhor se despedirem do lado de fora. Se uma criança começasse a chorar, todas também chorariam.

Portanto, foram estranhos que amarraram os cadarços dos sapatos, limparam o nariz, puseram crachás no pescoço das crianças. Abotoamos casacos e fizemos brincadeiras com elas até a chegada dos ônibus.

Eu estava com um grupo de crianças, tentando encostar a língua no nariz, e Elizabeth estava com outro grupo, fazendo aquela brincadeira que ensina como contar uma mentira com a cara mais limpa do mundo – me esqueci como se chama – quando Adelaide Addison entrou com aquela cara deprimida dela, só piedade e nenhuma sensatez.

Ela juntou um grupo de crianças ao seu redor e começou a cantar "Para aqueles em perigo no mar". Mas não, "guarde-nos de tempestades" *não foi suficiente* para ela. Deus também tinha de guardá-los de bombas. Ela começou a recomendar que os pobrezinhos rezassem toda noite por seus pais – ninguém sabia o que os soldados alemães poderiam fazer com eles. Então ela disse que eles deviam ser especialmente bons para que mamãe e papai – caso morressem – pudessem olhar para eles do céu e TER ORGULHO DELES.

Juliet, ela fez aquelas crianças começarem a chorar desesperadamente. Eu estava chocada demais para me mexer, mas não Elizabeth. Não, rápida como uma lebre, ela segurou o braço de Adelaide e disse a ela para CALAR A BOCA.

Adelaide gritou: "Me solta! Estou falando a Palavra de Deus!"

A expressão no rosto de Elizabeth ao olhar para ela transformaria o demônio em pedra, e então ela deu um tapa na cara de Adelaide – com tanta força que a cabeça dela girou no pescoço –, empurrou-a porta afora e trancou-a. A velha

Adelaide ficou socando a porta, mas ninguém prestou a menor atenção. Estou mentindo – a tola da Daphne Post tentou abri-la, mas eu a segurei pelo pescoço e ela desistiu.

Na minha opinião, assistir àquela briga afastou o medo das crianças, elas pararam de chorar e os ônibus chegaram e as embarcamos. Elizabeth e eu não fomos para casa, ficamos paradas na rua e acenamos até os ônibus desaparecerem.

Espero nunca mais viver um dia como aquele, mesmo considerando o tapa em Adelaide. Todas aquelas crianças soltas no mundo – fiquei feliz por não ter filhos.

Obrigada por ter contado a história da sua vida. Você sofreu tanto com o que aconteceu com seu pai, sua mãe e sua casa junto ao rio, e sinto muito por tudo isso. Mas fico feliz por você ter amigos queridos como Sophie, a mãe dela e Sidney. Quanto a Sidney, ele parece um homem excelente – mas mandão. Esse é um defeito comum nos homens.

Clovis Fossey perguntou se você enviaria uma cópia do seu ensaio premiado sobre galinhas para a sociedade. Ele gostaria de lê-lo em voz alta numa reunião. Depois podemos guardá-lo em nossos arquivos, se algum dia tivermos um arquivo.

Eu também gostaria de lê-lo, já que foi por causa das galinhas que caí do telhado de um galinheiro – subi no telhado porque elas estavam me perseguindo. Elas vieram atrás de mim com o bico afiado e os olhos desvairados. As pessoas não imaginam que galinhas possam atacar uma pessoa – mas elas atacam, como cães furiosos. Só passei a criar galinhas durante a guerra, quando fui obrigada, mas nunca me sinto à vontade na companhia delas. Preferiria levar um golpe de Ariel no traseiro – isso é uma coisa franca e honesta, e não como uma galinha dissimulada, se aproximando de mansinho para atacar você.

Gostaria que você viesse nos visitar. Eben, Amelia e Dawsey também gostariam... e Eli. Kit não tem certeza, mas não se preocupe com isso. Ela vai acabar gostando. Seu artigo vai ser publicado em breve, então você pode vir descansar aqui. Pode ser que você encontre uma história que queira contar.

Sua amiga,
Isola

De Dawsey para Juliet

26 de abril de 1946

Cara Juliet,

Meu emprego temporário na pedreira terminou, e Kit veio passar algum tempo comigo. Ela está sentada debaixo da mesa enquanto escrevo, falando baixinho. O que é que você está dizendo, perguntei, e fez-se um longo silêncio. Aí ela recomeçou a falar baixinho, e estou ouvindo o meu nome misturado com outros sons. Isso é o que os generais chamam de guerra de nervos, e sei quem vai vencer.

Kit não se parece muito com Elizabeth, exceto pelos olhos cinzentos e um ar que ela tem quando fica muito concentrada. Mas, por dentro, ela é igual à mãe – feroz em seus sentimentos. Desde quando era bem pequena. Ela berrava até o vidro da janela balançar, e, quando agarrava o meu dedo, ele ficava branco. Eu não entendia nada de bebês, mas Elizabeth me fez aprender. Ela disse que eu estava destinado a ser pai e era sua responsabilidade providenciar para que eu soubesse mais do que a maioria dos pais. Ela sentia falta de Christian, não apenas por ela, mas por Kit também.

Kit sabe que o pai morreu. Amelia e eu contamos a ela, mas não soubemos como falar de Elizabeth. No fim, dissemos que ela havia sido mandada embora e que esperávamos que voltasse logo. Kit olhou de mim para Amelia, mas não fez nenhuma pergunta. Apenas saiu e foi para o celeiro. Não sei se fizemos bem.

Tem dias em que fico desesperado, desejando que Elizabeth volte para casa. Soubemos que Sir Ambrose Ivers foi morto num dos últimos bombardeios de Londres, e, como Elizabeth herdou os bens dele, seus advogados começaram a procurá-la. Eles devem ter mais condições de encontrá-la do que nós, então tenho esperança de que o sr. Dilwyn consiga ter alguma notícia em breve. Não seria uma bênção para Kit e para todos nós se Elizabeth fosse encontrada?

A sociedade vai fazer um passeio no sábado. Vamos assistir a uma encenação de *Julius Caesar* pela Guernsey Repertory Company – John Booker vai fazer o papel de Marco Antônio, e Clovis Fossey vai ser César. Isola tem ajudado Clovis a decorar as falas e diz que nós vamos ficar surpresos com sua performance, especialmente quando, depois de morto, ele diz: "Vocês irão ver-me em Phillipi!" Segundo ela, só de pensar no modo como Clovis diz essas palavras ela passou três noites em claro. Isola exagera, mas o bastante para se divertir.

Kit parou de falar baixinho. Olhei debaixo da mesa, e ela está dormindo. Já é mais tarde do que eu pensava.

Sinceramente,
Dawsey

De Mark para Juliet

30 de abril de 1946

Minha querida,

Acabei de chegar – a viagem poderia ter sido evitada se Hendry tivesse telefonado, mas mexi uns pauzinhos e o carregamento todo passou pela alfândega. Tenho a impressão de estar fora há dias. Posso vê-la hoje à noite? Preciso conversar com você.

Amor,
M.

De Juliet para Mark

É claro. Quer vir aqui? Tenho um salsichão.

Juliet

De Mark para Juliet

Um salsichão – que delícia.
Suzette, às oito?

Amor,
M.

De Juliet para Mark

Diga por favor.

J.

De Mark para Juliet

Por favor, gostaria de encontrá-la no Suzette às oito.

Amor,
M.

De Juliet para Mark

1º de maio de 1946

Querido Mark,

Não recusei, você sabe disso. Eu disse que queria pensar a respeito. Você estava tão ocupado reclamando de Sidney e Guernsey que talvez não tenha notado – eu só disse que queria um tempo. Conheço você há *dois meses*. Esse tempo não é suficiente para eu ter certeza de que deveríamos passar o resto da vida juntos, mesmo que você tenha essa certeza. Uma vez cometi um erro terrível e quase me casei com um homem que mal conhecia (talvez você tenha lido sobre isso nos jornais) – e, pelo menos neste caso, a guerra foi uma circunstância atenuante. Não vou cometer o mesmo erro outra vez.

Pense nisto: nunca vi sua casa – nem sei onde ela é, realmente. Nova York, mas em que rua? Como ela é? De que cor são as paredes? O sofá? Você organiza seus livros em ordem alfabética? (Espero que não.) Suas gavetas são arrumadas ou desarrumadas? Você costuma cantarolar, e, se o faz, o que cantarola? Prefere cães ou gatos? Ou peixes? O que você come no café da manhã – ou você tem uma cozinheira?

Está vendo? Não o conheço o suficiente para me casar com você.

Tenho outra notícia que talvez interesse: Sidney não é seu rival. Não estou apaixonada por ele, nunca estive, nem ele por mim. E jamais me casarei com ele. Isso é suficientemente definitivo para você?

Você tem certeza absoluta de que não preferiria se casar com alguém mais dócil do que eu?

Juliet

De Juliet para Sophie

1º de maio de 1946

Querida Sophie,

Gostaria que você estivesse aqui. Gostaria que estivéssemos morando ainda no nosso simpático estúdio, trabalhando na loja do querido sr. Hawke e jantando biscoito com queijo toda noite. Preciso tanto conversar com você. Quero que você me diga se devo me casar com Mark Reynolds.

Ele me pediu em casamento ontem à noite – não se ajoelhou, mas me estendeu um diamante do tamanho de um ovo de pomba – num romântico restaurante francês. Não tenho certeza se ele ainda quer se casar comigo esta manhã – ele ficou furioso porque eu não disse sim imediatamente. Tentei explicar que o conhecia há pouco tempo e que precisava pensar, mas ele não quis ouvir. Ele achou que eu o estava recusando por causa de uma paixão secreta... por Sidney! Aqueles dois estão realmente obcecados um com o outro.

Graças a Deus estávamos no apartamento dele na hora – ele começou a esbravejar a respeito de Sidney, ilhas distantes e mulheres que ligam mais para um bando de estranhos do que para homens que estão bem diante delas (ele se referia a Guernsey e a meus novos amigos). Eu tentava explicar, e ele gritando, até que comecei a chorar de frustração. Aí ele ficou com remorsos, o que foi tão estranho nele e tão adorável que quase mudei de ideia e disse sim. Mas então imaginei ter de passar a vida inteira chorando para ele ser amável e insisti no não. Discutimos, e ele discursou, e eu chorei mais um pouco, porque estava exausta, e, finalmente, ele chamou o motorista para me levar para casa. Ao fechar a porta do carro, ele se debruçou para me beijar e disse: "Você é uma idiota, Juliet."

E talvez ele tenha razão. Você se lembra daqueles romances horríveis de Cheslayne Fair que lemos no verão quando tínhamos treze anos? Meu favorito era *The Master of Blackheath*. Devo ter lido umas vinte vezes (e você também, não finja que não). Você se lembra de Ransom – como ele ocultou corajosamente o seu amor pela mocinha, Eulalie, para que ela pudesse escolher livremente, sem saber que era louca por ele desde que caíra do cavalo aos doze anos? A questão, Sophie, é que Mark Reynolds é igualzinho a Ransom. Ele é alto e bonito, tem um sorriso irônico e um queixo bem talhado. Ele abre caminho na multidão sem prestar atenção nos olhares que o acompanham. Ele é impaciente e sedutor, e, quando vou empoar o nariz, ouço outras mulheres falando sobre ele, exatamente como aconteceu com Eulalie no mu-seu. As pessoas notam a presença dele. Ele não faz de propósito – elas não podem evitar.

Eu costumava me arrepiar toda com Ransom. Às vezes também me arrepio com Mark – quando olho para ele –, mas não consigo evitar a sensação de que não sou nenhuma Eulalie. Se algum dia eu caísse de um cavalo, seria ótimo ser carregada por Mark, mas acho que não há nenhuma chance de eu cair de um cavalo por agora. É bem mais provável que eu vá para Guernsey para escrever um livro sobre a Ocupação, e Mark não se conforma com isso. Ele quer que eu fique em Londres, vá a restaurantes e teatros e que me case com ele como uma pessoa sensata.

Escreva dizendo-me o que fazer.

Beijos para Dominic – e para você e Alexander também.
Juliet

De Juliet para Sidney

3 de maio de 1946

Querido Sidney,

Posso não estar tão desesperada quanto a Stephens & Stark está sem você, mas sinto saudades e preciso do seu conselho. Por favor, largue tudo o que estiver fazendo e escreva para mim imediatamente.

Quero sair de Londres. Quero ir para Guernsey. Você sabe que me afeiçoei aos meus amigos de Guernsey e estou fascinada pela vida deles durante a Ocupação Alemã... e depois. Visitei o Comitê de Refugiados das Ilhas do Canal e li seu arquivos. Li os relatórios da Cruz Vermelha. Li tudo o que consegui encontrar sobre os trabalhadores escravos Todt – não foi muita coisa, aliás. Entrevistei alguns soldados que libertaram Guernsey e conversei com a Royal Engineers, que removeu milhares de minas de suas praias. Li todos os relatórios "não confidenciais" do governo sobre as condições de saúde dos habitantes das ilhas, sobre o estado de espírito deles, sobre seu estoque de comida. Mas quero saber mais. Quero conhecer as histórias das pessoas que estavam lá, e nunca vou saber isso sentada numa biblioteca em Londres.

Por exemplo, ontem eu estava lendo um artigo sobre a libertação. Um repórter perguntou a um habitante de Guernsey: "Qual foi a experiência mais difícil durante a dominação alemã?" Ele debochou da resposta do homem, mas ela fez todo sentido para mim. O homem lhe disse: "O senhor sabe que eles confiscaram todos os nossos rádios? Se descobrissem que você tinha um rádio escondido, mandavam você para uma prisão no continente. Bem, aqueles de nós que tinham rádios escondidos ouviram que os Aliados tinham desembarcado na Normandia. O problema era que não podíamos saber que aquilo tinha acontecido! A coisa mais difícil que já fiz na vida foi andar por St. Peter Port no dia 7 de junho sem poder sorrir nem fazer nada que mostrasse aos alemães que EU SABIA que o fim deles estava próximo. Se eles descobrissem, alguém ia pagar por isso – então tivemos de fingir. Foi muito difícil fingir não saber que o Dia D tinha acontecido."

Quero conversar com gente como ele (embora ele provavelmente não queira mais saber de escritores) e ouvir a respeito da guerra deles, pois era isso que eu gostaria de ler, em vez de estatísticas sobre grãos. Não sei ao certo que forma o livro vai tomar, nem se vou mesmo conseguir escrevê-lo. Mas gostaria de ir para St. Peter Port para descobrir.

Tenho a sua bênção?

Com amor para você e Piers,
Juliet

Telegrama de Sidney para Juliet

10 de maio de 1946

ENVIO MINHAS BÊNÇÃOS! GUERNSEY É
UMA IDEIA MARAVILHOSA, TANTO PARA VOCÊ
QUANTO PARA UM LIVRO. MAS REYNOLDS IRÁ
PERMITIR? AMOR, SIDNEY.

Telegrama de Juliet para Sidney

11 de maio de 1946

RECEBI SUAS BÊNÇÃOS. MARK REYNOLDS NÃO ESTÁ EM POSIÇÃO DE PROIBIR OU PERMITIR. AMOR, JULIET.

De Amelia para Juliet

13 de maio de 1946

Minha querida,

Foi um prazer receber seu telegrama ontem e saber que você está vindo nos visitar!

Segui suas instruções e espalhei a notícia imediatamente – você deixou a sociedade louca de excitação. Os membros na mesma hora se ofereceram para providenciar qualquer coisa de que você precisasse: casa, comida, apresentações, um estoque de pregadores de roupa elétricos. Isola está no céu com a sua vinda e já está trabalhando pelo seu livro. Embora eu tenha dito a ela que, por enquanto, era só uma ideia, ela está decidida a encontrar material para você. Pediu (talvez tenha ameaçado) a todo mundo que conhece na feira que mande cartas para você sobre a Ocupação; ela acha que você vai precisar delas para convencer seu editor de que o assunto merece um livro. Não se surpreenda se você for inundada de cartas nas próximas semanas.

Isola também foi ver o sr. Dilwyn no banco esta tarde e pediu-lhe que alugue o chalé de Elizabeth para você, durante sua visita. É um lugar lindo, numa campina embaixo da casa maior, e é pequeno, de modo que é fácil de administrar. Elizabeth mudou-se para lá quando os alemães confiscaram a casa maior para seu uso. Você ficaria muito confortável lá, e Isola garantiu ao sr. Dilwyn que só precisava preparar um contrato para você assinar. Ela mesma cuidaria de todo o restante: arejar os cômodos, lavar as janelas, bater os tapetes e matar as aranhas.

Espero que não se sinta constrangida com essas providências, já que o sr. Dilwyn planejou avaliar logo a propriedade para estipular um aluguel. Os advogados de Sir Ambrose iniciaram uma investigação acerca do paradeiro de Elizabeth. Eles descobriram que não há registro de sua chegada à Alemanha, só de que foi embarcada na França e que Frankfurt era o destino do trem. Haverá mais investigações, e rezo para que elas levem a Elizabeth, mas, enquanto isso, o sr. Dilwyn quer alugar a propriedade que foi deixada por Sir Ambrose para Elizabeth, para que Kit tenha uma renda.

Às vezes, acho que temos a obrigação moral de começar uma busca pelos parentes alemães de Kit, mas não consigo tomar essa iniciativa. Christian era uma pessoa rara, e detestava o que seu país estava fazendo, mas muitos alemães, aqueles que acreditavam no sonho do Reich de Mil Anos, não pensam assim. E como podemos mandar Kit para uma terra estrangeira – e destruída – mesmo que seus parentes sejam encontrados? Somos a única família que ela conhece.

Quando Kit nasceu, Elizabeth manteve sua paternidade oculta das autoridades. Não por vergonha, mas porque tinha medo de que o bebê fosse tirado dela e mandado para ser criado na Alemanha. Havia boatos terríveis sobre isso. Eu me pergunto se a filiação de Kit teria salvo Elizabeth, caso ela a tivesse divulgado quando foi presa. Mas como ela não fez isso, não me cabe fazer.

Desculpe o desabafo. As preocupações não me deixam e é um alívio colocá-las no papel. Vou falar de assuntos mais alegres – tais como a reunião de ontem à noite da sociedade.

Depois que o alvoroço em torno de sua visita cessou, a sociedade leu seu artigo sobre livros e leitura no *Times*. Todos gostaram – não apenas porque estávamos lendo sobre nós mesmos, mas porque você nos mostrou possibilidades que nunca cogitamos em nossas leituras. O dr. Stubbins declarou que, sozinha, você transformou "diversão" numa palavra honrada – em vez de algo inútil. O artigo era adorável e todos ficamos agradecidos e orgulhosos por sermos mencionados nele.

Will Thisbee quer promover uma festa de boas-vindas em sua homenagem. Vai assar uma torta de cascas de batatas para o evento e pretende cobri-la com creme de cacau. Ele preparou uma sobremesa surpresa para nosso encontro na noite passada – *Cherries Flambé*, que felizmente queimou dentro da frigideira e por isso não tivemos que comê-la. Eu gostaria que Will parasse de cozinhar e voltasse ao trabalho de funileiro.

Estamos todos ansiosos em recebê-la. Você mencionou que precisa terminar diversas pesquisas antes de deixar Londres, mas ficaremos felizes em vê-la quando puder vir. Mande dizer o dia e a hora da sua chegada. Com certeza, uma viagem de avião para Guernsey seria mais rápida e confortável do que uma de barco (Clovis Fossey mandou dizer que as aeromoças servem gim aos passageiros... e o barco não). Mas a menos que você sofra de enjoo, eu tomaria o barco da tarde em Weymouth. Não há visão mais bonita de Guernsey do que pelo mar – seja com o sol se pondo, ou com nuvens negras de tempestade, ou com a ilha surgindo no meio da neblina. Foi assim que vi Guernsey pela primeira vez, quando era recém-casada.

Cordialmente,
Amelia

De Isola para Juliet

14 de maio de 1946

Querida Juliet,

Estou preparando sua casa para recebê-la. Pedi a vários amigos do mercado que escrevam para você sobre suas experiências e espero que o façam. Se o sr. Tatum escrever pedindo dinheiro por suas lembranças, não lhe dê um centavo. Ele é um grande mentiroso.

Você gostaria de saber sobre a primeira vez que vi os alemães? Vou usar adjetivos para dar mais vida à história. Geralmente não faço isso, me atenho aos fatos.

Guernsey parecia calma naquela terça-feira – mas nós sabíamos que eles estavam lá! Aviões e navios carregando soldados tinham chegado na véspera. Enormes Junkers pousaram e, depois de desembarcar os homens, decolaram de novo. Mais leves e mais travessos, eles foram voando baixo, subindo e descendo, por cima de Guernsey, assustando as vacas nos pastos.

Elizabeth estava na minha casa, mas não nos animamos a fazer seu tônico capilar, mesmo tendo milefólio em casa. Ficamos vagando por ali como dois fantasmas. Então Elizabeth se aprumou. – Nada disso – ela falou. – Não vou ficar aqui sentada esperando por eles. Vou até a cidade procurar meu inimigo.

– E o que vai fazer quando encontrá-lo? – perguntei, um tanto ríspida.

– Vou olhar para ele – ela disse. – Nós não somos animais enjaulados, eles sim. Estão presos aqui nesta ilha conosco, da mesma forma que estamos presos com eles. Venha, vamos olhá-los.

Gostei dessa ideia, então pusemos o chapéu e saímos. Mas você nunca vai acreditar no que vimos em St. Peter Port.

Ah, havia centenas de soldados alemães – e eles estavam FAZENDO COMPRAS! De braços dados, passeavam pela Fountain Street, rindo, olhando as vitrines, entrando nas lojas e saindo com os braços cheios de embrulhos, chamando uns pelos outros. A North Esplanade também estava cheia de soldados. Alguns estavam apenas passeando, outros nos cumprimentaram, amáveis. Um homem disse para mim: "Sua ilha é linda. Em breve, estaremos lutando em Londres, mas agora temos isto – umas férias ao sol."

Outro pobre idiota achou que estava em Brighton. Eles compravam picolés para as crianças que os seguiam. Rindo e se divertindo. Se não fosse por aqueles uniformes verdes, dava para pensar que o barco de Weymouth tinha atracado!

Entramos no Candie Gardens e tudo mudou – de carnaval para pesadelo. Primeiro, ouvimos um barulho – o ritmo constante de botas pisando com força nas pedras. Então uma tropa de soldados com passo de ganso entrou na nossa rua; tudo neles brilhava: botões, botas, aqueles capacetes de metal. Os olhos deles não fitavam nada nem ninguém – olhavam para a frente. Isso era mais assustador do que os rifles pendurados nos ombros, ou as facas e granadas enfiadas nas botas.

O sr. Ferre, que estava atrás de nós, agarrou meu braço. Ele tinha lutado no Somme. Lágrimas escorriam-lhe pelo rosto e, sem perceber, ele torcia meu braço, dizendo: "Como eles têm coragem de fazer isso de novo? Nós os derrotamos e aqui estão eles de novo. Como deixamos que eles fizessem isso de novo?"

Finalmente, Elizabeth disse: "Já vi o suficiente. Preciso de um drinque."

Eu tinha um bom estoque de gim no meu armário, então voltamos para casa.

Vou terminar agora, mas em breve vou vê-la, e isso me alegra. Nós todos queremos esperá-la, mas tem algo que me assusta. Pode haver mais de vinte passageiros no barco, e como vamos saber qual deles é você? Aquela foto do livro é muito embaçada e não quero sair beijando a mulher errada. Você pode usar um chapelão vermelho com um véu e carregar um buquê de lilases?

Sua amiga,
Isola

De alguém que gosta de animais para Juliet

Noite de quarta-feira

Cara senhorita,

Também sou membro da Sociedade Literária e Torta de Casca de Batata de Guernsey, mas nunca escrevi para a senhorita acerca dos meus livros porque só li dois – histórias infantis sobre cães, leais, corajosos e fiéis. Isola disse que a senhorita vem nos visitar, quem sabe para escrever sobre a Ocupação, e acho que sei o que foi que nossos Estados fizeram com os animais! Nosso próprio governo, preste atenção, não os malditos alemães! Eles teriam vergonha de contar isto, mas eu não tenho.

Não gosto muito de gente – jamais gostei, jamais vou gostar. Tenho meus motivos. Nunca conheci um homem com metade da fidelidade de um cão. Se você tratar bem um cão, ele irá tratá-la bem – ele lhe fará companhia, será seu amigo, nunca lhe fará perguntas. Gatos são diferentes, mas nunca os culpei por isso.

A senhorita precisa saber o que algumas pessoas de Guernsey fizeram com seus animais de estimação quando ficaram com medo de que os alemães viessem. Milhares deixaram a ilha – fugiram para a Inglaterra, foram embora, e deixaram cães e gatos para trás. Eles os abandonaram, os deixaram soltos nas ruas, com fome e com sede... aqueles porcos!

Levei para casa todos os cães que pude, mas não foi suficiente. Aí os Estados resolveram cuidar do problema – e fizeram pior, muito pior. Os Estados puseram um aviso nos jornais dizendo que, por causa da guerra, talvez faltasse comida para as pessoas, imagine para os animais. "Vocês podem conservar seus animais de estimação", eles disseram, "mas os Estados terão de sacrificar o resto. Cães e gatos selvagens, vagando pela ilha, são um perigo para as crianças."

E foi o que fizeram. Os Estados punham os animais num caminhão e os levavam para o Abrigo de Animais St. Andrews, e aquelas enfermeiras e médicos os colocavam para dormir. Assim que eles matavam um caminhão cheio de bichos, chegava outro.

Eu vi tudo isso – os animais sendo apanhados, sendo desembarcados no abrigo, sendo enterrados.

Vi uma enfermeira sair do abrigo e ficar parada do lado de fora, respirando ar fresco. Ela parecia estar passando mal. Fumou um cigarro e voltou lá para dentro para ajudar com a matança. Eles levaram dois dias para matar todos os animais.

Isto é tudo o que quero dizer, mas ponha no seu livro.

Alguém que gosta de animais.

De Sally Ann Frobisher para Juliet

15 de maio de 1946

Cara srta. Ashton,

A srta. Pribby me disse que a senhorita virá a Guernsey para saber mais sobre a guerra. Espero conhecê-la então, mas estou escrevendo agora porque gosto de escrever cartas. Gosto de escrever qualquer coisa, na verdade.

Achei que a senhorita gostaria de saber como fui pessoalmente humilhada durante a guerra – em 1943, quando tinha doze anos. Tive sarna.

Não havia sabão suficiente em Guernsey para manter limpas nossas roupas, nossas casas e a nós mesmos. Todo mundo tinha alguma doença de pele – coceiras, furúnculos, piolhos. Tive sarna na cabeça – no couro cabeludo – e não conseguia me livrar dela.

Finalmente, o dr. Ormond disse que eu tinha de ir ao Hospital Municipal, raspar a cabeça e cortar a ponta das sarnas para deixar o pus sair. Espero que você nunca passe pelo vexame de ter a cabeça raspada. Eu queria morrer.

Foi lá que conheci minha amiga Elizabeth McKenna. Ela ajudava as irmãs no meu andar. As irmãs sempre foram gentis, mas a srta. McKenna era gentil *e* engraçada. O fato de ela ser engraçada me ajudou muito nessa hora difícil. Depois que minha cabeça foi raspada, ela entrou no quarto com uma bacia, uma garrafa de Dettol e um bisturi afiado.

Eu disse: "Isso não vai doer, vai? O dr. Ormond disse que não ia doer." Eu estava tentando não chorar.

"Ele mentiu", a srta. McKenna disse. "Vai doer como o diabo. Não conte à sua mãe que eu falei 'diabo'."

Comecei a rir e ela deu o primeiro corte antes que eu tivesse tempo de ter medo. Doeu mesmo, mas não como o diabo. Fizemos uma brincadeira enquanto ela cortava o resto das sarnas – gritamos os nomes de todas as mulheres que tinham sido cortadas. "Maria, rainha da Escócia – snip-snap!" "Ana Bolena – plaft!" "Maria Antonieta – thunk!" E tinha acabado.

Doeu, mas foi divertido, porque a srta. McKenna tinha transformado aquilo numa brincadeira.

Ela passou Dettol na minha cabeça e veio me visitar aquela noite – com uma echarpe de seda dela mesma para eu enrolar em volta da cabeça como um turbante. "Pronto", ela disse e me entregou um espelho. Olhei – a echarpe era bonita, mas meu nariz pareceu grande demais para o meu rosto, como sempre. Imaginei se algum dia seria bonita e perguntei à srta. McKenna.

Quando eu fazia essa pergunta à minha mãe, ela dizia que não tinha paciência para essas bobagens e que beleza era algo à flor da pele. Mas não a srta. McKenna. Ela olhou para mim, avaliando, e então disse: "Daqui a algum tempo, Sally, você vai ser uma beldade. Olhe bem para o espelho que você vai ver. São os ossos que contam, e você tem belos ossos. Com esse seu nariz elegante, você vai ser a nova Nefertite. É melhor treinar para ter um ar altivo."

A sra. Maugery foi me visitar no hospital e perguntei a ela quem era Nefertite e se ela estava morta. Dava a impressão de que sim. A sra. Maugery disse que ela estava morta, de certa forma, mas que também era imortal. Mais tarde, ela conseguiu um retrato de Nefertite para eu ver. Não sabia bem o que era altiva, então tentei me parecer com ela. Até hoje meu nariz ainda é um pouco grande para o meu rosto, mas tenho certeza de que isso vai passar – a srta. McKenna disse que ia.

Outra história triste sobre a Ocupação é a da minha tia Letty. Ela possuía uma casa grande e sombria no alto do penhasco, perto de La Fontenelle. Os alemães disseram que ela estava na linha de tiro dos canhões e que atrapalhava os exercícios deles. Então eles a explodiram. Tia Letty mora conosco agora.

> Sinceramente,
> Sally Ann Frobisher

De Micah Daniels para Juliet

> 15 de maio de 1946

Cara srta. Ashton,

Isola me deu seu endereço porque acha que a senhorita gostaria de ver minha lista para o seu livro.

Se a senhorita me levasse para Paris hoje e me pusesse num elegante restaurante francês – do tipo que tem toalhas de renda branca, velas nas paredes e tampas de prata sobre as travessas –, bem, eu lhe digo que isto não seria nada em comparação com meu caixote do *Vega*.

Caso a senhorita não saiba, o *Vega* era um navio da Cruz Vermelha que veio a Guernsey pela primeira vez em 27 de dezembro de 1944. Foi ele que trouxe comida para nós desta vez, e mais cinco vezes – e isso nos manteve vivos até o fim da guerra.

Sim, eu afirmo – isso nos manteve vivos! Já fazia muitos anos que a comida era insuficiente. Exceto pelos demônios do mercado negro, não tinha sobrado uma colher de açúcar na ilha. Toda a farinha para fazer pão tinha acabado em dezembro de 1944. Os soldados alemães estavam tão famintos quanto nós – com as barrigas inchadas e sem energia.

Bem, eu estava farto de batatas e nabos cozidos, e já estava quase batendo as botas quando o *Vega* atracou no porto.

O sr. Churchill não deixava os navios da Cruz Vermelha trazerem comida para nós porque dizia que os alemães iriam confiscá-la e comê-la. Ora, isso pode parecer-lhe um plano inteligente – deixar os malditos morrer de fome! Mas na minha opinião isso mostrava que ele não estava ligando que nós morrêssemos de fome junto com eles.

Bem, alguma coisa fez sua alma se aliviar um pouco e ele decidiu que podíamos comer. Então, em dezembro, ele disse para a Cruz Vermelha: "Ah, tudo bem, levem um pouco de comida para eles."

Srta. Ashton, havia DOIS CAIXOTES de comida para cada homem, mulher e criança de Guernsey – tudo estocado no *Vega*. Havia outras coisas também: pregos, sementes para plantar, velas, óleo para cozinhar, fósforos para acender o fogo, algumas roupas e alguns sapatos. Até alguns enxovais para recém-nascidos.

Havia farinha e tabaco – Moisés pode dizer o que quiser sobre o maná, mas ele nunca viu nada parecido! Vou contar tudo o que tinha no meu caixote, porque anotei no meu diário:

170 gramas de chocolate *500 gramas de biscoitos*
115 gramas de chá *500 gramas de manteiga*
170 gramas de açúcar *370 gramas de carne em conserva*

56 gramas de leite em lata
425 gramas de geleia
140 gramas de sardinha
170 gramas de ameixa seca
28 gramas de sal

226 gramas de passas
283 gramas de salmão
113 gramas de queijo
28 gramas de pimenta
Um tablete de sabão

Dei minhas ameixas secas – mas não foi maravilhoso? Quando eu morrer, vou deixar todo o meu dinheiro para a Cruz Vermelha. Já escrevi para eles comunicando isso.

Tem outra coisa que preciso dizer. Pode ser sobre os alemães, mas a verdade tem de ser dita. Eles descarregaram todos os caixotes de comida do *Vega* e não ficaram com nenhum. É claro que o comandante deles tinha dito: "Essa comida é para os habitantes da ilha, não para vocês. Se vocês roubarem alguma coisa, serão fuzilados." Então ele deu a cada homem que estava descarregando o navio uma colher de chá para ele poder raspar um pouco de farinha ou algum grão que caísse no chão. Isso eles podiam comer.

De fato, aqueles soldados eram uma visão lastimável. Roubando coisas dos jardins, batendo nas portas para pedir restos de comida. Um dia, vi um soldado pegar um gato, arrebentar a cabeça dele contra uma parede, depois cortá-la fora e esconder o corpo dentro do paletó. Eu o segui, até ele chegar a um campo. Aquele alemão esfolou o gato, cozinhou-o numa lata e o comeu ali mesmo.

Isso foi horrível. Me deixou doente, mas, ao mesmo tempo, pensei: "Lá se vai o Terceiro Reich de Hitler – morrendo de fome", e comecei a rir até perder o fôlego. Estou envergonhado disso agora, mas foi o que fiz.

Isso é tudo o que tenho a dizer. Desejo-lhe sucesso no livro.

Sinceramente,
Micah Daniels

De John Booker para Juliet

16 de maio de 1946

Cara srta. Ashton,

Amelia nos contou que a senhorita virá a Guernsey para colher histórias para o seu livro. Vou recebê-la de todo o coração, mas não poderei contar o que aconteceu comigo porque fico com tremedeira quando falo sobre isso. Talvez, se eu escrever, a senhorita não tenha necessidade de ouvir de viva voz. Aliás, não é sobre Guernsey, eu não estava aqui. Eu estava no campo de concentração de Neuengamme, na Alemanha.

A senhorita sabe que fingi ser o Lorde Tobias durante três anos? A filha de Peter Jenkins, Lisa, estava se encontrando com soldados alemães. Qualquer soldado alemão, desde que ele lhe desse meias ou batons. Isso foi até ela começar a namorar o sargento Willy Gurtz. Ele era um safado. Os dois juntos eram nojentos. Foi Lisa quem me delatou para o comandante alemão.

Em março de 1944, Lisa estava fazendo o cabelo no salão de beleza quando achou um velho exemplar, de antes da guerra, da revista *Tatler*. Lá, na página 124, havia uma foto colorida de Lorde e Lady Tobias Penn-Piers. Eles estavam num casamento em Sussex, tomando champanhe e comendo ostras. A legenda sob a foto falava tudo sobre o vestido dela, seus diamantes, seus sapatos, seu rosto e seu dinheiro. A revista mencionava que eles tinham uma propriedade, chamada La Fort, em Guernsey.

Bem, ficou muito claro – até para Lisa, que é burra como uma porta – que Lorde Tobias Penn-Piers não era eu. Ela nem esperou o penteado ficar pronto, saiu na mesma hora para mostrar a foto para Willy Gurtz, que a levou diretamente para o comandante.

Isso fez os alemães se sentirem uns bobos, fazendo rapapés para um criado – então eles ficaram com ódio e me mandaram para o campo de concentração de Neuengamme.

Achei que não ia sobreviver à primeira semana. Junto com outros prisioneiros, me mandaram retirar as bombas que não explodiam durante ataques aéreos. Que escolha – correr debaixo de uma chuva de bombas ou ser morto pelos guardas por me recusar. Eu corria como um rato e tentava me proteger quando ouvia as bombas assoviando sobre minha cabeça e, de algum modo, consegui ficar vivo. Era isso que eu dizia a mim mesmo – bem, você ainda está vivo. Acho que nós todos dizíamos o mesmo todas as manhãs, quando acordávamos – bem, ainda estou vivo. Mas a verdade é que *não estávamos*. Não estávamos mortos, mas também não estávamos vivos. Eu só era uma pessoa viva durante alguns minutos por dia, quando estava na minha cama. Nessa hora, eu tentava pensar em algo alegre, algo que eu havia gostado – mas não em algo que eu amasse, pois isso piorava as coisas. Só uma coisinha, como um piquenique escolar ou um passeio de bicicleta, era o que eu conseguia suportar.

Pareceram trinta anos, mas foi só um. Em abril de 1945, o comandante de Neuengamme escolheu aqueles que ainda tinham condições de trabalhar e nos mandou para Belsen. Viajamos durante vários dias num caminhão aberto – sem comida, sem cobertores, sem água, mas estávamos felizes por não estarmos a pé. As poças de lama da estrada estavam vermelhas.

Imagino que a senhorita já saiba o que ocorreu em Belsen. Quando saltamos do caminhão, nos entregaram pás. Mandaram que cavássemos grandes buracos para enterrar os mortos. Eles nos levaram até o lugar e achei que tinha enlouquecido, porque todo mundo que eu via estava morto. Até os vivos pareciam cadáveres, e os cadáveres estavam por toda parte. Não entendi por que eles iam ter o trabalho de enterrá-los. A questão é que os russos estavam chegando do leste, e os Aliados, do oeste – aqueles alemães estavam apavorados com o que eles iam ver quando chegassem.

O crematório não queimava os corpos na velocidade necessária – então, depois de cavar enormes valas, nós arrastávamos os cadáveres e os jogávamos lá dentro. A senhorita não vai acreditar, mas os SS obrigaram a banda dos prisioneiros a tocar, enquanto arrastávamos os cadáveres – e por causa disso espero que eles ardam no inferno ao som de polcas. Quando as valas estavam cheias, os SS jogavam gasolina nos corpos e ateavam fogo. Depois, tínhamos de cobri-los com terra – como se fosse possível esconder uma coisa dessas.

Os ingleses chegaram lá no dia seguinte, e, meu Deus, como ficamos felizes em vê-los. Eu tinha força suficiente para andar pela estrada, então vi os tanques arrombarem os portões e a bandeira inglesa pintada do lado deles. Eu me virei para um homem que estava sentado no chão, encostado numa cerca, e gritei: "Estamos salvos! São os ingleses!" Então vi que ele estava morto. Tinha sido uma questão de minutos. Eu me sentei na lama e solucei, como se ele tivesse sido o meu melhor amigo.

Quando os soldados desceram dos tanques, também estavam chorando – até mesmo os oficiais. Aqueles bons homens nos deram comida, cobertores, nos levaram para hospitais. E, Deus os abençoe, puseram fogo em Belsen um mês depois.

Li no jornal que eles construíram um campo de refugiados de guerra naquele lugar. Estremeço só em pensar que estão armando novas barracas lá, mesmo que seja por uma boa causa. Por mim, aquela terra ficaria vazia para sempre.

Não vou mais escrever sobre isso e espero que a senhorita entenda se eu não quiser falar no assunto. Como diz Sêneca: "Sofrimentos leves são loquazes, mas os grandes são mudos."

Eu me lembro de algo que talvez a senhorita queira saber para o seu livro. Aconteceu em Guernsey, quando eu ainda estava fingindo que era o Lorde Tobias. Às vezes, à noite, Elizabeth e eu íamos até o pontal para ver os aviões de bombardeio passarem – centenas deles, indo bombardear Londres. Era terrível olhar e saber para onde estavam indo e o que iam fazer. A rádio alemã tinha dito que Londres estava arrasada, reduzida a cinzas e escombros. Nós não acreditávamos inteiramente neles, sabendo como era a propaganda alemã, mas mesmo assim...

Numa dessas noites, estávamos andando por St. Peter Port e passamos pela McLaren House. Aquela era uma bela casa antiga que tinha sido ocupada pelos oficiais alemães. Uma janela estava aberta e o rádio tocava uma linda música. Paramos para ouvir, achando que devia ser um programa de Berlim. Mas, quando a música terminou, ouvimos o Big Ben bater e uma voz inglesa disse: *"Aqui fala a BBC de Londres."* O som do Big Ben é inconfundível! Londres ainda estava lá! Ainda existia. Elizabeth e eu nos abraçamos e começamos a dançar pela rua. Essa era uma das coisas em que eu não conseguia pensar enquanto estava em Neuengamme.

Sinceramente,
John Booker

De Dawsey para Juliet

16 de maio de 1946

Cara Juliet,

Agora só resta esperar pela sua vinda. Isola já lavou, engomou e passou as cortinas de Elizabeth, examinou a chaminé, atrás de morcegos, esfregou as janelas, fez as camas e arejou todos os cômodos.

Eli fez uma escultura de presente para você. Eben encheu seu depósito de lenha e Clovis passou a foice no campo – deixando, diz ele, as moitas de flores selvagens para você apreciar. Amelia está planejando um jantar na sua primeira noite aqui.

Minha única tarefa é manter Isola viva até você chegar. Alturas a deixam tonta, mas mesmo assim ela subiu no telhado do chalé de Elizabeth para procurar telhas soltas. Felizmente Kit a viu antes que ela chegasse na beirada e correu para me chamar.

Eu gostaria de poder fazer mais para recebê-la – espero que seja em breve. Estou feliz com a sua visita.

Do seu,
Dawsey

De Juliet para Dawsey

19 de maio de 1946

Caro Dawsey,

Estarei aí depois de amanhã! Sou covarde demais para voar, mesmo com o incentivo de gim, então chegarei à noite, de barco.

Você pode dar um recado a Isola para mim? Por favor, diga a ela que não tenho um chapéu com véu e não posso carregar lírios – eles me fazem espirrar –, mas tenho uma capa de lã vermelha e vou usá-la no barco.

Dawsey, não há nada mais que você possa fazer para que eu me sinta mais bem-vinda em Guernsey do que já fez. Não consigo acreditar que vou, finalmente, conhecer vocês.

Sinceramente,
Juliet

De Mark para Juliet

20 de maio de 1946

Querida Juliet,

Você me pediu que lhe desse um tempo, e eu dei. Você me pediu que não falasse em casamento, e não falei. Mas agora você me diz que está indo para aquela droga de Guernsey por... quanto tempo? Uma semana? Um mês? Para sempre? Você acha que vou ficar parado e deixar você ir?

Você está sendo ridícula, Juliet. Qualquer idiota pode ver que você está fugindo, mas o que ninguém consegue entender é por quê. Nós nos damos bem – você me deixa feliz, nunca me aborrece, está interessada nas mesmas coisas que eu e espero não estar enganado quando digo que o mesmo vale para você. Fomos feitos um para o outro. Sei que você detesta quando digo que sei o que é melhor para você, mas neste caso eu sei.

Pelo amor de Deus, esqueça essa ilhazinha miserável e se case comigo. Levo você lá na nossa lua de mel, se for preciso.

Com amor,
Mark

De Juliet para Mark

20 de maio de 1946

Querido Mark,

Você, provavelmente, tem razão, mas mesmo assim vou para Guernsey amanhã e *você não pode me impedir*.

Sinto muito não ter dado a resposta que você queria ouvir. Gostaria de poder fazer isso.

Com amor,
Juliet

P. S.: Obrigada pelas rosas.

De Mark para Juliet

Pelo amor de Deus. Você quer que eu a leve até Weymouth?

Mark

De Juliet para Mark

Você promete não fazer nenhum sermão?

Juliet

De Mark para Juliet

Sem sermões. Entretanto, todas as demais formas de persuasão serão empregadas.

Mark

De Juliet para Mark

Você não consegue me assustar. O que acha que pode fazer enquanto dirige?

Juliet

De Mark para Juliet

Você vai se surpreender. Vejo-a amanhã.

M.

SEGUNDA PARTE

De Juliet para Sidney

22 de maio de 1946

Querido Sidney,

Tenho tanta coisa para contar. Só estou em Guernsey há vinte horas, mas cada hora tem sido tão cheia de novos rostos e novas ideias que tenho muito para escrever. Está vendo quanto a vida na ilha é estimulante? Veja só Victor Hugo – talvez eu me torne produtiva se ficar aqui por algum tempo.

A viagem de Weymouth até aqui foi horrível, com o barco gemendo e rangendo, ameaçando partir-se em pedaços nas ondas. Quase desejei que se partisse mesmo, para acabar com o meu tormento, só que eu queria ver Guernsey antes de morrer. Assim que a ilha apareceu, me esqueci de tudo porque o sol surgiu no meio das nuvens e os penhascos brilharam com uma luz prateada.

Quando o barco entrou no cais, vi St. Peter Port erguendo-se do mar em platôs, com uma igreja no topo como um enfeite de bolo, e percebi que meu coração estava disparado. Por mais que eu procurasse convencer a mim mesma de que era por causa do cenário, sabia que não era verdade. Todas aquelas pessoas que eu tinha passado a conhecer, e até a amar um pouco, esperando para me ver. E eu, sem nenhum papel para me esconder atrás. Sidney, nestes últimos dois ou três anos passei a escrever melhor do que viver – e pense o que quiser dos meus textos. No papel, sou encantadora, mas isso é só um truque que aprendi. Não tem nada a ver comigo. Pelo menos, era isso que eu estava pensando quando o barco se aproximou do cais. Tive um impulso covarde de atirar minha capa vermelha no mar e fingir que eu era outra pessoa.

Quando encostamos, pude ver os rostos das pessoas que estavam esperando – e aí não tinha mais volta. Eu os conhecia de suas cartas. Lá estava Isola com um chapéu maluco e um xale roxo preso com um broche espalhafatoso. Ela sorria fixamente na direção errada e gostei dela na mesma hora. Ao seu lado, estava um homem com o rosto vincado e, ao lado dele, um menino, comprido e anguloso. Eben e o neto, Eli. Acenei para Eli e ele sorriu como um facho de luz e cutucou o avô – então fiquei acanhada e me perdi na multidão que descia a prancha.

Isola me alcançou primeiro, pulando por cima de um caixote de lagostas, e me agarrou num abraço feroz que me tirou do chão. "Ah, benzinho", ela gritou, enquanto eu ficava ali pendurada.

Não foi um doce? Todo o meu nervosismo foi espremido de mim junto com o ar. Os outros se aproximaram mais calmamente, mas com o mesmo carinho. Eben apertou minha mão e sorriu. Dá para ver que um dia ele foi forte e rijo, mas agora está muito magro. Ele tem um ar ao mesmo tempo sério e simpático. Como será que ele consegue? Eu me vi querendo impressioná-lo.

Eli pôs Kit nos ombros e os dois se aproximaram juntos. Kit tem perninhas grossas e o rosto severo – cachos escuros, grandes olhos cinzentos – e não gostou nem um pouco de mim. O suéter de Eli estava cheio de lascas de madeira e ele tinha um presente para mim no bolso – um ratinho adorável com um bigode torto, feito de nogueira. Eu lhe dei um beijo no rosto e sobrevivi ao olhar malévolo de Kit. Ela tem um ar bem hostil para uma menina de quatro anos.

Então Dawsey estendeu as mãos. Eu esperava que ele se parecesse com Charles Lamb, e se parece mesmo, um pouco – tem o mesmo olhar franco. Ele me entregou um buquê de cravos da parte de Booker, que não pôde estar presente; ele tinha batido com a cabeça durante um ensaio e ia passar a noite no hospital, em observação. Dawsey é moreno, magro e forte, e seu rosto tem um ar calmo e vigilante – até ele sorrir. Tirando uma certa irmã sua, ele tem o sorriso mais doce que eu já vi, e me lembrei de Amelia dizendo numa carta que ele tem um dom raro para convencer – o que acredito. Como Eben – como todo mundo aqui –, ele está muito magro, embora você possa ver que ele já foi mais robusto um dia. O cabelo está ficando grisalho e ele tem olhos castanhos tão escuros que parecem pretos. As linhas ao redor dos olhos fazem com que ele pareça estar começando a sorrir mesmo quando não está, mas acho que ele não tem mais de quarenta anos. É um pouco mais alto do que eu e manca ligeiramente, mas ele é forte – ergueu minha bagagem, a mim, Amelia e Kit para dentro da carroça sem nenhum problema.

Troquei um aperto de mãos com ele (não lembro se disse alguma coisa) e então se afastou para dar lugar a Amelia. Ela é uma dessas senhoras que é mais bonita aos sessenta do que provavelmente foi aos vinte (ah, como espero que alguém diga isso a meu respeito um dia!). Pequena, rosto fino, lindo sorriso, cabelo grisalho com uma grinalda de tranças, ela segurou com força a minha mão e disse: "Juliet, estou contente que você esteja aqui, finalmente. Vamos pegar suas coisas e ir para casa." Isso soou tão bem, como se fosse mesmo minha casa.

Enquanto ficávamos ali parados no cais, um raio de luz volta e meia atingia meus olhos, depois o deque. Isola bufou e disse que era Adelaide Addison, na janela, de binóculo, observando tudo o que fazíamos. Isola acenou vigorosamente para o raio de luz e ele parou.

Enquanto ríamos por causa disso, Dawsey pegava minhas malas, cuidava para que Kit não caísse do cais, providenciava tudo de forma geral. Comecei a ver que é isso que ele faz – e que todo mundo sabe que pode contar com ele.

Nós quatro – Amelia, Kit, Dawsey e eu – fomos para a fazenda de Amelia na carroça de Dawsey e o restante foi andando. Não era longe, exceto em termos de paisagem, pois saímos de St. Peter Port e fomos para o campo. Há campinas ondulantes, mas elas terminam abruptamente em penhascos e o cheiro salgado do mar está em toda parte. Enquanto íamos, o sol se pôs e a névoa caiu. Sabe como os sons ficam aumentados no nevoeiro? Bem, foi assim – cada chilreio de passarinho pareceu marcante e simbólico. Nuvens borbulhavam sobre as encostas dos penhascos, e os campos estavam cinzentos quando chegamos a casa, mas vi figuras espectrais que achei serem os abrigos de concreto construídos pelos trabalhadores Todt.

Kit sentou-se ao meu lado na carroça e me lançou vários olhares de esguelha. Eu não era boba de tentar falar com ela, mas fiz o meu truque do polegar arrancado – você conhece, aquele que faz o seu polegar parecer que foi decepado.

Eu o fiz várias vezes, com naturalidade, sem olhar para ela, enquanto me observava como um filhote de falcão. Estava fascinada, mas não riu nem se deixou enganar. Finalmente, ela disse: "Mostre-me como você faz isso."

Ela se sentou em frente a mim no jantar e recusou o espinafre com o braço esticado, a mão erguida como um policial. "Para mim, não", ela disse, e eu não teria coragem de desobedecê-la. Ela puxou a cadeira para perto de Dawsey e comeu com um dos cotovelos firmemente enfiado no braço dele, para ele não sair do lugar. Ele não pareceu ligar, mesmo tendo dificuldade para cortar o frango, e, quando o jantar terminou, ela imediatamente subiu no colo dele. Ali era, obviamente, o seu trono, e embora Dawsey parecesse estar prestando atenção na conversa, eu o vi fazendo um coelho de guardanapo enquanto conversávamos sobre escassez de alimentos durante a Ocupação. Você sabia que os moradores das ilhas moíam alpiste para usar como farinha quando esta acabou?

Devo ter passado em algum teste a que eu não sabia que estava sendo submetida, porque Kit me pediu para colocá-la na cama. Ela queria ouvir uma história sobre um furão. Ela gostava de insetos, e eu? Eu beijaria um rato na boca? Eu disse "Nunca", e isso aparentemente a agradou – eu era obviamente uma covarde, mas não uma hipócrita. Contei-lhe uma história e ela aproximou o rosto um infinitesimal quarto de centímetro para ser beijado.

Que carta longa – e só contém as primeiras quatro horas das vinte. Você vai ter de esperar pelas outras dezesseis.

Com amor,
Juliet

De Juliet para Sophie

24 de maio de 1946

Minha querida Sophie,

Sim, estou aqui. Mark fez o que pôde para me impedir, mas resisti teimosamente, até o amargo fim. Sempre considerei a teimosia uma das minhas características menos atraentes, mas ela foi valiosa na semana que passou.

Foi só quando o barco zarpou, e eu o vi parado no cais, alto e zangado – e querendo se casar *comigo* –, que comecei a pensar que talvez ele tivesse razão. Talvez eu seja uma completa idiota. Sei de três mulheres que são loucas por ele – ele vai ser fisgado num abrir e fechar de olhos, e vou passar a minha velhice num conjugado horroroso, com os dentes caindo um a um. Ah, posso imaginar tudo: ninguém irá comprar meus livros e cobrirei Sidney de manuscritos rasgados, ilegíveis, que ele fingirá publicar por pena. Tremendo e resmungando, vagarei pelas ruas carregando meus nabos patéticos numa sacola, com jornais enfiados nos sapatos. Você me enviará cartões afetuosos no Natal (não é?) e contarei a estranhos que um dia quase fiquei noiva de Mark Reynolds, o magnata dos livros. Eles balançarão a cabeça – a pobrezinha é completamente maluca, é claro, mas é inofensiva.

Meu Deus. Que loucura.

Guernsey é linda e meus novos amigos me receberam com tanta generosidade, com tanto carinho, que não duvidei nem por um segundo de ter feito a coisa certa em vir aqui – até um momento atrás, quando comecei a pensar nos meus dentes. Vou parar de pensar neles. Vou caminhar pelo prado de flores selvagens que fica bem em frente à minha porta e correr o mais depressa que puder até o penhasco. Depois vou me atirar no chão e contemplar o céu, que está brilhando como uma pérola esta tarde, e respirar o ar perfumado de grama e fingir que Markham V. Reynolds não existe.

Acabei de entrar. Já se passaram horas – o sol se pôs, deixando um halo dourado nas nuvens, e o mar está gemendo no fundo dos penhascos. Mark Reynolds? Quem é ele?

Com o amor de sempre,
Juliet

De Juliet para Sidney

27 de maio de 1946

Querido Sidney,

O chalé de Elizabeth foi construído para abrigar um hóspede ilustre, porque é bem espaçoso. Tem uma sala grande, um banheiro, uma despensa e uma enorme cozinha embaixo. Tem três quartos e um banheiro em cima. E, o melhor de tudo, tem janelas em toda parte, de modo que a brisa marinha pode entrar em todos os cômodos.

Puxei uma mesa para perto da maior janela da sala. O único problema é a tentação constante de sair e caminhar até a beira do penhasco. O mar e as nuvens não ficam iguais por cinco minutos seguidos e tenho medo de perder alguma coisa se ficar dentro de casa. Quando me levantei hoje de manhã, o mar estava cheio de rodelas de sol – e agora parece estar coberto por um pano cor de limão. Os escritores deviam morar no interior ou perto do depósito de lixo da cidade para poder escrever. Ou talvez precisem ter mais força de vontade do que eu.

Se eu precisasse de algum incentivo para ficar fascinada com Elizabeth, o que não preciso, as coisas dela seriam suficientes para isso. Os alemães chegaram para tomar posse da casa de Sir Ambrose e deram a ela apenas seis horas para retirar seus pertences e levar para o chalé. Isola disse que Elizabeth só levou algumas panelas, uns poucos talheres e utensílios de cozinha (os alemães ficaram com a prataria, os cristais, a porcelana e os vinhos), seu equipamento de pintura, uma vitrola velha, alguns discos e um monte de livros. Tantos livros, Sidney, que ainda não tive tempo de examinar todos eles – as estantes da sala estão lotadas e há livros até no armário da cozinha. Ela até pôs uma pilha de livros ao lado do sofá para servir como mesinha – não foi brilhante?

Em cada canto encontro pequenas coisas que me falam dela. Era muito observadora, Sidney, como eu, porque todas as prateleiras estão cheias de conchas, penas de aves, algas marinhas, pedrinhas, cascas de ovo e o esqueleto de algo que pode ser um morcego. São apenas coisas que estavam jogadas no chão, que qualquer pessoa pisaria em cima, mas ela viu que eram lindas e as trouxe para casa. Quem sabe ela as usava para pintar naturezas-mortas? Imagino se seu caderno de desenho estará por aqui, em algum lugar. Vou ter de bisbilhotar. O trabalho vem primeiro, mas a expectativa é a mesma de véspera de Natal, sete dias por semana.

Elizabeth também trouxe um dos quadros de Sir Ambrose. É um retrato dela, pintado quando tinha uns oito anos. Ela está sentada num balanço, pronta para pular dele, mas tendo de ficar quieta para Sir Ambrose pintá-la. Dá para ver por suas sobrancelhas que ela não está gostando daquilo. Olhares devem ser hereditários, porque o de Kit é igualzinho ao dela.

Meu chalé fica ao lado dos portões (genuínos portões de fazenda com três grades). O jardim que cerca o chalé está cheio de flores silvestres, até a beirada do penhasco, coberta de capim grosso e tojo.

A casa grande (na falta de um nome melhor) é aquela que Elizabeth veio fechar para Ambrose. Ela fica perto do chalé e é magnífica. De dois andares, em forma de L, e toda feita de uma bela pedra azul-acinzentada. Ela tem telhado inclinado com trapeiras e um terraço que se estende desde a quina do L por toda a extensão da casa. Sobre essa quina há uma torre com janelas que dão para o mar. Muitas das árvores mais altas tiveram de ser cortadas para fazer lenha, mas o sr. Dilwyn pediu a Eben e Eli que plantassem novas árvores – castanheiras e carvalhos. Ele também vai plantar pessegueiros ao logo dos muros de tijolo do jardim, assim que eles sejam reconstruídos.

A casa é bem harmoniosa, com janelas altas que dão para o terraço de pedra. O gramado está ficando verde e viçoso de novo, cobrindo as marcas de pneus dos carros e caminhões alemães.

Acompanhada em diversas ocasiões por Eben, Eli, Dawsey ou Isola, percorri as dez freguesias da ilha nos últimos cinco dias; Guernsey é muito bonita em sua imensa variedade – campos, bosques, cercas vivas, vales, mansões, dólmenes, penhascos, lojas de feitiçaria, estábulos em estilo Tudor e chalés de pedra em estilo normando. Contaram-me fatos de sua história (bem fora-da-lei) em cada novo local ou prédio.

Os piratas de Guernsey tinham um gosto refinado – eles construíram lindas casas e prédios públicos imponentes. Estes estão em ruínas, necessitando urgentemente de reforma, mas sua beleza arquitetônica se mantém. Dawsey me levou a uma igrejinha, toda feita de cacos de porcelana e cerâmica, formando mosaicos. Um padre elaborou tudo sozinho – ele devia fazer visitas pastorais munido de um martelo.

Meus guias são tão variados quanto os pontos turísticos. Isola me conta sobre baús de pirata amarrados com ossos, atirados nas praias, e sobre o que o sr. Hallette guarda escondido no celeiro (ele diz que é um bezerro, mas nós não somos tolos). Eben descreve como eram as coisas antes da guerra, e Eli desaparece de repente e depois volta com suco de pêssego e um sorriso angelical no rosto. Dawsey é o que fala menos, mas me leva para ver maravilhas – como a igrejinha.

Depois se afasta e deixa que eu desfrute delas pelo tempo que quiser. Ele é a pessoa mais sem pressa que já vi. Quando caminhávamos pela estrada ontem, notei que ela passava muito perto dos penhascos e que havia uma trilha que ia dar na praia, lá embaixo.

— Foi aqui que você conheceu Christian Hellman? — perguntei.

Dawsey ficou espantado e disse que sim, que aquele era o lugar.

— Como era ele? — perguntei, porque queria visualizar a cena. Achei que seria uma pergunta inútil, uma vez que homens não sabem descrever uns aos outros, mas Dawsey sabia.

— Ele era exatamente como você imagina que seja um alemão: alto, louro, de olhos azuis... só que ele podia sentir dor.

Com Amelia e Kit, fui tomar chá na cidade várias vezes. Cee Cee tinha razão ao se maravilhar com St. Peter Port. O cais, com a cidade subindo, íngreme, até o céu, deve ser um dos mais lindos do mundo. As vitrines na High Street e na Pollet são imaculadamente limpas e estão começando a se encher de mercadorias novas. St. Peter Port pode estar um tanto desmazelado neste momento — com tantos prédios necessitando de reforma —, mas não tem o ar exausto da pobre Londres. Deve ser por causa da luz brilhante que cobre tudo e das flores que crescem em toda parte — nos campos, nas beiradas, nas fendas, entre as pedras da calçada.

Você precisava ter a altura de Kit para ver o mundo direito. Ela é ótima em mostrar certas coisas que eu não teria observado — borboletas, aranhas, flores pequeninas que crescem rente ao chão —; elas são difíceis de ver quando você está diante de uma parede incandescente de fúcsias e buganvílias. Ontem, encontrei Kit e Dawsey agachados junto a um arbusto do lado do portão, bem quietinhos. Eles estavam observando um melro arrancar uma minhoca do solo. A minhoca lutou bastante e nós três ficamos ali, em silêncio, até que o melro conseguiu finalmente engoli-la. Nunca tinha visto o processo todo antes. É nojento.

Kit às vezes carrega uma caixa com ela quando vamos à cidade – uma caixa de papelão, amarrada com um barbante e com uma alça de linha vermelha. Mesmo enquanto lanchamos, ela a segura no colo e tem muito ciúme dela. Não há buracos na caixa para entrada de ar, então não pode ser um furão. Ou, meu Deus, talvez seja um furão morto. Eu adoraria saber o que tem lá dentro, mas é claro que não posso perguntar.

Gosto daqui e estou pronta para começar a trabalhar. É o que vou fazer, assim que voltar de uma pescaria com Eben e Eli, que marcamos para hoje à tarde.

Com amor, para você e Piers,
Juliet

De Juliet para Sidney

30 de maio de 1946

Querido Sidney,

Você se lembra de quando me obrigou a fazer quinze aulas na Escola de Mnemônica Sidney Stark? Você disse que escritores que ficavam tomando notas durante uma entrevista eram mal-educados, preguiçosos, incompetentes e que você não queria que eu o envergonhasse. Você foi incrivelmente arrogante e eu o odiei, mas aprendi bem as lições – agora você pode ver os frutos do seu trabalho.

Fui à minha primeira reunião da Sociedade Literária e Torta de Casca de Batata de Guernsey ontem à noite. Ela foi realizada na sala de estar de Clovis e Nancy Fossey (espalhando-se para a cozinha). O orador da noite era um novo membro, Jonas Skeeter, que ia falar sobre *As meditações de Marco Aurélio*.

O sr. Skeeter foi até a frente da sala, olhou zangado para todos nós e anunciou que não queria estar lá e que só tinha lido aquele livro bobo de Marco Aurélio porque seu mais antigo, mais querido e *ex*-amigo, Woodrow Cutter, o tinha obrigado a isso. Todo mundo se virou para olhar para Woodrow, e Woodrow estava lá sentado, obviamente chocado e de boca aberta.

– Woodrow – Jonas Skeeter continuou – atravessou meu terreno quando eu estava ocupado preparando adubo. Ele estava com um livrinho na mão e disse que tinha acabado de lê-lo. Ele disse que gostaria que eu também o lesse... ele era muito *profundo*.

"Woodrow, eu não tenho tempo para ser *profundo*", eu disse.

"Ele disse: 'Você devia arranjar tempo, Jonas. Se você o lesse, teríamos coisas melhores para conversar no Crazy Ida's. Nós nos divertiríamos mais tomando uma cerveja.'

"Ora, isso feriu meus sentimentos, não adianta dizer que não. Meu amigo de infância se achando melhor do que eu só porque lia livros para vocês e eu não. Eu já tinha deixado passar antes – cada um na sua, como dizia minha mãe. Mas agora ele tinha ido longe demais. Ele tinha me ofendido. *Ele se declarou melhor do que eu*.

"'Jonas', ele disse, 'Marco foi um imperador romano – e um imperador muito poderoso. Este livro é sobre o que ele pensava, lá no meio dos quadros. Eles eram bárbaros que estavam esperando na floresta para matar os romanos. E Marco, apesar de pressionado por aqueles quadros, teve tempo de escrever este livrinho com seus pensamentos. Ele tinha pensamentos muito abrangentes e nós podíamos usar alguns, Jonas.'

"Então, engoli a mágoa e peguei o maldito livro, mas vim aqui esta noite para dizer diante de todos: que vergonha, Woodrow! Que vergonha ter mais consideração por um livro do que por seu amigo de infância!

"Mas li o livro e vou dizer o que penso dele. Marco Aurélio era uma *mulher velha* – sempre tirando a temperatura da sua mente –, sempre refletindo sobre o que tinha feito ou o que não tinha feito. Ele estava certo – ou estava errado? O restante do mundo estava errado? Ou era ele que estava? Não, eram os outros que estavam errados, e ele endireitava as coisas para eles. Ele era uma galinha choca, nunca teve um pensamento que não transformasse em sermão. Ora, aposto que o homem não conseguia nem mijar..."

Alguém exclamou:

– Mijar! Ele disse mijar na frente das senhoras!

– Ele tem que pedir desculpas – gritou outro.

– Ele não tem que pedir desculpas. Ele está aqui para dizer o que acha, e é isso que ele acha. Gostem ou não gostem!

– Woodrow, como você pôde magoar assim o seu amigo?

– Que vergonha, Woodrow!

Todos silenciaram quando Woodrow se levantou. Os dois homens se encontraram no meio da sala. Jonas estendeu a mão para Woodrow, e Woodrow deu um tapa nas costas de Jonas, e os dois saíram de braços dados para o Crazy Ida's. Espero que isso seja um pub e não uma mulher.

Com amor,
Juliet

P. S.: Dawsey foi o único membro da sociedade a achar a reunião de ontem à noite engraçada. Ele é educado demais para rir alto, mas vi seus ombros sacudindo. Pelos comentários dos outros, percebi que a noite tinha sido satisfatória, mas nada fora do comum.

Com amor de novo,
Juliet

De Juliet para Sidney

31 de maio de 1946

Querido Sidney,

Por favor, leia esta carta que encontrei enfiada por baixo da porta esta manhã.

Cara srta. Ashton,

A srta. Pribby me disse que a senhorita queria saber sobre nossa recente Ocupação pelo Exército alemão – então aqui está a minha carta.

Sou um homem pequeno e, embora mamãe diga que eu nunca fui o primeiro em nada, eu fui. Só não contei a ela. Sou um campeão de assobio. Já ganhei concursos e prêmios com meus assobios. Durante a Ocupação, usei esse talento para humilhar o inimigo.

Depois que minha mãe dormia, eu saía silenciosamente de casa. Ia até o bordel alemão (perdoe o termo) na Saumarez Street. Eu me escondia nas sombras até que um soldado saísse da casa. Não sei se as damas sabem disto, mas os homens não estão em sua melhor forma depois de uma ocasião destas. O soldado começava a caminhar de volta para o alojamento, geralmente assobiando. Eu começava a caminhar devagar, assobiando a mesma melodia (mas muito melhor). Ele parava de assobiar, mas eu *não parava*. Ele fazia uma pausa, achando que o que tinha pensado que era um eco era, na realidade, *outra pessoa que o estava seguindo na escuridão. Mas quem?* Ele olhava para trás, eu me escondia na entrada de uma casa. Ele não via ninguém – continuava andando, mas sem assobiar. Eu começava a andar e a assobiar de novo. Ele parava – eu parava. Ele começava a andar mais depressa, mas eu continuava assobiando, seguindo-o com passadas vigorosas. O soldado saía correndo para o alojamento e eu voltava para o bordel para esperar por outro alemão para perseguir. Acredito que deixei muitos soldados incapazes de trabalhar direito no dia seguinte. Entende?

Agora, se a senhorita me der licença, vou falar mais sobre bordéis. Não acredito que aquelas jovens estivessem lá porque queriam. Elas eram trazidas de territórios ocupados da Europa, da mesma forma que os trabalhadores escravos Todt. Não pode ter sido um trabalho agradável. Para fazer justiça aos soldados, eles pediam às autoridades alemãs que dessem às mulheres concessão para comida extra, a mesma dada aos operários da ilha que faziam trabalhos pesados. Além disso, vi algumas dessas mulheres dividindo sua comida com os trabalhadores

Todt, que às vezes tinham permissão de sair de seus acampamentos à noite para procurar alimento.

A irmã da minha mãe mora em Jersey. Agora que a guerra terminou, ela pode vir nos visitar – o que é uma pena. Por ser o tipo de mulher que é, ela contou uma história horrível.

Depois do Dia D, os alemães resolveram mandar as moças do bordel de volta para a França, então as puseram num barco que ia para St. Malo. Mas aquelas águas são muito turbulentas e perigosas. O barco delas foi atirado de encontro às pedras e todos que estavam a bordo se afogaram. Você podia ver aquelas pobres mulheres afogadas – o cabelo amarelo (alemãs oxigenadas, minha tia as chamava) espalhado na água, batendo nas pedras. "Bem feito para elas, aquelas prostitutas", minha tia disse, e ela e minha mãe riram.

Não deu para aguentar! Pulei da cadeira e virei a mesa de chá em cima delas de propósito. Chamei-as de morcegos velhos.

Minha tia diz que nunca mais vai pôr os pés na nossa casa, e mamãe não fala comigo desde esse dia. Acho isso muito bom.

Cordialmente,
Henry A. Toussant

De Juliet para Sidney

6 de junho de 1946

Sr. Sidney Stark
Stephens & Stark Ltd.
21 St. James's Place
Londres S.W.1

Querido Sidney,

Mal pude acreditar que era você, telefonando de Londres ontem à noite! Você fez bem em não me contar que estava voltando para casa de avião; você sabe como tenho medo deles – mesmo quando eles não estão despejando bombas. É maravilhoso saber que você não está a cinco oceanos de distância, só do outro lado do canal. Você virá nos visitar assim que puder?

Isola é melhor do que um cabo eleitoral. Ela trouxe sete pessoas para me contar suas histórias sobre a Ocupação – e tenho um pacote cada vez maior de anotações de entrevistas. Mas, por ora, são apenas anotações. Ainda não sei se é possível escrever um livro – ou, se for possível, que forma ele teria.

Kit deu para passar algumas manhãs aqui. Ela traz pedras ou conchas e fica sentada no chão, quieta – bem, moderadamente quieta –, brincando enquanto trabalho. Quando termino, fazemos um piquenique na praia. Quando há muito nevoeiro, brincamos dentro de casa, ou de Salão de Beleza – uma escovando o cabelo da outra até estalar – ou de Noiva Morta.

Noiva Morta não é um jogo complicado, como Serpentes e Escadas; é muito simples. A noiva cobre a cabeça com uma cortina de renda e se esconde na cesta de roupa suja, onde fica deitada como morta, enquanto o aflito noivo procura por ela. Quando ele finalmente a descobre, estirada na cesta de roupa suja, ele começa a gemer alto. Então a noiva dá um pulo, grita "Surpresa!" e o abraça. Depois são só sorrisos e beijos. Cá entre nós, acho que esse casamento não tem muita chance de dar certo.

Eu sabia que todas as crianças eram mórbidas, mas não sei se deveria encorajá-las nisso. Tenho medo de perguntar a Sophie se Noiva Morta é uma brincadeira mórbida demais para uma menina de quatro anos. Se ela disser que sim, vamos ter de parar de brincar, e não quero parar. Eu amo Noiva Morta.

Surgem tantas perguntas quando você passa os dias com uma criança. Por exemplo, se uma pessoa gosta de envesgar os olhos, eles podem ficar assim para sempre – ou isso é invenção? Minha mãe dizia que sim, e acreditei nela, mas Kit é mais durona e duvida disso.

Estou fazendo força para me lembrar das ideias dos meus pais sobre educação de filhos, mas, do jeito que a filha cresceu, não posso ser considerada uma boa juíza. Sei que apanhei por ter cuspido ervilhas em cima da sra. Morris, mas é só disso que me lembro. Talvez ela tenha merecido. Kit não parece ter sido prejudicada pelo fato de ter sido criada, em rodízio, pelos membros da sociedade. Isso, com certeza, não a deixou medrosa e reservada. Perguntei a Amelia sobre isso ontem. Ela sorriu e disse que não havia perigo de que a filha de Elizabeth fosse medrosa e reservada. Em seguida, me contou uma bela história sobre seu filho, Ian, e Elizabeth, quando eram crianças. Ele ia ser mandado para uma escola na Inglaterra e não estava muito contente com isso, então resolveu fugir de casa. Ele consultou Jane e Elizabeth, e Elizabeth o convenceu a comprar o barco dela para fugir. O problema era que ela não tinha barco – mas não disse a ele. Em vez disso, ela construiu um, sozinha, em três dias. No dia marcado, eles o levaram para a praia, e Ian zarpou, com Elizabeth e Jane abanando lenços na praia. A cerca de meia milha de distância, o barco começou a afundar – depressa. Jane quis sair correndo para contar ao pai, mas Elizabeth disse que não havia tempo e que, como a culpa era dela, iria salvá-lo. Ela tirou os sapatos, mergulhou nas ondas e nadou até Ian. Juntos, eles empurraram o barco danificado até a praia e ela levou o menino para a casa de Sir Ambrose, para ele se secar. Ela devolveu o dinheiro dele e, enquanto os dois estavam se secando diante da lareira, ela se virou para ele e disse, chateada: "Vamos ter de roubar um barco, só isso." Ian disse à mãe dele que seria mais simples ir para a escola.

Sei que você vai levar um bom tempo para pôr o trabalho em dia. Se tiver um minuto livre, poderia comprar um livro de bonecas de papel para mim? Um cheio de vestidos de baile glamorosos, por favor.

Sei que Kit está se apegando a mim – ela dá um tapinha no meu joelho de passagem.

Com amor,
Juliet

De Juliet para Sidney

10 de junho de 1946

Querido Sidney,

Acabei de receber um embrulho maravilhoso da sua nova secretária. O nome dela é mesmo Billee Bee Jones? Não importa, ela é um gênio assim mesmo. Ela comprou dois livros de bonecas de papel para Kit – e não qualquer boneca de papel. Ela encontrou bonecas de papel de Greta Garbo e de... *E o vento levou* – páginas repletas de belos vestidos, peles, chapéus, boás – são maravilhosos. Billee Bee mandou também um par de tesouras de ponta grossa, um cuidado que jamais me teria ocorrido. Kit as está usando agora.

Isto não é uma carta, é um bilhete de agradecimento. Estou escrevendo um para Billee Bee também. Como foi que você encontrou uma pessoa tão eficiente? Espero que ela seja gorducha e maternal, porque é assim que a imagino. Ela incluiu um bilhete dizendo que olhos não ficam permanentemente vesgos – que isso é crendice. Kit ficou muito animada e está planejando envesgar os olhos até o jantar.

Com amor,
Juliet

P. S.: Gostaria de dizer que, ao contrário de certas insinuações que você fez em sua última carta, o sr. Dawsey Adams não é citado nesta carta. Não vejo o sr. Dawsey Adams desde sexta-feira à tarde, quando ele veio buscar Kit. Ele nos encontrou usando nossas melhores joias e marchando pela sala ao som de *Pompa e circunstância* na vitrola. Kit fez uma capa para ele com um pano de prato e ele marchou conosco. Acho que ele tem algum aristocrata escondido na sua árvores genealógica; ele consegue fazer um olhar benevolente, fitando a meia distância, igualzinho a um duque.

Carta recebida em Guernsey, em 12 de junho de 1946

Para "Eben" ou "Isola", ou qualquer membro
de uma Sociedade Literária de Guernsey,
Ilhas do Canal, Grã-Bretanha
(Entregue a Eben no dia 14 de junho de 1946)

Cara Sociedade Literária de Guernsey,

Dirijo-me aos que eram caros à minha amiga Elizabeth McKenna. Escrevo-lhes para comunicar a morte dela no campo de concentração de Ravensbrück. Ela foi executada lá em março de 1945.

Naqueles dias, antes de o Exército russo chegar para libertar o campo, os SS carregaram caminhões cheios de papéis para o crematório e os queimaram nas fornalhas. Então temi que vocês nunca viessem a saber da prisão e da morte de Elizabeth.

Elizabeth falava comigo frequentemente de Amelia, Isola, Dawsey, Eben e Booker. Não me lembro dos sobrenomes, mas acredito que Eben e Isola sejam nomes cristãos fora do comum e, assim, espero que vocês possam ser facilmente encontrados em Guernsey.

Também sei que ela os considerava sua família e sentia gratidão e paz pelo fato de sua filha, Kit, estar entregue aos cuidados de vocês. Portanto, escrevo para que vocês e a filha dela saibam o que houve com ela e a força que demonstrou no campo. Não apenas força, mas a habilidade que tinha para nos fazer esquecer, por algum tempo, que estávamos lá. Elizabeth era minha amiga e, naquele lugar, amizade era a única coisa que ajudava uma pessoa a permanecer humana.

Agora estou morando na casa de repouso La Forêt, em Louviers, na Normandia. Meu inglês é muito ruim, então a irmã Touvier está melhorando minhas frases ao escrevê-las para mim.

Tenho agora 24 anos. Em 1944, fui apanhada pela Gestapo em Plouha, na Bretanha, com um pacote de tíquetes de racionamento falsos. Fui interrogada, surrada e enviada para o campo de concentração de Ravensbrück. Fui colocada no bloco 11, e foi lá que conheci Elizabeth.

Vou contar-lhes como nos conhecemos. Uma noite, ela se aproximou de mim e disse meu nome, Remy. Fiquei contente ao escutar o meu nome. Ela disse: "Venha comigo. Tenho uma surpresa maravilhosa para você." Não entendi o que estava dizendo, mas fui com ela até os fundos do alojamento. Havia uma janela quebrada recheada de papéis e ela os retirou. Pulamos a janela e corremos na direção da Lagerstrasse.

Lá entendi o que ela quis dizer com uma surpresa maravilhosa. O céu por cima dos muros parecia estar pegando fogo – nuvens baixas, vermelhas e roxas, iluminadas de dourado. Elas mudavam de forma e de tom enquanto corriam pelo céu. Ficamos ali, de mãos dadas, até escurecer.

Acho que ninguém, fora daquele lugar, poderia entender o que significou para mim aquele momento tranquilo que passamos juntas.

Nossa casa, o bloco 11, tinha quase quatrocentas mulheres. Em frente a cada alojamento, havia um espaço onde era feita uma chamada duas vezes por dia, às 5:30 da manhã, e à noite, depois do trabalho. As mulheres de cada alojamento formavam quadrados de cem mulheres – dez mulheres em dez filas. Os quadrados se estendiam a uma distância tão grande, à direita e à esquerda de nós, que muitas vezes não víamos o fim deles no nevoeiro.

Nossas camas ficavam sobre prateleiras de madeira, construídas em plataformas de três. Dormíamos em colchões de palha, fedorentos e cheios de pulgas e carrapatos. Havia grandes ratazanas amarelas que corriam sobre nossos pés à noite. Isso era uma coisa boa, porque os alemães odiavam os ratos e o fedor, então nos livrávamos deles durante as noites.

Então, Elizabeth me contou sobre a ilha de Guernsey e a sociedade literária de vocês. Essas coisas pareciam o paraíso para mim. Nas camas, o ar que respirávamos era sujo e doentio, mas, quando Elizabeth falava, eu conseguia imaginar o ar bom e fresco do mar e o cheiro das frutas sob o sol quente. Embora não possa ser verdade, não me lembro do sol brilhando um só dia em Ravensbrück. Eu também gostava de ouvir como nasceu a sua sociedade. Quase ri quando ela contou sobre o porco assado, mas não o fiz. Rir causava problemas nos alojamentos.

Havia diversas bicas de água fria para nos lavarmos. Uma vez por semana, éramos levadas para os chuveiros e nos davam um pedaço de sabão. Isso era necessário para nós, pois o que mais temíamos era ficar sujas, apodrecer. Não ousávamos ficar doentes, porque não poderíamos trabalhar. Não teríamos mais utilidade para os alemães e eles nos matariam.

Elizabeth e eu íamos com nosso grupo todas as manhãs, às seis horas, para a fábrica da Siemens, onde trabalhávamos. Ficava fora dos muros da prisão. Uma vez lá, empurrávamos carrinhos de mão até a estrada de ferro e descarregávamos pesadas placas de metal sobre eles. Davam-nos purê de trigo e ervilhas ao meio-dia, e às 18 horas voltávamos para o campo, para a chamada e uma ceia que consistia em sopa de nabo.

Nossas obrigações mudavam de acordo com a necessidade, e um dia nos mandaram cavar uma trincheira para estocar batatas para o inverno. Nossa amiga Alina roubou uma batata, mas a deixou cair no chão. Todo mundo parou de cavar até o supervisor descobrir o ladrão.

Alina tinha ulcerações nas córneas, e era preciso que os supervisores não notassem isso, pois eles poderiam achar que ela ia ficar cega. Elizabeth disse depressa que tinha apanhado a batata e foi enviada para a retenção por uma semana.

As celas nesse local eram muito pequenas. Um dia, enquanto Elizabeth estava lá, um guarda abriu a porta de cada cela e atingiu as prisioneiras com jatos de água de alta pressão. A força da água jogou Elizabeth no chão, mas ela teve sorte de a água não molhar seu cobertor dobrado. Passado algum tempo, ela conseguiu se levantar e deitar debaixo do cobertor até passar a tremedeira. Mas uma moça grávida na cela ao lado não teve tanta sorte nem forças para se levantar. Ela morreu naquela noite, congelada no chão.

Talvez eu esteja falando demais, coisas que vocês não querem ouvir. Mas tenho de fazer isso para contar-lhes como Elizabeth viveu – e como ela não perdeu nem sua bondade nem sua coragem. Gostaria que a filha dela soubesse disso.

Agora vou contar-lhes como ela morreu. Frequentemente, depois de estar no campo por alguns meses, as mulheres paravam de menstruar. Mas algumas não paravam. Os médicos do campo não tinham tomado nenhuma providência com relação à higiene das mulheres durante esse período – nem trapos, nem toalhas sanitárias, nem sabão. As mulheres que continuavam menstruando tinham de deixar o sangue escorrer por suas pernas.

Os alemães gostavam disso, desse sangue repugnante, porque dava a eles uma desculpa para gritar, para bater. Uma mulher chamada Binta era a supervisora da nossa chamada noturna e ficou irritada com uma moça que estava sangrando.

Gritou com ela e a ameaçou com sua vara. Então começou a bater na moça.

Elizabeth saiu da fila depressa – muito depressa. Ela tirou a vara da mão de Binta e começou a bater nela, sem parar. Os guardas vieram correndo e dois atiraram Elizabeth no chão com seus rifles. Eles a atiraram no caminhão e a levaram de novo para o castigo.

Um dos guardas me contou que na manhã seguinte os soldados formaram um círculo em volta de Elizabeth e a tiraram da cela. Do lado de fora dos muros do campo havia um bosque de papoulas. Os galhos das árvores formavam uma aleia e Elizabeth caminhou por ela, sozinha, sem ajuda. Ela se ajoelhou no chão e eles deram um tiro em sua nuca.

Vou parar agora. Sei que senti muitas vezes minha amiga ao meu lado quando estive doente, depois do campo. Eu tinha febre e imaginava que eu e Elizabeth estávamos navegando num barquinho em direção a Guernsey. Tínhamos planejado isso em Ravensbrück – que íamos morar juntas no seu chalé, com sua bebê, Kit. Isso me ajudava a dormir.

Espero que sintam Elizabeth ao seu lado, assim como eu. Ela não perdeu as forças, nem o juízo, nunca – ela só não aguentou tanta crueldade.

>Aceitem meus melhores votos,
>Remy Giraud

*Bilhete da Irmã Cecile Touvier, colocado
no envelope junto com a carta de Remy*

Irmã Cecile Touvier, enfermeira, escrevendo para vocês. Fiz Remy ir descansar agora. Não aprovo sua longa carta. Mas ela insistiu em escrevê-la.

Ela não quis contar quanto esteve mal, mas eu vou. Nos poucos dias que antecederam a chegada dos russos em Ravensbrück, aqueles nazistas imundos mandaram embora as mulheres que podiam andar. Abriram os portões e as soltaram no campo devastado. "Vão", eles ordenaram. "Vão – encontrem os Aliados, se puderem."

Eles deixaram aquelas mulheres famintas, exaustas, que teriam de caminhar quilômetros sem água nem comida. Não havia uma migalha nos campos que elas percorreram. Não é de espantar que a caminhada delas tenha se tornado uma caminhada da morte. Centenas morreram no trajeto.

Depois de vários dias, as pernas de Remy estavam tão inchadas de desnutrição que ela não pôde mais continuar. Então ela se deitou na estrada para morrer. Felizmente, uma companhia de soldados americanos encontrou-a. Eles tentaram dar-lhe alguma coisa para comer, mas seu corpo não aceitou. Eles a levaram para um hospital de campanha, onde ela ganhou uma cama e galões de água foram drenados de seu corpo. Depois de muitos meses no hospital, ela pôde ser mandada para esta casa de repouso em Louviers. Ela pesava menos de 35 quilos quando chegou aqui. Se não fosse isso, teria escrito antes para vocês.

Acho que ela vai recuperar as forças depois de ter escrito esta carta e sentir que pode deixar a amiga descansar em paz. Vocês podem, é claro, escrever para ela, mas, por favor, não façam perguntas sobre Ravensbrück. Será melhor para ela esquecer.

Sinceramente,
Irmã Cecile Touvier

De Amelia para Remy Giraud

16 de junho de 1946

Mlle. Remy Giraud
Hospice La Forêt
Louviers
França

Cara srta. Giraud,

Como a senhorita foi bondosa em escrever para nós – bondosa e amável. Não deve ter sido tarefa fácil relembrar momentos terríveis para nos contar a respeito da morte de Elizabeth. Estávamos rezando para ela voltar para junto de nós, mas é melhor saber a verdade do que viver na incerteza. Ficamos contentes em saber da sua amizade com Elizabeth e em pensar no consolo que vocês deram uma à outra.

Dawsey Adams e eu podemos ir visitá-la em Louviers? Gostaríamos muito de ir, mas não se a senhorita achar que nossa visita possa ser muito incômoda. Queremos conhecê-la e temos uma proposta a fazer-lhe. Mas, se preferir que não a visitemos, não iremos.

Nós a abençoamos por sua bondade e sua coragem.

Sinceramente,
Amelia Maugery

De Juliet para Sidney

16 de junho de 1946

Querido Sidney,

Como foi reconfortante ouvir você dizer "Que droga, mas que droga". Essa é a única coisa honesta a dizer, não é? A morte de Elizabeth é uma abominação e nunca será outra coisa.

É estranho, me parece, lamentar a morte de alguém que você não conheceu. Mas eu lamento. Senti a presença de Elizabeth aqui o tempo todo; ela está em cada cômodo onde entro, não apenas no chalé, mas na biblioteca de Amelia, que ela encheu de livros, e na cozinha de Isola, onde ela mexia poções. Todo mundo fala dela o tempo todo – mesmo agora – no presente e eu tinha me convencido de que ela voltaria. Eu queria tanto conhecê-la.

É muito pior para os outros. Quando vi Eben ontem, ele parecia mais velho do que nunca. Estou contente que Eli esteja com ele. Isola desapareceu. Amelia diz para eu não me preocupar; ela faz isso quando está triste.

Dawsey e Amelia decidiram ir a Louviers para tentar persuadir a srta. Giraud a vir para Guernsey. Houve um momento de partir o coração na carta dela – Elizabeth costumava ajudá-la a adormecer no campo planejando o futuro delas em Guernsey. Ela disse que parecia o paraíso. A pobre moça merece um pedacinho do paraíso; ela já esteve no inferno.

Vou tomar conta de Kit enquanto eles estiverem fora. Estou tão triste por ela – jamais conhecerá a mãe, a não ser por intermédio dos outros. Também me preocupo com seu futuro, já que agora ela é – oficialmente – uma órfã. O sr. Dilwyn me disse que tem muito tempo para se tomar uma decisão. "Vamos deixar como está por enquanto." Ele não é como nenhum outro banqueiro ou administrador que já conheci, que Deus o abençoe.

Com todo o meu amor,
Juliet

De Juliet para Mark

17 de junho de 1946

Querido Mark,

Sinto muito que nossa conversa tenha terminado mal na noite passada. É muito difícil passar impressões sutis, sendo obrigada a gritar no telefone. É verdade – não quero que você venha este fim de semana. Mas isso não tem nada a ver com você. Meus amigos acabaram de receber um golpe terrível. Elizabeth era o centro deste círculo de pessoas e a notícia de sua morte abalou a todos nós. Que estranho – quando o imagino lendo estas palavras, vejo você pensando por que a morte dessa mulher tem alguma coisa a ver comigo ou com você ou com nossos planos para o fim de semana. Mas tem. Sinto como se tivesse perdido alguém muito próximo. Estou de luto.

Você entende um pouco melhor agora?

> Da sua
> Juliet

De Dawsey para Juliet

> 21 de junho de 1946

Srta. Juliet Ashton
Chalé Grand Manoir
La Bouvée
St. Martin's, Guernsey

Cara Juliet,

 Estamos aqui em Louviers, embora ainda não tenhamos visto Remy. A viagem deixou Amelia muito cansada e ela quer descansar uma noite antes de irmos até a casa de repouso.
 Foi uma viagem terrível pela Normandia. As ruas das cidades estão ladeadas de pedras e metal retorcido pelas explosões. Há grandes espaços vazios entre os prédios e os que restaram parecem dentes pretos e quebrados. Há casas com toda a frente destruída, e você pode ver dentro delas, desde o papel de parede florido até os estrados das camas ainda no chão. Agora sei quanto Guernsey teve sorte durante a guerra.
 Muitas pessoas ainda estão nas ruas, carregando tijolos e pedras em carrinhos de mão e carroças. Elas construíram ruas para os tratores passarem com redes de arame por cima do entulho. Fora das cidades, os campos estão devastados, com enormes crateras, a terra e a vegetação arrancadas.

É uma tristeza ver as árvores. Nada de álamos, olmos e castanheiras – o que resta são tocos queimados, arbustos atrofiados, sem sombra.

O sr. Piaget, o dono da hospedaria, nos contou que os engenheiros alemães mandaram centenas de soldados cortar as árvores de bosques e florestas inteiros. Depois eles arrancaram os galhos, passaram creosoto nos troncos e os enfiaram nos buracos que tinham cavado nos campos. As árvores eram chamadas de Aspargos de Rommel e eram destinadas a evitar que os planadores Aliados pousassem e os soldados descessem de paraquedas.

Amelia quis se deitar logo depois do jantar, então caminhei por Louviers. A cidade tem trechos bonitos, embora tenha sido muito bombardeada e os alemães tenham posto fogo nela quando se retiraram. Não consigo imaginar como ela se tornará uma cidade viva de novo.

Voltei e fiquei sentado na varanda até escurecer, pensando em amanhã.

Dê um abraço em Kit por mim.

Sinceramente,
Dawsey

De Amelia para Juliet

23 de junho de 1946

Querida Juliet,

Conhecemos Remy ontem. Eu estava um tanto nervosa em conhecê-la. Mas, graças a Deus, Dawsey não. Ele puxou calmamente cadeiras de jardim, nos fez sentar sob a sombra de uma árvore e perguntou à enfermeira se podíamos tomar um chá.

Eu queria que Remy gostasse de nós, que ela se sentisse segura conosco. Queria saber mais sobre Elizabeth, mas estava assustada com a fragilidade de Remy e as recomendações da irmã Touvier. Remy é muito pequena e está magra demais. O cabelo escuro e crespo está cortado rente à cabeça e os olhos são enormes e atormentados. Você pode ver que ela foi muito bonita, mas agora parece feita de vidro. Suas mãos tremem muito e ela tem o cuidado de escondê-las no colo. Ela nos recebeu da melhor forma possível, mas se manteve muito reservada até perguntar por Kit – ela fora para a casa de Sir Ambrose em Londres?

Dawsey contou a ela sobre a morte de Sir Ambrose e falou como estamos criando Kit. Então ela sorriu e disse: "Ela é filha de Elizabeth. Ela é forte?" Não consegui falar, pensando em nossa Elizabeth, mas Dawsey disse que sim, que ela é muito forte, e contou-lhe sobre a paixão de Kit por furões. Isso a fez sorrir de novo.

Remy está sozinha no mundo. O pai morreu muito antes da guerra; em 1943, sua mãe foi mandada para Drancy por ter abrigado inimigos do governo e, mais tarde, morreu em Auschwitz. Os dois irmãos de Remy estão desaparecidos; ela achou ter visto um deles numa estação de trem alemã quando estava a caminho de Ravensbrück, mas ele não se virou quando ela gritou o nome dele. O outro ela não vê desde 1941. Ela acha que eles também devem estar mortos. Fiquei contente por Dawsey ter tido a coragem de fazer perguntas a ela – Remy pareceu aliviada em falar sobre a família.

Finalmente abordei o assunto de Remy vir passar um tempo comigo em Guernsey. Ela se fechou de novo e explicou que ia sair da casa de repouso muito em breve. O governo francês está oferecendo pensões para sobreviventes de campos de concentração: pelo tempo perdido nos campos, por invalidez permanente e por reconhecimento do sofrimento deles. O governo também está dando uma ajuda de custo para aqueles que quiserem retomar seus estudos.

Além da ajuda de custo do governo, a Associação Nacional dos Antigos Deportados e Internos da Resistência vai ajudar Remy a pagar o aluguel de um quarto ou a dividir um apartamento com outros sobreviventes, então ela resolveu ir para Paris e se tornar aprendiz numa padaria.

Ela estava determinada a fazer isso, então não toquei mais no assunto, mas não acredito que Dawsey tenha desistido. Ele acha que abrigar Remy é uma dívida moral para com Elizabeth – talvez ele tenha razão, ou talvez isso seja apenas uma maneira de aliviar nossa sensação de impotência. Em todo caso, ele combinou de voltar amanhã e levar Remy para um passeio ao longo do canal e para uma visita a uma certa confeitaria que ele viu em Louviers. Às vezes me pergunto onde foi parar o nosso velho e tímido Dawsey.

Estou me sentindo bem, embora estranhamente cansada – talvez por ter visto a minha amada Normandia tão destruída. Vou gostar de voltar para casa, minha querida.

      Um beijo para você e para Kit,
      Amelia

De Juliet para Sidney

28 de junho de 1946

Querido Sidney,

Que presente inspirado você mandou para Kit – sapatos de cetim vermelho de sapateado, cobertos de lantejoulas. Onde foi que você os encontrou? Onde estão os meus?

Amelia tem se sentido cansada desde que voltou da França, então é melhor Kit ficar comigo, especialmente se Remy decidir vir para a casa de Amelia quando sair da casa de repouso. Kit também parece gostar da ideia, graças a Deus. Kit já sabe que a mãe morreu; Dawsey contou a ela. Não sei ao certo o que ela sente sobre isso. Ela não disse nada e eu não sonharia em pressioná-la. Tento não ficar em volta dela o tempo todo nem preparar comidinhas especiais. Depois que mamãe e papai morreram, a cozinheira do sr. Simpless me trazia enormes fatias de bolo e ficava olhando pesarosamente para mim enquanto eu tentava engolir. Eu a odiei por achar que um pedaço de bolo iria, de alguma forma, servir de compensação pela perda dos meus pais. É claro que eu era uma pobre coitada de doze anos, e Kit só tem quatro – ela provavelmente gostaria de um bolo extra –, mas você entende o que quero dizer.

Sidney, estou tendo dificuldades com meu livro. Tenho bastante informação dos arquivos dos Estados e um monte de entrevistas pessoais para começar a história da Ocupação, mas não consigo encontrar uma estrutura que me agrade. Organizar em ordem cronológica me parece muito chato. Posso empacotar meu material e mandar para você? Ele precisa de um olhar mais impessoal do que o meu. Você teria tempo de examiná-lo agora ou ainda está com muito trabalho atrasado por causa da viagem à Austrália?

Se este for o caso, não se preocupe – estou trabalhando mesmo assim e talvez ainda tenha alguma ideia brilhante.

Com amor,
Juliet

P. S.: Obrigada pelo belo recorte de jornal de Mark dançando com Ursula Fent. Se você estava querendo me deixar morta de ciúme, não conseguiu. Especialmente porque Mark já tinha me telefonado para contar que Ursula anda atrás dele como um perdigueiro apaixonado. Está vendo? Vocês dois têm algo em comum: ambos querem me ver infeliz. Talvez vocês pudessem fundar um clube.

De Sidney para Juliet

1º de julho de 1946

Querida Juliet,

Não empacote seus papéis – quero ir pessoalmente a Guernsey. Este fim de semana está bom para você?

Quero ver você, Kit e Guernsey – nessa ordem. Não tenho a menor intenção de ler suas anotações enquanto você anda de um lado para outro na minha frente – vou trazer os manuscritos para Londres.

Posso chegar na sexta-feira à tarde, no avião das cinco horas, e ficar até segunda-feira de manhã. Você pode reservar um hotel para mim? Pode providenciar também um pequeno jantar? Quero conhecer Eben, Isola, Dawsey e Amelia. Eu levo o vinho.

Com amor,
Sidney

De Juliet para Sidney

Quarta-feira

Querido Sidney,

    Que maravilha! Isola não admite que você fique na hospedaria (ela deu a entender que lá tem percevejo nas camas). Ela quer hospedar você e precisa saber se se incomoda com barulho de manhã cedo. Pois é quando Ariel, sua cabra, acorda. Zenobia, a papagaia, dorme até mais tarde.
    Dawsey, eu e a carroça dele vamos buscá-lo no aeroporto. Tomara que sexta-feira chegue logo.

Com amor,
Juliet

De Isola para Juliet
(enfiado debaixo da porta de Juliet)

Sexta-feira – ao amanhecer

    Benzinho, não posso parar, tenho que correr para a minha barraca no mercado. Estou contente do seu amigo se hospedar na minha casa. Coloquei ramos de lavanda nos lençóis dele. Tem algum dos meus elixires que você gostaria que eu pusesse no café dele? Basta apontá-lo para mim no mercado e vou entender.

                                    Beijos,
                                    Isola

De Sidney para Sophie

                              6 de julho de 1946

Querida Sophie,

    Estou, finalmente, em Guernsey com Juliet e preparado para contar-lhe sobre as três ou quatro coisas que você me pediu que descobrisse.
    Em primeiro lugar, e mais importante, Kit parece gostar tanto de Juliet quanto eu e você. Ela é uma coisinha impetuosa, carinhosa de um jeito reservado (o que não é tão contraditório quanto parece) e sorri facilmente quando está com um dos pais adotivos da sociedade literária.
    Além disso, ela é adorável, com o rostinho redondo, cachos redondos e olhos redondos. A tentação de abraçá-la é muito grande, mas seria uma afronta à sua dignidade e não tenho coragem de tentar. Quando ela vê alguém de quem não gosta, tem um olhar capaz de fulminar a própria Medeia. Isola diz que ela o reserva para o cruel sr. Smythe, que bate no cachorro dele, e para a malvada sra. Guilbert, que chamou Juliet de bisbilhoteira e disse que ela deveria voltar para Londres, que é o lugar dela.

Vou contar-lhe uma história de Kit e Juliet. Dawsey (volto a ele mais tarde) veio buscar Kit para verem o barco de pesca de Eben chegar. Kit se despediu, saiu correndo, depois voltou correndo, levantou um pouquinho a saia de Juliet, beijou o joelho dela e tornou a sair correndo. Juliet ficou perplexa – e em seguida ficou tão feliz como eu nunca tinha visto.

Sei que você achou Juliet cansada, esgotada e pálida quando a viu no inverno passado. Você não imagina quanto estas entrevistas e esses chás podem ser angustiantes; agora ela está parecendo forte como um cavalo e cheia da sua antiga animação. Tão animada, Sophie, que acho que talvez ela não queira morar em Londres nunca mais – embora ainda não tenha percebido isso. A brisa marinha, o sol, os campos verdes, as flores silvestres, o céu e o oceano sempre mutantes, e, principalmente, as pessoas parecem tê-la seduzido.

Posso entender facilmente como isso aconteceu. Este lugar é tão acolhedor, tão caseiro. Isola é o tipo de anfitriã que você sempre desejou encontrar numa visita ao campo. Ela me arrancou da cama na primeira manhã para ajudá-la a secar pétalas de rosa, bater manteiga, mexer alguma coisa (Deus sabe o quê) num caldeirão, alimentar Ariel e ir ao mercado para comprar peixe. Tudo isso com Zenobia, a papagaia, no meu ombro.

Agora, quanto a Dawsey Adams. Eu o examinei, seguindo suas instruções. Gostei do que vi. Ele é calmo, competente, confiável – meu Deus, parece que estou falando de um cachorro – e tem senso de humor. Em suma, ele é completamente diferente de todos os outros namorados de Juliet – o que é um elogio. Ele não falou muito no nosso primeiro encontro – nem nos outros encontros que tivemos depois, pensando bem –, mas, quando ele entra numa sala, todo mundo parece dar um suspiro de alívio. Nunca na vida causei esse efeito em ninguém, não imagino por quê. Juliet parece ficar um pouco nervosa perto dele – o silêncio dele *é* mesmo um tanto intimidante –, e ela se atrapalhou toda com o aparelho de chá quando ele veio buscar Kit ontem. Mas Juliet sempre quebrou xícaras – você lembra o que ela fez com o Spode de mamãe? –, então isso talvez não queira dizer nada. Quanto a Dawsey, ele a observa com aqueles olhos escuros e firmes – até que ela olha para ele, e ele desvia os olhos (espero que você esteja apreciando minha capacidade de observação).

Uma coisa posso afirmar com toda a certeza: ele vale doze Mark Reynolds. Sei que você acha que sou irracional a respeito de Reynolds, mas você não o conheceu. Ele é cheio de manha e charme, e consegue o que quer. Este é um dos seus poucos princípios. Ele quer Juliet porque ela é bonita e "intelectual" ao mesmo tempo, e ele acha que os dois farão um casal influente. Se ela se casar com ele, passará o resto da vida sendo exibida para pessoas em teatros e clubes e fins de semana e jamais tornará a escrever outro livro. Como seu editor, fico desanimado com essa perspectiva, mas, como seu amigo, estou horrorizado. Isso será o fim da nossa Juliet.

É difícil dizer o que Juliet está pensando a respeito de Reynolds, se é que ela está pensando alguma coisa. Perguntei se ela sentia saudades dele, e ela disse "Mark? Acho que sim", como se ele fosse um tio distante e, aliás, não um de seus tios favoritos. Eu adoraria que ela o esquecesse, mas acho que ele não vai deixar.

Para voltar a um tópico menos importante como a Ocupação e o livro de Juliet, fui convidado a acompanhá-la em visitas a diversos moradores da ilha esta tarde. Suas entrevistas seriam sobre o Dia da Libertação de Guernsey, o dia 9 de maio do ano passado.

Que manhã deve ter sido aquela! Uma multidão reunida no cais de St. Peter Port. Uma massa de gente silenciosa, absolutamente silenciosa, olhando para os navios da Marinha Real parados perto do cais. Então, quando os ingleses desembarcaram, foi uma loucura. Abraços, beijos, choros, gritos.

Muitos dos soldados eram nativos de Guernsey. Homens que não tinham notícias da família havia mais de cinco anos. Você pode imaginar os olhos deles examinando a multidão em busca de seus familiares enquanto marchavam – e a alegria do reencontro.

O sr. LeBrun, um carteiro aposentado, nos contou a história mais extraordinária de todas. Alguns navios britânicos deixaram a frota em St. Peter Port e navegaram algumas milhas em direção a St. Sampson's Harbor, ao norte. Havia uma multidão lá, esperando para ver as embarcações passarem pelas barreiras antitanque dos alemães e chegarem à praia. Quando as portas se abriram, o que saiu não foi um pelotão de soldados uniformizados e, sim, um único homem, que era uma caricatura de um cavalheiro inglês, com calças listradas, paletó, cartola, guarda-chuva e um exemplar do *Times* debaixo do braço. Houve um instante de silêncio antes que todos entendessem a piada, e então a multidão urrou – ele foi cercado, abraçado, beijado e erguido nos ombros de quatro homens para desfilar pelas ruas. Alguém gritou "Notícias – notícias de Londres" e arrancou o *Times* da mão dele! Aquele soldado, seja ele quem for, merecia uma medalha.

Quando os outros soldados apareceram, eles estavam trazendo chocolates, laranjas, cigarros, saquinhos de chá para atirar para a multidão. O comandante Snow anunciou que o cabo para a Inglaterra estava sendo consertado e que em breve eles poderiam falar com seus filhos e suas famílias, que tinham sido levados para a Inglaterra. Os navios também trouxeram alimentos, toneladas de alimentos, remédios, parafina, ração animal, roupas, tecidos, sementes e sapatos!

Deve haver histórias suficientes para encher três livros – vai ser preciso escolher. Mas não se preocupe se Juliet parecer nervosa às vezes, é normal. Trata-se de uma tarefa assustadora.

Tenho de parar agora e me vestir para o jantar que Juliet está oferecendo. Isola está enrolada em três xales e uma echarpe de renda – e quero deixá-la orgulhosa.

Com amor para todos,
Sidney

De Juliet para Sophie

7 de julho de 1946

Querida Sophie,

Apenas um bilhete para dizer que Sidney está aqui e que podemos parar de nos preocupar com ele – e sua perna. Ele está maravilhoso: queimado de sol, saudável e praticamente sem mancar. De fato, jogamos a bengala dele no mar – ela já deve estar quase chegando à França. Ofereci um pequeno jantar para ele – todo feito por mim, e comestível. Will Thisbee me deu *O manual de culinária para iniciantes*. Ele é ótimo; o autor pressupõe que você não entende nada de cozinha e dá dicas muito úteis: "Quando for adicionar ovos, quebre as cascas primeiro."

Sidney está se divertindo um bocado como hóspede de Isola. Aparentemente, eles ficaram conversando até tarde da noite ontem. Isola não gosta de conversinhas e acredita em quebrar o gelo pisando nele.

Ela perguntou se estávamos noivos. Se não, por que não? Estava claro para todo mundo que adorávamos um ao outro.

Sidney disse a ela que era mesmo louco por mim; sempre fora, sempre seria, mas que nós dois sabíamos que nunca poderíamos nos casar – ele é homossexual.

Sidney me contou que Isola não se espantou nem desmaiou nem pestanejou – apenas olhou para ele com aquele olhar dela de peixe morto e perguntou: "E Juliet sabe disso?"

Quando ele disse que sim, que eu sempre soubera, Isola deu um salto, beijou-o na testa e disse: "Que bom – igualzinho ao meu querido Booker. Não vou contar a ninguém; pode confiar em mim."

Depois tornou a sentar-se e começou a conversar sobre as peças de Oscar Wilde. Elas não eram divertidas? Sophie, você não adoraria ter sido uma mosca na parede? Eu adoraria.

Sidney e eu vamos sair para comprar um presente para Isola em agradecimento à sua hospitalidade. Eu disse que ela adoraria um xale quente e colorido, mas ele quer comprar para ela um relógio de cuco. Por quê????

Com amor,
Juliet

P. S.: Mark não escreve, telefona. Ele me telefonou na semana passada. A ligação estava horrível, toda hora tínhamos de interromper a conversa para berrar "O QUÊ?", mas consegui entender o tema central – que eu devia voltar para casa e me casar com ele. Discordei educadamente. Isso me perturbou muito menos do que teria me perturbado um mês atrás.

De Isola para Sidney

8 de julho de 1946

Caro Sidney,

Você é um ótimo hóspede. Gosto de você. Zenobia também, senão ela não teria voado para o seu ombro e ficado tanto tempo enroscada em você.

Fico contente por você gostar de conversar até tarde. Também gosto disso de vez em quando. Vou até a casa-grande agora para procurar o livro que você mencionou. Por que será que Juliet e Amelia nunca me falaram da srta. Jane Austen?

Espero que você venha visitar Guernsey de novo. Você gostou da sopa da Juliet? Não estava gostosa? Em breve ela vai estar preparada para fazer massa de torta e molho – é preciso aprender a cozinhar devagar, senão você só faz porcaria.

Eu me senti solitária depois que você partiu, então convidei Dawsey e Amelia para tomar um chá aqui, ontem. Você devia ter visto como eu não disse uma palavra quando Amelia falou que achava que você e Juliet iam se casar. E até concordei com a cabeça e apertei os olhos, como se eu soubesse de alguma coisa que eles não sabiam, para despistá-los.

Gostei muito do relógio de cuco. Como ele é animado! Corro até a cozinha para vê-lo. É uma pena Zenobia ter arrancado a cabeça do passarinho, ela é muito ciumenta – mas

Eli disse que podia fazer outra para mim, igualzinha. O poleirinho dele ainda pula para fora de hora em hora.

> Com carinho, sua anfitriã,
> Isola Pribby

De Juliet para Sidney

> 9 de julho de 1946

Querido Sidney,

Eu sabia que você ia adorar Guernsey. A segunda melhor coisa depois de estar aqui foi ter você aqui comigo – mesmo para uma visita tão curta. Estou feliz porque agora você conhece todos os meus amigos, e eles conhecem você. Estou especialmente feliz por você ter gostado tanto da companhia de Kit. Lamento dizer que parte da afeição dela por você vem do seu presente, *Elspeth the Lisping Bunny*. A admiração dela por Elspeth a fez começar a cecear, e sinto muito dizer que ela faz isso muito bem.

Dawsey acabou de trazer Kit para casa – eles estiveram visitando o novo chiqueiro dele. Kit perguntou se eu estava escrevendo para Thidney. Quando respondi que sim, ela disse: "Dizzz que eu dessejo que ele volllte logo." Entende o que eu disse sobre Elspeth?

Isso fez Dawsey sorrir, o que me agradou. Acho que você não viu o melhor de Dawsey esse fim de semana; ele estava supercalado no meu jantar. Talvez tenha sido a minha sopa, mas acho mais provável que ele estivesse preocupado com Remy. Ele parece achar que ela só vai melhorar se vier se recuperar em Guernsey.

Estou feliz por você ter levado meus papéis para ler em casa. Deus sabe que não estou conseguindo adivinhar *o que exatamente* está errado com eles – mas sei que tem alguma coisa errada.

O que foi que você disse para Isola? Ela parou aqui quando estava indo buscar *Orgulho e preconceito* e ralhou comigo por nunca ter contado a ela sobre Elizabeth Bennet e o sr. Darcy. Por que ela não fora informada de que havia histórias de amor melhores por aí? Histórias que não estavam cheias de homens desajustados, de angústia, de mortes e cemitérios! O que mais tínhamos escondido dela?

Pedi desculpas pelo lapso e disse que você tinha toda a razão, que *Orgulho e preconceito* era uma das melhores histórias de amor que já tinham sido escritas – e que ela era capaz de morrer de expectativa antes de terminá-la.

Isola disse que Zenobia está triste com a sua partida – não está querendo comer. Também estou, mas estou muito contente por você ter vindo.

Com amor,
Juliet

De Sidney para Juliet

12 de julho de 1946

Querida Juliet,

Li seus capítulos várias vezes e você tem razão – eles não estão bons. Uma série de histórias não faz um livro.

Juliet, seu livro precisa de um eixo. Não me refiro a mais entrevistas. Refiro-me à voz de uma pessoa para contar o que estava acontecendo por aqui. Do modo como estão escritos, os fatos, por mais interessantes que sejam, parecem uma colcha de retalhos.

Seria doloroso escrever-lhe esta carta se não fosse por uma coisa. Você já tem o eixo – apenas ainda não sabe disso.

Estou falando de Elizabeth McKenna. Você não notou que todo mundo que você entrevistou falou em Elizabeth mais cedo ou mais tarde? Meu Deus, Juliet, quem foi que pintou o retrato de Booker, salvou a vida dele e dançou na rua com ele? Quem inventou a mentira sobre a sociedade literária – e depois a tornou realidade? Guernsey não era a casa dela, mas ela se adaptou a Guernsey e à falta de liberdade. Como? Ela deve ter sentido falta de Ambrose e de Londres, mas acho que nunca se queixou disso. Ela foi para Ravensbrück por ter abrigado um trabalhador escravo. Veja como e por que ela morreu.

Juliet, como foi que uma moça, uma estudante de arte que nunca trabalhou na vida, se transformou em enfermeira, trabalhando seis dias por semana no hospital? Elizabeth tinha bons amigos, mas na realidade ninguém que fosse realmente dela. Apaixonou-se por um oficial inimigo e o perdeu; ela teve um bebê sozinha, durante a guerra. Deve ter sido assustador, apesar de todos os seus amigos. Você só pode dividir responsabilidades até certo ponto.

Estou enviando o manuscrito de volta, bem como suas cartas – leia-as de novo e veja quantas vezes Elizabeth é mencionada. Pergunte a si mesma por quê. Converse com Dawsey e Eben. Converse com Isola e Amelia. Converse com o sr. Dilwyn e com qualquer outra pessoa que a tenha conhecido bem.

Você mora na casa dela. Examine seus livros, seus pertences.

Acho que você devia escrever o seu livro tendo Elizabeth como eixo. Acho que Kit daria muito valor a uma história sobre a mãe – isso daria a ela algo a que se apegar, mais tarde. Portanto, ou você desiste ou procura conhecer bem Elizabeth.

Pense com cuidado e me diga se Elizabeth poderia ser o centro do seu livro.

Com amor para você e Kit,
Sidney

De Juliet para Sidney

15 de julho de 1946

Querido Sidney,

Não preciso de tempo para pensar – assim que li sua carta, vi que você tinha razão. Que burra que eu sou! O tempo todo desejando ter conhecido Elizabeth, sentindo falta dela como se a tivesse conhecido – por que não pensei em escrever sobre ela?

Vou começar amanhã. Quero conversar com Dawsey, Amelia, Eben e Isola primeiro. Acho que ela pertence mais a eles do que aos outros, e quero sua aprovação.

Remy quer vir para Guernsey, afinal. Dawsey tem escrito para ela, e eu sabia que ele ia conseguir convencê-la a vir. Ele seria capaz de convencer um anjo a abandonar o céu se falasse mais um pouco, mas é calado demais para meu gosto. Remy vai ficar com Amelia, então Kit continua comigo.

Com amor e gratidão,
Juliet

P. S.: Você acha que Elizabeth tinha um diário?

De Juliet para Sidney

17 de julho de 1946

Querido Sidney,

Nada de diário, mas a boa notícia é que ela desenhou enquanto teve papel e lápis. Encontrei alguns desenhos guardados numa pasta grande na última prateleira da estante da sala. Desenhos feitos em traços rápidos que me pareceram retratos maravilhosos: Isola apanhada desprevenida, batendo em alguma coisa com uma colher de pau; Dawsey cavando no jardim; Eben e Amelia com as cabeças juntas, conversando.

Enquanto eu estava sentada no chão, vendo os desenhos, Amelia apareceu para uma visita. Juntas, examinamos diversas folhas de papel cobertas de desenhos de Kit. Kit dormindo, Kit se mexendo, num colo, sendo embalada por Amelia, hipnotizada pelos dedos dos pés, encantada com suas bolhas de cuspe. Talvez toda mãe olhe para seu bebê desse jeito – com esse foco intenso –, mas Elizabeth pôs isso no papel. Havia um desenho tremido de Kit bem pequenininha, feito no dia seguinte ao nascimento dela, segundo Amelia.

Depois achei um desenho de um homem com um rosto bondoso, forte, largo; ele está relaxado e parece olhar por cima do ombro, sorrindo para a artista. Soube imediatamente que se tratava de Christian – ele e Kit têm um redemoinho exatamente no mesmo lugar. Amelia pegou o papel; nunca a tinha ouvido falar dele antes e perguntei se ela gostava dele.

– Pobre rapaz – ela disse. – Fui tão contra ele. Pareceu-me uma loucura Elizabeth o ter escolhido... um inimigo, um alemão... e eu estava assustada por ela. Pelo restante de nós também. Achei que ela confiava demais, e ele iria traí-la e a nós. Então lhe disse que devia romper com ele. Fui muito severa com ela.

"Elizabeth apenas levantou o queixo e não disse nada. Mas no dia seguinte ele veio me visitar. Ah, fiquei horrorizada. Abri a porta e lá estava aquele alemão enorme, uniformizado, parado na minha frente. Achei que minha casa ia ser requisitada e comecei a protestar quando ele estendeu um buquê de flores – amassadas por causa da força com que ele as segurava. Vi que ele estava muito nervoso, então parei de reclamar e perguntei o nome dele. 'Capitão Christian Hellman', ele disse, e enrubesceu como um garoto. Eu ainda estava desconfiada – o que ele estaria querendo? – e perguntei qual o objetivo da visita dele. Ele ficou mais vermelho ainda e disse baixinho: 'Vim falar-lhe de minhas intenções.'

"'Em relação à minha casa?', perguntei.

"'Não, em relação a Elizabeth', ele disse. E foi o que ele fez – como se eu fosse um pai vitoriano, e ele, o pretendente. Ele se sentou na ponta de uma cadeira na minha sala de visitas e me disse que pretendia voltar para a ilha assim que a guerra terminasse, casar-se com Elizabeth, cultivar flores, ler e se esquecer da guerra. Quando ele terminou de falar, eu estava meio apaixonada por ele também."

Amelia estava quase chorando, então guardamos os desenhos e fiz um chá. Depois Kit chegou com um ovo de gaivota quebrado que ela queria colar e nós nos distraímos.

Ontem, Will Thisbee apareceu na minha porta com uma travessa de bolos cobertos de creme de ameixa e o convidei para o chá. Ele queria me consultar sobre duas mulheres e com qual das duas eu me casaria se fosse homem, o que eu não era. (Entendeu bem?)

A srta. X sempre foi hesitante – nasceu de dez meses e não melhorou nada desde então. Quando soube que os alemães estavam chegando, ela enterrou o bule de chá de prata da mãe sob um olmo e agora não se lembra qual. Ela está cavando buracos por toda a ilha e jura que não vai desistir enquanto não o encontrar. "Tanta determinação", disse Will. "Não se parece nada com ela." (Will estava tentando ser sutil, mas a srta. X é Daphne Posto. Ela tem olhos redondos e vagos como os de uma vaca e é famosa por sua voz trêmula de soprano no coro da igreja.)

E há a srta. Y, uma costureira local. Quando os alemães chegaram, só tinham trazido uma bandeira nazista. Eles tiveram de pendurá-la no seu quartel-general, mas isso os deixou sem nada para pôr num mastro para dizer aos moradores da ilha que tinham sido conquistados.

Eles visitaram a srta. Y e mandaram que ela fizesse uma bandeira nazista para eles. Ela fez – uma suástica preta, feia, costurada num círculo castanho-escuro. O espaço em volta não era de seda vermelha, e, sim, de flanela cor-de-rosa. "Tão criativa no seu rancor", disse Will. "Tão forte!" (A srta. Y é a srta. Le Roy, magra como uma de suas agulhas, com o queixo pontudo e os lábios apertados.)

Qual delas eu achava que seria a melhor companheira para a velhice de um homem, a srta. X ou a srta. Y? Eu disse que, quando era preciso perguntar, normalmente não era nenhuma das duas.

Ele disse: "Foi exatamente o que Dowsey disse – com as mesmas palavras. Isola disse que a srta. X iria me levar às lágrimas, de tédio, e que a srta. Y iria me levar à morte, de tanta implicância.

"Obrigado, obrigado – vou continuar procurando. *Ela* está em algum lugar por aqui."

Ele pôs o gorro, me cumprimentou e saiu. Sidney, ele podia estar consultando a ilha inteira, mas fiquei tão orgulhosa de ter sido incluída – isso fez com que eu me sentisse uma nativa e não uma forasteira.

Com amor,
Juliet

De Juliet para Sidney

19 de julho de 1946

Querido Sidney,

Há histórias sobre Elizabeth em toda parte – não apenas entre os membros da sociedade. Ouça só isto: Kit e eu fomos até o cemitério esta tarde. Kit estava brincando no meio dos túmulos, e eu deitada sobre a lápide do sr. Edwin Mulliss – é uma mesa com quatro pernas grossas – quando Sam Withers, o velho encarregado do cemitério, parou ao meu lado. Ele disse que eu o fazia lembrar-se da srta. McKenna quando ela era mocinha. Ela costumava tomar sol naquela mesma lápide – e ficava marrom como uma noz.

Eu me sentei depressa e perguntei a Sam se ele tinha conhecido bem Elizabeth.

Sam disse:

– Bom, não posso dizer que a conheci bem, mas eu gostava dela. Ela e a filha do Eben, Jane, costumavam vir juntas a esta lápide. Estendiam uma toalha e faziam um piquenique, bem em cima dos ossos do sr. Mulliss.

Sam disse que aquelas duas eram muito levadas, estavam sempre fazendo alguma travessura – tentaram invocar um fantasma uma vez e deixaram a mulher do vigário apavorada. Então ele olhou para Kit, que tinha chegado ao portão do cemitério, e disse:

– Aquela meninazinha dela e do capitão Hellman é um doce.

Quando ouvi isso, perguntei se ele tinha conhecido o capitão Hellman, se gostava dele.

Ele olhou sério para mim e disse:

– Sim. Ele era um ótimo sujeito, apesar de ser alemão. A senhora não vai desprezar a filhinha da srta. McKenna por causa disso, vai?

– Eu jamais faria isso! – eu disse.

Ele sacudiu o dedo para mim.

– É melhor que não faça isso! É melhor saber a verdade sobre certas coisas antes de tentar escrever um livro sobre a Ocupação. Também odiei a Ocupação. Fico louco só de pensar nisso. Alguns daqueles sujeitos eram maus, entravam na sua casa sem bater, maltratavam você. Eram do tipo que gostava de estar por cima, porque nunca tinham estado antes. Mas nem todos eram assim, nem todos.

Christian, segundo Sam, não era. Sam gostava de Christian. Ele e Elizabeth tinham encontrado Sam uma vez no cemitério, tentando cavar um túmulo no chão que estava tão gelado quanto Sam. Christian pegou a pá e começou a cavar.

– Ele era um cara forte e terminou num instante – Sam disse. – Eu falei que ele podia trabalhar comigo quando quisesse e ele riu.

No dia seguinte, Elizabeth apareceu com uma garrafa térmica cheia de café quente. Café de verdade, feito com grãos de verdade, que Christian tinha levado para ela. Ela deu a ele um suéter bem quente que tinha pertencido a Christian.

Sam disse:

– Para falar a verdade, durante a Ocupação, conheci muitos soldados alemães decentes. Não podia ser diferente, convivendo com alguns deles por cinco anos. As pessoas acabavam se conhecendo.

"A gente acabava sentindo pena de alguns deles – no fim, pelo menos –, presos aqui e sabendo que a família estava sendo bombardeada. Não importava quem tinha começado aquilo. Não importava para mim, afinal.

"Ora, havia soldados sentados na caçamba de caminhões de batatas que iam para o depósito do Exército – as crianças iam atrás, na esperança de algumas batatas caírem na rua. Os soldados ficavam olhando para a frente, sérios, e empurravam batatas para fora da pilha – de propósito.

"Eles faziam o mesmo com laranjas. O mesmo com carvão – nossa, o carvão era muito precioso depois que o combustível acabou. Havia muita coisa desse tipo. Pergunte à sra. Godfray sobre o filho dela. Ele teve pneumonia e ela quase morreu de preocupação porque não podia mantê-lo aquecido nem tinha comida para dar para ele. Um dia, alguém bateu na porta e, quando ela abriu, viu um servente do hospital alemão ali parado. Sem dizer nada, ele entregou a ela um frasco de sulfa, cumprimentou-a e foi embora. Ele tinha roubado o remédio da farmácia do hospital para dar para ela. Ele foi apanhado depois, tentando roubar mais remédio, e eles o mandaram para a prisão na Alemanha – talvez o tenham enforcado. Não dá para saber."

Ele tornou a olhar sério para mim.

– Eu digo que se algum inglês de nariz empinado quiser chamar compaixão de colaboração, ele vai ter que falar comigo e com a sra. Godfray primeiro!

Tentei protestar, mas Sam me deu as costas e se afastou. Peguei Kit e voltei para casa. Entre as flores murchas para Amelia e os grãos de café para Sam Withers, achei que estava começando a conhecer o pai de Kit – e a entender por que Elizabeth deve tê-lo amado.

Na semana que vem, Remy vai chegar a Guernsey. Dawsey parte para a França na terça-feira para buscá-la.

Com amor,
Juliet

De Juliet para Sophie

22 de julho de 1946

Querida Sophie,

Queime esta carta, não quero que ela apareça no meio da sua coletânea de textos.

Já falei com você sobre Dawsey, é claro. Você sabe que ele foi a primeira pessoa daqui a me escrever, que ele gosta de Charles Lamb, que está ajudando a criar Kit, que ela o adora.

O que não contei foi que na noite em que cheguei à ilha, assim que Dawsey estendeu as duas mãos para mim no fim da prancha de desembarque, senti uma estranha excitação. Dawsey é tão calmo e reservado que não sei se fui só eu, então tenho tentado ser racional, natural e *normal* nestes últimos dois meses. E estava indo muito bem – até esta noite.

Dawsey veio aqui para pegar uma mala emprestada para a sua viagem a Louviers – ele vai buscar Remy e trazê-la para cá. Que tipo de homem não possui uma mala? Kit estava dormindo, então pusemos a mala na carroça dele e caminhamos até o pontal. A lua estava nascendo e o céu estava cor de madrepérola, como o interior de uma concha. O mar estava excepcionalmente calmo, com uma ondulação prateada. Não havia vento. Nunca tinha visto o mundo tão silencioso antes e percebi que Dawsey estava igualmente silencioso, andando ao meu lado. Eu estava muito perto dele, então comecei a prestar atenção nos seus pulsos e em suas mãos. Tive vontade de tocar nelas, e isso me deixou meio tonta. Tive aquela sensação de vazio – você sabe – na boca do estômago.

De repente, Dawsey se virou. O rosto dele estava na sombra, mas pude ver seus olhos – muito escuros – olhando para mim, esperando. Quem sabe o que poderia ter acontecido em seguida – um beijo? Um tapinha na cabeça? Nada? –, porque, no instante seguinte, ouvimos a charrete de Wally Beall (esse é o nosso táxi local) parar na porta do meu chalé, e o passageiro de Wally gritou: "Surpresa, querida!"

Era Mark – Markham V. Reynolds Júnior, resplandecente no seu terno sob medida, com um buquê de rosas vermelhas na mão.

Desejei que ele caísse morto, Sophie.

Mas o que eu podia fazer? Fui cumprimentá-lo – e, quando ele me beijou, só pude pensar: *Não! Não na frente de Dawsey!* Ele depositou as rosas no meu braço e se virou para Dawsey com seu sorriso de aço. Então eu os apresentei um ao outro, com vontade de me enfiar num buraco – não sei exatamente por quê –, e fiquei olhando com cara de boba quando Dawsey apertou a mão dele, virou-se para mim, apertou minha mão e disse: "Obrigado pela mala, Juliet. Boa-noite." Ele subiu na sua carroça e foi embora. Partiu sem uma palavra, sem olhar para trás.

Tive vontade de chorar. Em vez disso, convidei Mark para entrar e tentei parecer uma mulher que havia acabado de ter uma surpresa maravilhosa. A charrete e as apresentações tinham acordado Kit, que olhou desconfiada para Mark e quis saber para onde Dawsey tinha ido – ele não tinha dado um beijo de boa-noite nela. E nem em mim, pensei.

Levei Kit de volta para a cama e convenci Mark de que minha reputação ficaria totalmente abalada se ele não fosse imediatamente para o Royal Hotel. O que ele fez, de mau humor e com ameaças de aparecer na minha porta no dia seguinte, às seis horas da manhã.

Então me sentei e roí as unhas durante três horas. Será que eu devia ir até a casa de Dawsey e tentar continuar de onde tínhamos parado? Mas *onde* tínhamos parado? Não sei. Não quero fazer papel de boba. E se ele olhasse para mim sem entender – ou, pior ainda, com pena?

Além disso, o que é que estou pensando? Mark está aqui. Mark, que é rico e encantador e quer se casar comigo. Mark, com quem eu estava me entendendo muito bem. Por que não consigo parar de pensar em Dawsey, que provavelmente não liga a mínima para mim? Mas talvez ligue. Talvez eu estivesse prestes a descobrir o que existe do outro lado daquele silêncio.

Que droga.

São duas da manhã, não tenho mais unhas e pareço ter pelo menos cem anos. Talvez Mark se desencante ao ver minha cara cansada amanhã. Talvez ele me rejeite. Não sei se vou ficar desapontada se ele fizer isso.

Com amor,
Juliet

De Amelia para Juliet
(enfiada por baixo da porta da casa de Juliet)

23 de julho de 1946

Querida Juliet,

Minhas framboesas estão exuberantes. Vou colhê-las agora de manhã e fazer tortas de tarde. Você e Kit querem vir lanchar (torta) esta tarde?

Com amor,
Amelia

De Juliet para Amelia

23 de julho de 1946

Querida Amelia,

Sinto muitíssimo, não posso ir. Estou com visita.

Com amor,
Juliet

P. S.: Kit está levando este bilhete na esperança de ganhar um pedaço de torta. Você pode ficar com ela esta tarde?

De Juliet para Sophie

24 de julho de 1946

Querida Sophie,

É melhor você queimar esta carta também, junto com a anterior. Recusei o pedido de casamento de Mark em caráter final e irrevogável, e minha alegria é indecente. Se eu fosse uma dama bem-educada, fecharia as cortinas e ficaria recolhida, mas não posso. Estou *livre*! Hoje saltei da cama sentindo-me alegre como uma ovelhinha, e Kit e eu passamos a manhã apostando corridas na grama. Ela venceu, mas isso porque ela trapaceia.

Ontem foi um horror. Você sabe como me senti quando Mark apareceu, mas na manhã seguinte foi pior ainda. Ele veio aqui às sete horas, irradiando confiança e certo de que até o meio-dia estaríamos com a data do casamento marcada. Ele não estava nem um pouco interessado na ilha, nem na Ocupação, nem em Elizabeth, nem no que eu tinha feito aqui desde minha chegada – não fez uma única pergunta a respeito disso. Então Kit apareceu para tomar café. Isso o surpreendeu – ele não tinha registrado a presença dela na noite anterior. Ele foi simpático com ela – conversaram sobre cachorros –, mas, alguns minutos depois, ficou óbvio que ele estava esperando que ela desse o fora. Suponho que, na experiência dele, babás carregam as crianças para longe antes que elas possam aborrecer os pais. É claro que tentei ignorar a irritação dele e preparar o café da manhã de Kit como faço sempre, mas podia sentir sua impaciência crescendo.

Finalmente, Kit foi brincar lá fora, e, assim que a porta se fechou atrás dela, Mark disse:

— Seus novos amigos devem ser muito espertos, conseguiram empurrar o que era de responsabilidade deles para você em menos de dois meses. — Ele sacudiu a cabeça, com pena de mim por eu ser tão ingênua.

Eu simplesmente olhei para ele.

— Ela é uma criança encantadora, mas não é sua obrigação, Juliet, e você vai ter de ser firme quanto a isso. Compre uma boneca para ela ou qualquer outra coisa e diga adeus, antes que ela comece a pensar que você vai tomar conta dela pelo resto da vida.

Eu estava tão zangada que não conseguia falar. Fiquei ali parada, apertando a vasilha de mingau de Kit com os nós dos dedos brancos. Não atirei a vasilha nele, mas foi por pouco. Finalmente, quando recuperei a voz, murmurei:

— Saia.

— Como?

— Eu nunca mais quero vê-lo.

— Juliet? — Ele realmente não sabia do que eu estava falando.

Então expliquei. E fui me sentindo melhor enquanto falava. Eu disse que jamais me casaria com ele ou com qualquer outro que não amasse Kit, Guernsey e Charles Lamb.

— Que diabo Charles Lamb tem a ver com isso? — ele berrou (típico dele).

Não expliquei. Ele tentou argumentar comigo, depois tentou me convencer, depois tentou me beijar, depois tornou a argumentar, mas estava acabado, e até Mark sabia. Pela primeira vez em muito tempo — desde fevereiro, quando o conheci – tive certeza absoluta de que tinha feito a coisa certa. Como pude pensar em casar com ele? Um ano como esposa dele e eu me tornaria uma dessas mulheres abjetas, medrosas, que olham para o marido quando alguém faz uma pergunta a elas. Sempre desprezei o tipo, mas agora entendo como isso acontece.

Duas horas depois, Mark estava a caminho do aeroporto, para nunca mais voltar (espero). E eu, vergonhosamente feliz, estava comendo torta de framboesa na casa de Amelia. Na noite passada, dormi o sono dos justos durante dez horas seguidas, e esta manhã me sinto de novo com 32 anos, em vez de cem.

Kit e eu vamos passar a tarde na praia, procurando ágatas. Que dia maravilhoso!

Com amor,
Juliet

P. S.: Nada disso tem a ver com Dawsey. Charles Lamb saltou da minha boca por coincidência. Dawsey nem veio se despedir antes de partir. Quanto mais penso nisso, mais me convenço de que ele se virou no penhasco para perguntar se eu poderia emprestar meu guarda-chuva a ele.

De Juliet para Sidney

27 de julho de 1946

Querido Sidney,

Eu sabia que Elizabeth tinha sido presa por abrigar um trabalhador Todt, mas não sabia que tivera um cúmplice até poucos dias atrás, quando Eben mencionou por acaso Peter Sawyer, "que foi preso junto com Elizabeth". "O QUÊ?", gritei, e Eben disse que deixaria Peter me contar a história.

Peter está morando numa casa de repouso perto de Le Grand Havre, em Vale, então lhe telefonei e ele disse que ficaria feliz em me receber – especialmente se eu tivesse um pouco de conhaque para levar.

– É claro – eu disse.
– Ótimo. Venha amanhã – ele respondeu e desligou.

Peter está preso a uma cadeira de rodas, mas que motorista ele é! Anda correndo como um louco, faz curvas e reviravoltas. Fomos para o jardim, nos sentamos sob uma árvore e ele bebericou enquanto falava. Desta vez, Sidney, tomei nota – não podia perder uma palavra.

Peter já estava na cadeira de rodas, mas ainda morava em sua casa em St. Sampson's, quando encontrou o trabalhador Todt, Lud Jaruzki, um garoto polonês de dezesseis anos.

Muitos dos trabalhadores Todt tinham permissão de sair do cercado depois que anoitecia para procurar comida – desde que voltassem. Eles tinham de voltar para trabalhar na manhã seguinte – se não voltassem, era organizada uma busca para encontrá-los. Essa "liberdade condicional" era uma maneira de os alemães garantirem que os trabalhadores não morressem de fome – sem desperdiçar a própria comida com eles.

Quase todo habitante da ilha tinha uma horta – alguns tinham galinheiros e gaiolas de coelhos –, uma boa colheita para ladrões de comida. E era isso o que os trabalhadores escravos eram – ladrões de comida. A maioria dos habitantes da ilha vigiava seus quintais à noite, armados com pedaços de pau para defender suas verduras e seus legumes.

Peter também passava a noite do lado de fora, nas sombras do galinheiro. Ele não carregava um pedaço de pau, mas uma frigideira de ferro e uma colher de metal para fazer barulho e chamar os vizinhos.

Uma noite, ele ouviu – e depois viu – Lud passar por um buraco na sebe. Peter esperou; o menino tentou ficar em pé, mas caiu, tentou se levantar, mas não conseguiu – ficou ali deitado no chão. Peter se aproximou na cadeira de rodas e olhou para o garoto.

– Ele era uma criança, Juliet. Só uma criança, deitado de costas na terra. Magro, meu Deus, como ele era magro, sujo, em farrapos. Estava coberto de vermes; eles saíam debaixo do seu cabelo, rastejavam pelo seu rosto, sobre suas pálpebras. Aquele pobre menino nem os sentia... nem piscava. Só o que ele queria era uma maldita batata... e não tinha forças para retirá-la do chão. Fazer isso com meninos!

"Vou dizer uma coisa para você: odiei aqueles alemães. Eu não podia me abaixar para ver se ele estava respirando, mas tirei os pés do suporte da cadeira e consegui empurrá-lo até ele estar com os ombros perto de mim. Meus braços são fortes e puxei o garoto para o meu colo. Consegui, não sei como, subir a rampa da cozinha com ele... lá, deixei o menino cair no chão. Acendi o fogo, peguei um cobertor, esquentei água; lavei o rosto e as mãos do pobrezinho e afoguei cada piolho e cada verme que tirei dele."

Peter não podia pedir ajuda aos vizinhos – eles poderiam delatá-lo aos alemães. O comandante alemão tinha dito que qualquer um que abrigasse um trabalhador Todt seria mandado para um campo de concentração ou fuzilado na hora.

Elizabeth iria à casa de Peter no dia seguinte – ela era auxiliar de enfermagem dele e o visitava uma vez por semana, às vezes mais. Ele conhecia Elizabeth o bastante para saber que ela o ajudaria a manter o garoto vivo e que não falaria nada sobre isso.

– Ela chegou no meio da manhã do dia seguinte. Eu a recebi na porta, disse que tinha encrenca dentro de casa e, se ela não quisesse encrenca, era melhor não entrar. Ela entendeu o que eu estava querendo dizer e entrou assim mesmo. Ela trincou os dentes quando se ajoelhou no chão ao lado de Lud... ele fedia muito... mas começou a agir. Cortou fora as roupas dele e as queimou. Deu banho nele, lavou sua cabeça com sabão de alcatrão... foi a maior confusão, nós até rimos, você acredita? Isso ou a água fria o acordou. Ele ficou espantado, apavorado, até ver quem nós éramos. Elizabeth ficou falando baixinho, para acalmá-lo, embora ele não conseguisse entender uma só palavra. Nós o arrastamos para o meu quarto, não podíamos deixá-lo na cozinha, os vizinhos podiam entrar e vê-lo. Bem, Elizabeth cuidou dele. Não havia como ela conseguir remédios, mas comprou ossos para fazer uma sopa e pão de verdade no mercado negro. Eu tinha ovos e, aos poucos, dia a dia, ele recuperou as forças. Ele dormia muito. Às vezes, Elizabeth tinha de vir depois que escurecia, antes do toque de recolher. Ninguém podia vê-la vindo à minha casa com frequência. As pessoas delatavam os vizinhos, você sabe, para tentar conseguir as boas graças, ou um pouco de comida, dos alemães.

"Mas alguém notou e alguém delatou... não sei quem foi. Contaram à Feldpolizei, e eles vieram naquela noite de terça-feira. Elizabeth comprara um pouco de frango, fizera um ensopado e estava dando para Lud. Eu estava sentado ao lado da cabeceira dele.

"Eles cercaram a casa, sem fazer barulho, e entraram. Bem, nós fomos presos. Fomos levados naquela noite, todos nós, e Deus sabe o que eles fizeram com o menino. Não houve nenhum julgamento, fomos colocados num barco para St. Malo no dia seguinte. Essa foi a última vez que vi Elizabeth, sendo levada para o barco por um dos guardas da prisão. Ela parecia estar com tanto frio. Não a vi depois, quando chegamos à França, e não soube para onde a mandaram. Eles me mandaram para a prisão federal em Coutances, mas não sabiam o que fazer com um prisioneiro numa cadeira de rodas, então me mandaram de novo para casa, uma semana depois. Disseram-me para ser grato pela bondade deles."

Peter disse que sabia que Elizabeth deixava Kit com Amelia sempre que ia à casa dele. Ninguém sabia que Elizabeth estava ajudando a cuidar do trabalhador Todt. Ele acha que ela deixava todo mundo pensar que tinha plantão no hospital.

Esses são os fatos, Sidney, mas Peter perguntou se eu voltaria. Eu disse que sim, que adoraria voltar, e ele falou que eu não precisava levar conhaque, só a mim mesma. Ele disse que gostaria de ver revistas de fotos, se eu tivesse alguma. Ele quer saber quem é Rita Hayworth.

Com amor,
Juliet

De Dawsey para Juliet

27 de julho de 1946

Cara Juliet,

Está quase na hora de buscar Remy na casa de repouso, mas, como tenho alguns minutos, vou usá-los escrevendo para você.

Remy está parecendo mais forte do que no mês passado, mas ainda está muito frágil. A irmã Touvier me chamou de lado para me alertar – ela tem de se alimentar direito, se manter aquecida, não se aborrecer. Ela precisa ter gente em volta dela – gente alegre, se possível.

Não tenho dúvida de que Remy irá ingerir alimentos saudáveis, e Amelia vai providenciar para que ela esteja bem aquecida, mas como vou conseguir cercá-la de alegria? Não está na minha natureza contar piadas ou coisa assim. Não soube o que dizer para a irmã, então apenas assenti e tentei fazer um ar alegre. Acho que não tive sucesso, porque a irmã me olhou zangada.

Bem, vou fazer o possível, mas você, que tem uma natureza radiante e um coração leve, será melhor companhia para Remy do que eu. Não tenho dúvidas de que ela irá gostar de você, como todos nós nestes últimos meses, e você fará bem a ela.

Dê um abraço e um beijo na Kit por mim. Vejo vocês duas na terça-feira.

Dawsey

De Juliet para Sophie

29 de julho de 1946

Querida Sophie,

Por favor, ignore tudo o que eu já disse sobre Dawsey Adams.

Eu sou uma idiota.

Acabei de receber uma carta de Dawsey elogiando as qualidades medicinais da minha "natureza radiante e meu coração leve".

Uma natureza radiante? Um coração leve? Nunca fui tão insultada. Coração leve é quase tola no meu dicionário. Uma palhaça – é isso que sou para Dawsey.

Também estou humilhada – enquanto eu sentia aquela atração perigosa ao caminharmos ao luar, ele pensava em Remy e em como minha conversa tola iria distraí-la.

Não, é claro que me iludi e que Dawsey não liga a mínima para mim.

Estou irritada demais para escrever.

Com amor,
Juliet

De Juliet para Sidney

1º de agosto de 1946

Querido Sidney,

Remy está aqui, finalmente. Ela é pequena e incrivelmente magra, tem cabelo preto, curto, e olhos quase pretos também. Eu tinha imaginado que ela estivesse machucada, mas não, só tem uma pequena hesitação no andar e um jeito duro de mexer com o pescoço.

Acho que dei a impressão de ela parecer um bichinho abandonado, mas não é o caso, de verdade. Pode-se pensar de longe, mas nunca de perto. Há uma intensidade nela que é quase enervante. Ela não é fria e muito menos antipática, mas parece temer ser espontânea. Acho que se eu tivesse passado pelo que ela passou também estaria assim – um tanto alheia ao dia a dia.

Você pode riscar tudo o que eu disse quando Remy está com Kit. A princípio, ela pareceu inclinada a seguir Kit com os olhos em vez de falar com ela, mas isso mudou quando Kit se ofereceu para ensiná-la a cecear. Remy ficou espantada, mas concordou em aprender, e elas foram juntas para a estufa de Amelia. O ceceio dela é atrapalhado pelo sotaque, mas Kit não ficou aborrecida com isso e deu-lhe, generosamente, aulas extras.

Amelia ofereceu um pequeno jantar na noite em que Remy chegou. Todo mundo estava bem-comportado – Isola chegou com uma grande garrafa de tônico debaixo do braço, mas se arrependeu assim que olhou para Remy. "Poderia matá-la", ela murmurou para mim na cozinha, e enfiou a garrafa no bolso do casaco. Eli apertou a mão dela nervosamente e depois se afastou – acho que ele teve medo de machucá-la acidentalmente. Fiquei contente de ver que Remy estava à vontade com Amelia – elas vão gostar da companhia uma da outra –, mas Dawsey é o seu favorito. Quando ele entrou na sala – ele chegou um pouco mais tarde do que os outros –, ela relaxou visivelmente e até sorriu para ele.

Ontem estava frio e nublado, mas Remy, Kit e eu construímos um castelo de areia na pequena praia de Elizabeth. Passamos um longo tempo nessa construção, e ficou um belo castelo, com torres. Eu tinha preparado uma garrafa térmica com chocolate quente e ficamos ali sentadas, pacientemente, tomando chocolate e esperando a maré encher para derrubar o castelo.

Kit corria de um lado para outro na beira da água, mandando a água subir mais depressa. Remy tocou o meu ombro e sorriu. "Elizabeth deve ter sido como ela um dia", ela disse; "a imperatriz dos mares." Eu tive a sensação de ter recebido um presente – mesmo aquele pequeno gesto exige confiança – e fiquei contente por ela se sentir segura comigo.

Enquanto Kit dançava nas ondas, Remy falou sobre Elizabeth. Ela tencionava manter a cabeça baixa, conservar a energia que lhe restava e voltar para casa o mais depressa que pudesse, depois da guerra. "Achamos que isso ia ser possível. Sabíamos da invasão, vimos os aviões dos Aliados voando sobre o campo. Sabíamos o que estava acontecendo em Berlim. Os guardas não conseguiam esconder de nós o medo que sentiam. Toda noite ficávamos acordadas, esperando ouvir os tanques Aliados nos portões. Sussurrávamos que estaríamos livres no dia seguinte. Não acreditávamos que fôssemos morrer."

Não havia nada para dizer depois disso, embora eu estivesse pensando: se ao menos Elizabeth tivesse aguentado mais algumas semanas, ela teria voltado para Kit. Por que, tão perto do fim, ela atacou a supervisora?

Remy ficou olhando as ondas baterem na praia. Então ela disse: "Teria sido melhor para ela não ter um coração tão bom."

Sim, mas pior para nós.

Então a maré encheu: vivas, gritos e o castelo sumiu.

Com amor,
Juliet

De Isola para Sidney

1º de agosto de 1946

Caro Sidney,

Sou a nova secretária da Sociedade Literária e Torta de Casca de Batata de Guernsey. Achei que você gostaria de ver uma amostra de minhas primeiras atas, uma vez que você se interessa por tudo o que seja do interesse de Juliet. Aqui vão elas:

30 de julho de 1946 – 19h30
Noite fria. Oceano barulhento. Will Thisbee foi o anfitrião. Casa limpa, mas as cortinas precisam ser lavadas.

A sra. Winslow Daubbs lê um capítulo de sua autobiografia, *A vida e os amores de Delilah Daubbs*. Audiência atenta – mas silenciosa depois. Exceto por Winslow, que quer o divórcio.

Todos ficaram embaraçados, então Juliet e Amelia serviram a sobremesa que tinham preparado mais cedo – um belo bolo confeitado – em pratos de porcelana, o que normalmente não usamos.

Então a srta. Minor perguntou se, já que íamos começar a ser nossos próprios autores, ela poderia ler um trecho do seu livro de pensamentos. O nome do livro é *O livro lugar-comum de Mary Margaret Minor*.

Todo mundo já sabe o que Mary Margaret pensa sobre tudo, mas dissemos que sim porque gostamos de Mary Margaret. Will Thisbee aventurou-se a dizer que talvez Mary Margaret resuma aquilo que escreve, coisa que nunca fez ao falar, e que, então, não seria assim tão mau.

Propus uma reunião especial só para isso na semana que vem, para não ter de esperar para falar sobre Jane Austen. Dawsey me apoiou! Todos concordaram. Reunião terminada.

Srta. Isola Pribby
Secretária Oficial da Sociedade Literária
e Torta de Casca de Batata de Guernsey

Agora que sou a secretária oficial, poderia aceitá-lo como membro, se você quiser. É contra as normas, porque você não é um ilhéu, mas posso fazer isso em segredo.

Sua amiga,
Isola

De Juliet para Sidney

3 de agosto de 1946

Querido Sidney,

Alguém – não imagino quem – mandou para Isola um presente da parte da Stephens & Stark. Ele foi publicado em meados dos anos 1800 e se chama *O novo manual ilustrado autoinstrucional de frenologia e psiquiatria: com tabelas de tamanho e forma e mais de cem ilustrações*. Se isso já não fosse suficiente, ele tem um subtítulo: *Frenologia: a ciência de interpretação de protuberâncias na cabeça*.

Eben convidou a mim, Dawsey, Isola, Will, Amelia e Remy para jantar ontem à noite. Isola chegou com tabelas, desenhos, gráficos, uma fita métrica, compasso e um caderno novo. Então ela pigarreou e leu o anúncio na primeira página: "Você também pode aprender a ler Protuberâncias na Cabeça! Surpreenda seus amigos, perturbe seus inimigos com um conhecimento indiscutível de suas faculdades humanas ou a falta delas."

Ela bateu com o livro na mesa. "Vou me tornar uma especialista", ela anunciou, "antes da Festa da Colheita."

Ela disse ao pastor Elstone que não vai mais usar xales e fingir que sabe ler mãos. Não, de agora em diante ela vai ler o futuro de uma maneira científica, interpretando protuberâncias na cabeça! A igreja vai ganhar muito mais dinheiro com protuberâncias na cabeça do que a srta. Sybil Beddoes ganha com sua barraca, GANHE UM BEIJO DE SYBIL BEDDOES.

Will disse que ela estava certíssima; a srta. Beddoes não sabia beijar bem, e ele já estava cansado de beijá-la, mesmo em nome da caridade.

Sidney, você percebe o que provocou em Guernsey? Isola já leu as protuberâncias da cabeça do sr. Singleton (a barraca dele fica ao lado da dela, no mercado) e disse a ele que sua protuberância do Amor ao Próximo tinha uma depressão bem no meio – e que era, provavelmente, por isso que ele não dava comida suficiente ao cachorro dele.

Você está vendo aonde isso pode chegar? Um dia ela vai encontrar alguém com um Nó de Assassino Latente e vai levar um tiro – se a srta. Beddoes não a pegar antes.

Mas seu presente trouxe uma coisa maravilhosa, inesperada. Depois da sobremesa, Isola começou a ler as protuberâncias da cabeça de Eben – ditando as medidas para eu anotar. Olhei para Remy, imaginando o que ela estaria pensando do cabelo em pé de Eben e da apalpação de Isola. Remy estava tentando disfarçar um sorriso, mas não conseguiu e acabou caindo na gargalhada. Dawsey e eu ficamos sem voz pela surpresa!

Ela é tão quieta, nenhum de nós poderia imaginar uma gargalhada daquelas. Foi como água. Espero tornar a ouvi-la.

Dawsey e eu não temos nos sentido tão à vontade um com o outro como antigamente, embora ele ainda venha visitar Kit com frequência, ou traga Remy para nos visitar. Ao ouvir a gargalhada de Remy, nossos olhos se encontraram pela primeira vez em quinze dias. Mas talvez ele estivesse apenas admirando o modo como minha natureza radiante tinha passado para ela. Eu tenho, na opinião de algumas pessoas, uma natureza radiante, Sidney. Você sabia disso?

Billee Bee mandou um exemplar da revista *Joias da Tela* para Peter. Havia um ensaio fotográfico de Rita Hayworth – Peter ficou encantado, embora surpreso ao ver a srta. Hayworth posando de camisola! Ajoelhada numa cama! Era o fim do mundo.

Sidney, Billee Bee não está cansada de fazer coisas para mim?

Com amor,
Juliet

De Susan Scott para Juliet

5 de agosto de 1946

Querida Juliet,

Você sabe que Sidney não guarda as suas cartas perto do coração, ele as deixa abertas em cima da mesa para qualquer pessoa ver; então, é claro, eu as leio.

Estou escrevendo para tranquilizá-la com relação a Billee Bee. Não é Sidney quem lhe pede que faça coisas para você. Ela implora para fazer qualquer serviço para ele, ou para você, ou "para aquela criança querida". Ela só falta arrulhar para ele e tenho vontade de vomitar. Ela usa uma boina angorá com um laço no queixo – do tipo que Sonja Henie usa para patinar. Preciso dizer mais?

Além disso, ao contrário do que Sidney pensa, ela não é um anjo caído do céu; ela veio de uma *agência de emprego*. Era para ser *temporária*, mas se insinuou e agora é indispensável e *permanente*. Você não pode pensar em alguma criatura viva das ilhas Galápagos que Kit queira ter? Billee Bee zarparia na próxima onda para buscá-la – e ficaria meses fora daqui. Possivelmente para sempre, se algum animal a devorar por lá.

Lembranças para você e Kit,
Susan

De Isola para Sidney

5 de agosto de 1946

Caro Sidney,

Sei que foi você quem mandou O *novo manual ilustrado autoinstrucional de frenologia e psiquiatria: com tabelas de tamanho e forma e mais de cem ilustrações*. Trata-se de um livro muito útil e quero agradecer-lhe. Tenho estudado muito e já posso apalpar um monte de protuberâncias sem precisar usar o livro mais do que três ou quatro vezes. Espero ganhar um bom dinheiro para a igreja na Festa da Colheita, pois quem não vai querer ter suas engrenagens internas – boas e ruins – reveladas pela ciência da frenologia? Ninguém, é claro.

É um verdadeiro achado essa ciência da frenologia. Aprendi mais nos últimos três dias do que na vida inteira. A sra. Guilbert sempre foi terrível, mas agora sei que a culpa não é dela – ela tem um buraco enorme no seu ponto de Benevolência. Ela levou um tombo quando era pequena e meu palpite é que quebrou sua Benevolência e nunca mais foi a mesma.

Até os meus velhos amigos são cheios de surpresas. Eben é Tagarela! Eu jamais imaginaria isso dele, mas ele tem bolsas sob os olhos e não há a menor dúvida a respeito. Contei isso a ele com muito jeito. Juliet não queria que eu examinasse as protuberâncias em sua cabeça, mas acabou concordando quando eu disse que ela estava prejudicando a ciência. Ela está coberta de Disposição Amorosa. E também de Amor Conjugal. Eu disse que era um espanto que ela não estivesse casada, com protuberâncias tão grandes.

Will disse: "O seu sr. Stark vai ser um homem feliz, Juliet!" Juliet ficou vermelha como um tomate e fui tentada a dizer que ele não sabia de nada, porque o sr. Stark era homossexual, mas me contive e guardei seu segredo, como prometi.

Dawsey se levantou e saiu em seguida, então não consegui examinar as protuberâncias dele, mas em breve vou pegá-lo de jeito. Às vezes não entendo o Dawsey. Ele esteve bem conversador por um tempo, mas atualmente não junta coisa com coisa.

Mais uma vez, obrigada pelo belo livro.

Sua amiga,
Isola

Telegrama de Sidney para Juliet

6 de agosto de 1946

ONTEM COMPREI UMA PEQUENA GAITA-DE-FOLES PARA DOMINIC NO GUNTHERS. KIT GOSTARIA DE UMA? RESPONDA LOGO PORQUE SÓ SOBROU UMA. COMO VAI O LIVRO? AMOR PARA VOCÊ E KIT. SIDNEY.

De Juliet para Sidney

7 de agosto de 1946

Querido Sidney,

Kit adoraria uma gaita-de-foles. Eu não.
Acho que o trabalho vai muito bem, mas gostaria de enviar-lhe os dois primeiros capítulos – não vou me sentir *confiante* enquanto você não os ler. Você tem tempo?
Toda biografia devia ser escrita no espaço de uma geração da pessoa retratada, enquanto ela ainda está na memória dos vivos. Pense no que eu poderia ter feito por Anne Brontë se tivesse podido falar com seus vizinhos. Talvez ela não fosse realmente dócil e melancólica – talvez ela tivesse um temperamento explosivo e atirasse a louça no chão uma vez por semana.
Todo dia aprendo uma coisa nova sobre Elizabeth. Como eu gostaria de tê-la conhecido! Enquanto escrevo, me pego pensando nela como uma amiga, recordando coisas que fez como se eu tivesse estado lá – ela é tão cheia de vida que

tenho de lembrar a mim mesma que ela está morta, e aí sinto como se a tivesse perdido de novo.

Ouvi uma história sobre ela hoje que me deu vontade de chorar. Jantamos esta noite com Eben, e depois Eli e Kit foram catar minhocas lá fora (tarefa melhor de ser realizada sob a luz da lua). Eben e eu levamos nossos cafés para tomar no jardim e, pela primeira vez, ele conversou comigo sobre Elizabeth.

Este fato aconteceu na escola, quando Eli e as outras crianças estavam esperando pelos navios que os tirariam da ilha. Eben não estava lá, porque as famílias não puderam ficar, mas Isola viu o que aconteceu e contou para ele naquela noite.

Ela disse que a sala estava cheia de crianças e que Elizabeth abotoava o casaco de Eli, quando ele disse que estava com medo de entrar no barco – de ir para longe da mãe e da casa dele. Se o navio *fosse* bombardeado, ele disse, para quem diria adeus? Isola disse que Elizabeth demorou a responder, como se estivesse refletindo sobre a pergunta. Então ela levantou o suéter e tirou um broche da blusa. Era a medalha que o pai dela tinha ganhado na Primeira Guerra, e ela sempre a usava.

Ela explicou-lhe que a medalha era mágica, que nada iria acontecer a ele enquanto a usasse. Então ela fez Eli cuspir duas vezes nela para invocar o feitiço. Isola viu o rosto de Eli por cima do ombro de Elizabeth e contou a Eben que ele tinha aquela luz maravilhosa que as crianças têm antes de serem apanhadas pela Idade da Razão.

De todas as coisas que ocorreram durante a guerra, esta – mandar os filhos embora para mantê-los em segurança – foi com certeza a mais terrível. Não sei como eles suportaram. Isso vai contra o instinto animal de proteger os filhos. Eu mesma estou me tornando superprotetora em relação a Kit.

Mesmo quando não a estou vigiando, eu a estou vigiando. Se ela está correndo algum tipo de perigo (o que acontece com frequência, dado o seu gosto por escalar), os pelos do meu pescoço ficam eriçados – eu nem sabia que *tinha* pelo no pescoço antes – e corro para socorrê-la. Quando o seu inimigo, o sobrinho do pároco, atirou ameixas nela, gritei com ele. E por algum tipo de intuição sempre sei onde ela está, do mesmo modo que sei onde minhas mãos estão – e se eu não soubesse, ficaria doente de preocupação. Acho que é assim que a espécie sobrevive, mas a guerra destruiu isso. Como as mães de Guernsey viviam, sem saber onde os filhos estavam? Não consigo nem imaginar.

Com amor,
Juliet

P. S.: Que tal uma flauta?

De Juliet para Sophie

9 de agosto de 1946

Querida Sophie,

Que bela notícia – outro bebê! Maravilhoso! Espero que você não tenha de comer biscoito de água e sal e chupar limão desta vez. Sei que para você não faz diferença o sexo do bebê, mas eu adoraria uma menina. Por isso, estou tricotando um casaquinho e uma touca de lã cor-de-rosa. É claro que Alexander está encantado, mas e Dominic?

Contei a novidade a Isola e temo que ela mande uma garrafa do seu Tônico Pré-natal para você. Sophie, por favor, não o beba e não o jogue fora onde os cachorros possam encontrá-lo. Pode não haver nada de venenoso nos tônicos dela, mas acho que você não deve arriscar.

Suas perguntas sobre Dawsey foram enviadas à pessoa errada. Mande-as para Kit ou para Remy. Eu mal o vejo atualmente, e, quando o vejo, ele fica calado. Não calado de um jeito romântico, pensativo, como o sr. Rochester, mas de um jeito sério e solene que indica desaprovação. Não sei qual é o problema, não sei mesmo. Quando cheguei a Guernsey, Dawsey era meu amigo. Conversávamos sobre Charles Lamb e passeávamos juntos pela ilha – e eu gostava muito da companhia dele. Então, depois daquela noite horrível no pontal, ele parou de falar – pelo menos comigo. Foi uma grande decepção. Sinto falta do entendimento que havia entre nós, mas começo a achar que estava apenas me iludindo.

Como não sou calada, sinto uma enorme curiosidade pelas pessoas que são. Como Dawsey não fala sobre si mesmo – não fala sobre nada comigo –, fui obrigada a interrogar Isola sobre as protuberâncias da cabeça dele para conseguir informações sobre sua vida passada. Mas Isola está começando a temer que as protuberâncias possam mentir, e ofereceu como prova disso o fato de que o Nódulo de Inclinação à Violência de Dawsey não é tão grande quanto deveria ser, uma vez que quase matou Eddie Meares de pancada!!!!!

Essas exclamações são minhas. Isola não pareceu achar nada de mais nisso.

Parece que Eddie Meares era grande e mau e fornecia/negociava/vendia informações para as autoridades alemãs em troca de favores. Todo mundo sabia, o que não parecia incomodá-lo, já que ele ia para o bar para se gabar e exibir a nova riqueza: um pão de forma, cigarros e meias de seda – pelas quais, ele dizia, qualquer garota da ilha iria, com certeza, demonstrar muita gratidão.

Uma semana depois da prisão de Elizabeth e Peter, ele estava exibindo uma cigarreira de prata, dando a entender que era uma recompensa por ele ter informado algumas movimentações que tinha visto na casa de Peter Sawyer.

Dawsey soube disso e foi ao Crazy Ida's na noite seguinte. Aparentemente, ele entrou, foi até onde estava Eddie Meares, agarrou-o pelo colarinho da camisa, arrancou-o do banquinho e começou a bater com a cabeça dele no bar. Ele chamou Eddie de covarde e sem-vergonha, enquanto batia com a cabeça dele. Depois jogou Eddie no chão e continuou a bater nele.

Segundo Isola, Dawsey ficou todo machucado: nariz e boca sangrando, um olho fechado, uma costela quebrada – mas Eddie Meares ficou ainda mais machucado: dois olhos pretos, duas costelas quebradas e vários pontos. O tribunal condenou Dawsey a três meses de prisão, mas o soltaram em um mês. Os alemães precisavam de espaço para criminosos mais sérios – como os que traficavam no mercado negro e os ladrões que roubavam gasolina dos caminhões do Exército.

"Desde esse dia, quando Eddie Meares vê Dawsey entrando no Crazy Ida's, ele fica assustado, derrama cerveja e em menos de cinco minutos está saindo pela porta dos fundos", Isola terminou.

Naturalmente, fiquei excitada e quis saber mais. Como está decepcionada com protuberâncias, Isola passou a relatar alguns fatos.

Dawsey não teve uma infância feliz. O pai morreu quando ele tinha onze anos, e a sra. Adams, que sempre tinha sido frágil, ficou esquisita. Primeiro, começou a ter medo de ir à cidade, depois, de sair de casa para o próprio quintal, e, finalmente, recusava-se a sair de dentro de casa. Ela ficava sentada na cozinha, se balançando, olhando para algo que Dawsey nunca conseguiu enxergar. Ela morreu logo depois que a guerra começou.

Isola disse que por tudo isso – a mãe, o trabalho na fazenda e a gagueira – Dawsey sempre foi muito tímido e nunca teve amigos, exceto por Eben. Isola e Amelia eram apenas conhecidas dele, nada mais.

Essa foi a situação até a chegada de Elizabeth, que o obrigou a ter amigos. Ela o forçou, realmente, a entrar para a sociedade literária. E então, Isola disse, como ele desabrochou! Agora ele podia falar de livros em vez de falar em febre suína – e tinha amigos com quem conversar. Quanto mais ele conversava, menos ele gaguejava, segundo Isola.

Ele é uma criatura misteriosa, não é? Talvez ele seja mesmo como o sr. Rochester e tenha uma tristeza secreta. Ou uma esposa louca no porão. Tudo é possível, eu acho, mas teria sido difícil alimentar uma esposa louca com um único bloco de tíquetes de alimentação durante a guerra. Puxa, como eu queria que ficássemos amigos de novo (Dawsey e eu, não a esposa louca).

Eu tinha a intenção de tratar de Dawsey com uma ou duas frases secas, mas estou vendo que ele ocupou várias folhas. Agora tenho de correr para me arrumar para a reunião desta noite da sociedade. Só tenho uma saia decente para usar, e estou me sentindo desleixada. Remy, apesar de tão magra e frágil, consegue estar sempre elegante. Não sei o que as mulheres francesas têm.

Depois conto mais.

Com amor,
Juliet

De Juliet para Sidney

11 de agosto de 1946

Querido Sidney,

Estou feliz por você estar feliz com o meu progresso na biografia de Elizabeth. Mas volto a falar sobre isso mais tarde – porque tenho uma coisa para contar para você que não pode esperar. Eu mesma mal estou acreditando, mas é verdade. Vi com meus próprios olhos!

Se, e, preste atenção, apenas *se* eu estiver correta, a Stephens & Stark vão dar o golpe editorial do século. Artigos serão escritos, diplomas serão concedidos e Isola será perseguida por todo intelectual, toda universidade, biblioteca e colecionador particular vergonhosamente rico do Hemisfério Ocidental.

Aqui estão os fatos: Isola iria falar na reunião de ontem à noite da sociedade sobre *Orgulho e preconceito*, mas Ariel comeu suas anotações antes do jantar. Então, em lugar de Jane, e numa pressa desesperada, ela pegou algumas cartas enviadas à sua querida vovó Pheen (diminutivo de Josephine). Elas, as cartas, formavam uma espécie de história.

Ela tirou as cartas do bolso, e Will Thisbee, ao vê-las embrulhadas em papel de seda cor-de-rosa e amarradas com um laço de cetim, exclamou: "Cartas de amor, que surpresa! Elas contêm segredos? Intimidades? Os cavalheiros precisam sair da sala?"

Isola disse a ele para calar a boca e se sentar. Ela disse que foram cartas enviadas à sua vovó Pheen por um homem muito amável – um estranho – quando ela era menina. Vovó as guardava numa lata de biscoitos e costumava lê-las para ela, Isola, na hora de dormir, como se fossem histórias.

Sidney, havia oito cartas, e não vou tentar descrever o conteúdo delas para você – eu não conseguiria.

Isola nos contou que, quando vovó Pheen tinha nove anos, o pai dela afogou sua gatinha. Aparentemente, Muffin tinha subido na mesa e lambido a manteigueira. Isso foi o suficiente para o pai de Pheen, aquele malvado – ele enfiou Muffin num saco, juntou algumas pedras, amarrou o saco e atirou Muffin no mar. Então, ao encontrar Pheen voltando da escola, contou a ela o que tinha feito – e que tinha sido bem-feito.

Em seguida, ele foi para a taverna e deixou vovó sentada no meio da rua, soluçando de tristeza.

Uma carruagem, que vinha depressa demais, quase a atropelou. O cocheiro se levantou do assento e começou a xingá-la, mas o passageiro – um homem muito grande, usando um casaco com gola de pele – saltou. Ele mandou o cocheiro calar a boca, se aproximou de Pheen e perguntou se podia ajudá-la.

Vovó Pheen disse que não – que não havia mais nada a fazer. Sua gata tinha morrido! Seu pai havia afogado Muffin, e agora Muffin estava morta – morta e perdida para sempre.

O homem disse: "É claro que Muffin não está morta. Você não sabe que os gatos têm nove vidas?" Pheen disse que sabia, que já tinha ouvido isso antes, então o homem disse: "Bem, acontece que sei que a sua Muffin está apenas na sua terceira vida, então ela ainda tem seis vidas para viver."

Pheen perguntou como ele sabia. Ele disse que simplesmente sabia, Ele Sempre Sabia – tinha nascido com esse dom. Não fazia ideia de como ou por que isso acontecia, mas os gatos costumavam aparecer em sua mente e conversar com ele. Bem, não em palavras, é claro, só em imagens.

Então ele se sentou ao lado dela na rua e disse para ficarem imóveis, completamente imóveis. Ele ia ver se Muffin gostaria de visitá-los. Eles ficaram sentados em silêncio por vários minutos, quando, de repente, o homem agarrou a mão de Pheen!

"Ah... sim! Lá está ela! Ela está acabando de nascer! Numa mansão... não, um castelo. Acho que na França – sim, ela está na França. Tem um meninozinho fazendo festa nela, acariciando seu pelo. Ele já gosta dela e vai lhe dar um nome – que estranho, ele vai chamá-la de Solange. É um nome estranho para uma gata, mas tudo bem. Ela vai viver uma vida longa e feliz. Essa Solange tem muita energia, muita verve, dá para ver!"

Vovó Pheen contou a Isola que ficou tão contente com o destino de Muffin que parou de chorar. Mas disse ao homem que ia sentir muita saudade de Muffin. O homem a ajudou a se levantar e disse que ela ia sentir sim – que ela *devia* mesmo lamentar a perda de uma gata tão boa quanto Muffin e que ela ainda ia sofrer por algum tempo.

Entretanto, disse, ele visitaria Solange de vez em quando para ver como ela estava indo e o que andava fazendo. Ele perguntou o nome de vovó Pheen e o da fazenda onde ela vivia. Escreveu as respostas num caderninho, com um lápis prateado, disse que teria notícias dele, beijou a mão dela, entrou na carruagem e partiu.

Por mais absurdo que isto possa parecer, Sidney, vovó Pheen recebeu cartas. Oito longas cartas no decorrer de um ano – todas sobre a vida de Muffin como a gata francesa Solange. Ela era, aparentemente, uma espécie de mosqueteiro felino. Não era uma gata preguiçosa, deitada o dia inteiro em almofadas, se empanturrando de leite – ela foi o único gato a receber a Legião de Honra.

Que história esse homem criou para Pheen – alegre, inteligente, repleta de drama e suspense. Só posso dizer do efeito que ela teve em mim – em todos nós. Ficamos maravilhados – até Will ficou sem voz.

Mas agora, finalmente, digo por que preciso de uma cabeça fria e de um conselho sábio. Quando o programa terminou (e foi muito aplaudido), perguntei a Isola se podia ver as cartas, e ela deixou.

Sidney, o autor tinha assinado suas cartas com uma letra elegante:

Sinceramente,
O. F. O'F. W. W.

Sidney, o que você acha? Será possível que Isola tenha herdado oito cartas escritas por Oscar Wilde? Meu Deus, estou perplexa.

Acho que é porque *quero* acreditar nisso, mas será que está registrado em algum lugar que Oscar Wilde esteve algum dia em Guernsey? Ah, bendita Speranza por ter dado ao filho um nome tão absurdo: Oscar Fingal O'Flahertie Wills Wilde.

Com pressa e amor e, por favor, me diga o que fazer quanto antes – eu mal consigo respirar.

Juliet

Carta noturna de Sidney para Juliet

13 de agosto de 1946

Vamos acreditar! Billee fez uma pesquisa e descobriu que Oscar Wilde passou uma semana em Jersey, em 1893, então é possível que ele tenha ido até Guernsey. O famoso grafólogo Sir William Otis chegará na sexta-feira, munido de algumas cartas de Oscar Wilde, emprestadas pela universidade. Reservei aposentos para ele no Royal Hotel. Ele é um sujeito muito austero e duvido de que quisesse ter Zenobia empoleirada no seu ombro.

Se Will Thisbee encontrar o Santo Graal no meio do seu ferro-velho, não me conte. Meu coração não aguentaria.

Amor para você, Kit e Isola.
Sidney

De Isola para Sidney

14 de agosto de 1946

Caro Sidney,

Juliet me disse que você está mandando um cara especialista em caligrafia para examinar as cartas da vovó Pheen e decidir se foi o sr. Oscar Wilde quem as escreveu. Aposto que foi, e, mesmo que não tenha sido ele, acho que você vai gostar da história de Solange. Eu gostei, Kit gostou e sei que vovó Pheen gostou também. Ela se reviraria feliz no túmulo se tantas outras pessoas viessem a saber sobre aquele homem bondoso e suas ideias engraçadas.

 Juliet me contou que, se o sr. Wilde tiver mesmo escrito as cartas, muitos professores, escolas e bibliotecas vão querer ficar com elas e me oferecerão muito dinheiro. Eles as conservariam num lugar seguro, seco, refrigerado.

 Eu digo não a isso! Elas estão seguras, secas e refrigeradas comigo. Vovó as guardava numa lata de biscoitos e é na lata que elas vão ficar. É claro que qualquer pessoa que queira vê-las pode vir me visitar aqui, e eu deixarei que elas deem uma olhada. Juliet disse que um monte de acadêmicos provavelmente viria, o que seria bom para mim e para Zenobia, já que gostamos de companhia.

 Se você quiser as cartas para fazer um livro, tudo bem, embora eu espere que você me deixe escrever o que Juliet chama de prefácio. Gostaria de contar sobre vovó Pheen, e tenho um retrato dela e de Muffin ao lado do poço. Juliet me falou dos royalties, com isso eu poderia comprar uma motocicleta com barquinha – tem uma vermelha, de segunda mão, para vender na Garagem Lenoux's.

Sua amiga,
Isola Pribby

De Juliet para Sidney

18 de agosto de 1946

Querido Sidney,

Sir William já veio e já foi. Isola me convidou para estar presente durante o exame, e é claro que aproveitei a chance. Exatamente às nove horas, Sir William apareceu na porta da cozinha; entrei em pânico ao vê-lo, com o terno preto – e se as cartas da vovó Pheen fossem simplesmente obra de um fazendeiro imaginativo? O que Sir William faria conosco – e com você – por ter perdido seu tempo?

Ele se instalou gravemente no meio dos molhos de ervas e plantas medicinais de Isola, limpou os dedos com um lenço imaculadamente branco, ajustou uma lente num dos olhos e retirou vagarosamente a primeira carta da lata de biscoitos.

Fez-se um longo silêncio. Isola e eu nos entreolhamos. Sir William tirou outra carta da lata de biscoitos. Isola e eu prendemos a respiração. Sir William suspirou. Nós nos agitamos. "Hummmmm", ele murmurou. Balançamos a cabeça para ele encorajadoramente, mas não adiantou – ele tornou a ficar em silêncio. Esse silêncio demorou um século.

Então ele olhou para nós e balançou a cabeça.

– Sim? – eu disse, mal ousando respirar.

– Tenho o prazer de confirmar que a senhora possui oito cartas escritas por Oscar Wilde, madame – ele disse para Isola com uma pequena reverência.

– ALELUIA! – Isola berrou e deu um abraço apertado em Sir William. Ele ficou um tanto perplexo a princípio, mas depois sorriu e deu um tapinha cauteloso nas costas dela.

Ele levou uma página com ele para obter a confirmação de outro especialista em Wilde, mas me disse que era apenas para "constar". Ele tinha certeza de que estava certo.

Talvez ele não conte para você que Isola o levou para um *test drive* na motocicleta do sr. Lenoux – Isola dirigindo e ele na barquinha, com Zenobia no ombro. Eles receberam uma multa por direção perigosa, que Sir William disse a Isola que "teria prazer em pagar". Como Isola diz, para um renomado grafólogo ele é boa-praça.

Mas ele não é substituto para você. Quando virá ver as cartas – e, incidentalmente, a mim? Kit dançará sapateado em sua homenagem, e eu ficarei de cabeça para baixo. Ainda sei fazer isso, sabe?

Só para atormentá-lo, não vou contar nenhuma novidade. Você vai ter de vir aqui para saber.

Com amor,
Juliet

Telegrama de Billee Bee para Juliet

20 de agosto de 1946

CARO SR. STARK TEVE DE VIAJAR DE REPENTE PARA ROMA. PEDIU QUE EU FOSSE BUSCAR AS CARTAS NA QUINTA-FEIRA. POR FAVOR, MANDE UM TELEGRAMA DIZENDO SE ESTÁ DE ACORDO; MAL POSSO ESPERAR PELAS PEQUENAS FÉRIAS NESSA QUERIDA ILHA. BILLEE BEE JONES.

Telegrama de Juliet para Billee Bee

FICARIA ENCANTADA. POR FAVOR, AVISE-ME DO HORÁRIO DE SUA CHEGADA PARA EU IR BUSCÁ-LA. JULIET.

De Juliet para Sophie

22 de agosto de 1946

Querida Sophie,

Seu irmão está ficando imponente demais para o meu gosto – mandou um emissário buscar as cartas de Oscar Wilde! Billee Bee chegou de barco, hoje de manhã. Foi uma viagem muito agitada, ela estava verde e com as pernas bambas – mas animada! Ela não conseguiu almoçar, mas se refez para o jantar e participou alegremente da reunião desta noite da sociedade literária.

Um momento difícil – Kit parece não gostar dela. Ela recuou e disse "Eu não beijo", quando Billee tentou beijá-la. O que você faz quando Dominic é mal-educado – briga com ele na hora, o que parece algo embaraçoso para todo mundo, ou espera para falar em particular com ele mais tarde? Billee Bee reagiu bem, mas isso mostra que ela é educada, não Kit. Eu esperei, mas gostaria de saber sua opinião.

Desde que soube que Elizabeth estava morta e que Kit estava órfã, tenho me preocupado com o futuro dela – e com o meu próprio futuro sem ela. Acho que ele seria intolerável. Vou marcar uma hora com o sr. Dilwyn quando ele e a sra. Dilwyn voltarem de férias. Ele é o tutor legal dela e quero discutir a possibilidade de me tornar tutora de Kit, ou então de adotá-la. É claro que prefiro adotá-la, mas não sei se o sr. Dilwyn consideraria uma mulher solteira de renda incerta e sem endereço fixo uma mãe desejável.

    Não falei nada sobre isso com ninguém daqui, nem com Sidney. Há tanto o que considerar – o que Amelia diria? Será que Kit gostaria da ideia? Ela tem idade suficiente para decidir? Onde moraríamos? Posso levá-la para Londres, para longe do lugar que ela ama? Uma vida limitada na cidade, em vez de andar de barco e brincar de pegar em cemitérios? Kit teria a mim, você e Sidney na Inglaterra, mas e quanto a Dawsey, Amelia e toda a família que ela tem aqui? Seria impossível substituí-los ou replicá-los. Você consegue imaginar uma professora de jardim de infância de Londres com o estilo de Isola? É claro que não.

    Debato essas questões comigo mesma o dia inteiro. De uma coisa eu tenho certeza, entretanto: de que quero tomar conta de Kit para sempre.

                                  Com amor,
                                  Juliet

P. S.: Se o sr. Dilwyn disser que não, que não é possível, sou capaz de fugir com Kit e me esconder no seu celeiro.

De Juliet para Sidney

23 de agosto de 1946

Querido Sidney,

Então você teve de viajar de repente para Roma, hein? Você foi eleito papa? É melhor que tenha sido algo realmente urgente para justificar o fato de você ter mandado Billee Bee buscar as cartas em seu lugar. E não sei por que não servem cópias; Billee diz que você insiste em ver os originais. Isola não concordaria com esse pedido se ele fosse feito por qualquer outra pessoa, mas, por você, ela aceitou. Por favor, tenha cuidado com elas, Sidney – são o bem mais precioso que ela possui. E trate de devolvê-las *pessoalmente*.

Não que nós não gostemos de Billee Bee. Ela é uma hóspede muito animada – está lá fora desenhando flores silvestres neste momento. Posso ver seu chapéu no meio da vegetação. Ela adorou ter sido apresentada à sociedade literária ontem à noite. Fez um pequeno discurso no fim da reunião e chegou até a pedir a Will Thisbee a receita de seu delicioso suflê de maçã. Acho que ela levou longe demais sua amabilidade – tudo o que pudemos ver foi um punhado de massa que não cresceu, cobrindo uma substância amarela salpicada de sementes.

Foi uma pena você não estar presente, porque o orador da noite foi Augustus Sarre, e ele falou sobre o seu livro favorito, *Os contos de Canterbury*. Ele escolheu ler "O conto do pároco", primeiro porque sabia o que um pároco faz para viver, ao contrário das outras pessoas do livro: um supervisor, um latifundiário ou um oficial de justiça. "O conto do pároco" o desagradou tanto que ele não conseguiu ler mais nada.

Felizmente para você, prestei bastante atenção em tudo, então posso fazer um resumo das observações dele. A saber: Augustus jamais deixaria um filho dele ler Chaucer, isso o faria virar-se contra a vida em geral e contra Deus em particular. Pelo que o pároco dizia, a vida era um *esgoto* (ou quase isso), em que o homem devia caminhar no meio da sujeira da melhor forma que pudesse, tendo o mal sempre atrás dele e sempre o encontrando. (Você não acha que Augustus tem um quê de poeta? Eu acho.)

O pobre homem tem de fazer penitência ou expiar seus pecados, ou jejuar, ou chicotear a si mesmo com cordas cheias de nós. Tudo porque ele Nasceu no Pecado – e aí irá ficar até o último instante de vida, quando receberá a Misericórdia de Deus.

– Pensem nisso, amigos – Augustus disse –, uma vida inteira de sofrimento, sem que Deus lhes dê um só minuto de descanso. Então, nos seus instantes finais... PUF!... lá vem a Misericórdia. Obrigado por nada, é o que digo.

"E isso não é tudo, amigos: o homem nunca deve ter uma boa opinião de si mesmo – isso se chama Pecado de Orgulho. Amigos, mostrem-me um homem que odeie a si mesmo e mostrarei um homem que odeia mais ainda os vizinhos! Ele não teria outra alternativa – você não pode dar a outro o que não possui: amor, bondade, respeito! Então eu digo: tome vergonha, pároco! Tome vergonha, Chaucer! – Augustus sentou-se com violência.

Seguiram-se duas horas de discussão acalorada sobre o pecado original e a predestinação. Finalmente, Remy se levantou para falar – ela nunca tinha feito isso antes e houve silêncio na sala. Ela disse baixinho:

– Se existe predestinação, então Deus é o diabo.

Ninguém poderia discordar disto – que tipo de Deus iria planejar intencionalmente Ravensbrück?

Isola convidou vários de nós para jantar hoje, sendo que Billee Bee é a convidada de honra. Isola disse que, embora não goste de passar a mão na cabeça de um estranho, ela vai ler as protuberâncias de Billee Bee, como um favor ao seu querido amigo Sidney.

Com amor,
Juliet

Telegrama de Susan para Juliet

24 de agosto de 1946

QUERIDA JULIET: ESTOU PERPLEXA. BILLEE BEE EM GUERNSEY PARA BUSCAR CARTAS. PARE! NÃO – EU REPITO –, NÃO CONFIE NELA. NÃO ENTREGUE NADA A ELA. IVOR, NOSSO NOVO SUBEDITOR, VIU BILLEE BEE E GILLY GILBERT (AQUELE DO *LONDON HUE AND CRY* EM QUEM VOCÊ ATIROU UM BULE) TROCANDO LONGOS BEIJOS NO PARQUE. OS DOIS JUNTOS NÃO ANUNCIAM BOA COISA. MANDE-A DE VOLTA SEM AS CARTAS DE WILDE. AMOR, SUSAN.

De Juliet para Susan

25 de agosto de 1946
Duas horas da manhã

Querida Susan,

Você é uma heroína! Isola vai nomeá-la membro honorário da Sociedade Literária e Torta de Casca de Batata de Guernsey, e Kit está preparando um presente especial para você que envolve areia e cola (é melhor abrir o embrulho do lado de fora).

O telegrama chegou na horinha. Isola e Kit tinham saído cedo para colher ervas, e Billee Bee e eu estávamos sozinhas na casa – eu achava – quando o li. Subi correndo as escadas e entrei no quarto dela – tinha desaparecido, a mala dela tinha desaparecido, a bolsa dela tinha desaparecido e as cartas tinham desaparecido!

Fiquei apavorada. Corri para baixo e liguei para Dawsey, pedindo que ele viesse rápido e me ajudasse a encontrá-la. Antes de vir, ele ligou para Booker e pediu a ele que checasse o cais. Precisava impedir que Billee Bee deixasse Guernsey – de qualquer maneira!

Dawsey chegou logo e fomos correndo para a cidade.

Fui trotando atrás dele, procurando em sebes e atrás de arbustos. Estávamos em frente à fazenda de Isola quando Dawsey de repente parou e começou a rir.

Sentadas no chão, em frente à casa de defumação de Isola, estavam Kit e Isola. Kit segurava seu novo furão de pano (um presente de Billee Bee) e um grande envelope marrom. Isola estava sentada em cima da mala de Billee Bee – o retrato da inocência, todas as duas – enquanto acontecia a maior confusão dentro da casa de defumação.

Corri para abraçar Kit *e* o envelope, enquanto Dawsey abria o ferrolho da casa de defumação. Lá, agachada num canto, praguejando e agitando os braços, estava Billee Bee, com a papagaia de Isola, Zenobia, voando em volta dela. Ela já tinha arrancado a boina de Billee Bee e fiapos de lã angorá flutuavam no ar.

Dawsey ergueu-a e a levou para fora – Billee Bee não parava de gritar. Tinha sido atacada por uma bruxa maluca. Agredida por sua comparsa, uma criança – obviamente uma filha do demônio! Iríamos nos arrepender disso! Haveria processos e prisões! Nunca mais veríamos a luz do dia!

– É você quem não vai ver a luz do dia, sua ladra! Mentirosa! Ingrata! – Isola gritou.

– Você roubou as cartas – gritei. – Você as roubou da lata de biscoitos de Isola e tentou fugir com elas! O que você e Gilly Gilbert pretendiam fazer com elas?

– Não é da sua conta! – Billee Bee berrou. – Espere só até eu contar a ele o que vocês fizeram comigo!

– Faça isso! – berrei de volta. – Conte ao mundo sobre você e Gilly. Já posso ver as manchetes: "Gilly Gilbert seduz moça para crime!" "Do ninho de amor para a cadeia! Leiam na página três!"

Isso a emudeceu por um momento, e então, com o *timing* perfeito e a presença de um grande ator, Booker chegou, com um ar imponente e vagamente oficial num velho casaco do Exército. Remy estava com ele, carregando uma enxada! Booker viu a cena e olhou com tanta ferocidade para Billee Bee que quase senti pena dela.

Ele segurou seu braço e disse:

– Agora você vai recolher seus pertences e partir. Não vou prendê-la... desta vez! Vou acompanhá-la até o cais e colocá-la pessoalmente no próximo barco para a Inglaterra.

Billee Bee saiu tropeçando, pegou a mala e a bolsa, depois arrancou o furão dos braços de Kit.

– Arrependo-me de ter dado isto para você, sua pestinha.

Que vontade de dar um tapa nela! E dei – e tenho certeza de que ela ficou com os dentes moles. Acho que a vida na ilha está me afetando.

Meus olhos estão fechando, mas preciso contar-lhe a razão de Kit e Isola terem saído cedo para colher ervas. Isola apalpou as protuberâncias da cabeça de Billee Bee ontem à noite e não gostou do que viu. A Protuberância Enganadora de B. B. era do tamanho de um ovo de ganso. Então, Kit lhe contou que tinha visto Billee Bee na cozinha da casa dela, vasculhando as prateleiras. Isso foi o suficiente para Isola, e elas puseram em ação seu plano de vigilância. Elas iriam seguir Billee Bee hoje e *ver o que estava acontecendo!*

Acordaram cedo, se esconderam atrás dos arbustos e viram Billee Bee sair na ponta dos pés pela porta dos fundos da minha casa, com um envelope grande na mão. Elas a seguiram por algum tempo, até ela chegar à frente da fazenda de Isola. Isola a atacou e a arrastou para dentro da casa de defumação. Kit juntou todas as coisas de Billee Bee, e Isola foi buscar sua papagaia claustrofóbica, Zenobia, e a colocou dentro da casa de defumação, junto com Billee Bee.

Mas, Susan, o que ela e Gilly Gilbert iam fazer com as cartas? Não estavam com medo de ser presos por roubo?

Estou muito grata a você e Ivor. Por favor, agradeça a ele por tudo: pelo olho de lince, pela mente desconfiada e pelo bom senso. Melhor ainda, dê um beijo nele por mim. Ele é maravilhoso! Sidney não deveria promovê-lo de subeditor para editor-chefe?

Com amor,
Juliet

De Susan para Juliet

26 de agosto de 1946

Querida Juliet,

Sim, Ivor é maravilhoso, e eu disse isso a ele. Beijei-o em seu nome e depois no meu! Sidney o promoveu mesmo – não a editor-chefe, mas imagino que ele esteja a caminho disso.

O que Billee Bee e Gilly Gilbert planejavam fazer? Você e eu não estávamos em Londres quando o "incidente do bule" ganhou as manchetes – não vimos o furor que isso causou. Todo jornalista e todo editor que detestam Gilly Gilbert e *The London Hue and Cry* – e existem muitos – ficaram encantados.

Acharam o incidente hilário e a declaração que Sidney deu à imprensa não ajudou a acalmar as coisas – apenas provocou mais gargalhadas. Bem, nem Gilly nem o *LH&C* acreditam em perdão. O lema deles é ir à forra – ficar calado, ter paciência e esperar pelo dia da vingança, pois esse dia chegará!

Billee Bee, uma bobalhona e amante de Gilly, sentiu ainda mais a vergonha. Você não consegue imaginar Billee Bee e Gilly, juntos, tramando a vingança? Billee Bee se infiltrou na Stephens & Stark para procurar qualquer coisa que pudesse prejudicar você e Sidney, ou, melhor ainda, transformá-los em motivo de riso.

Você sabe como os boatos correm no mundo editorial. Todo mundo sabe que você está em Guernsey escrevendo um livro sobre a Ocupação, e nas duas últimas semanas as pessoas começaram a murmurar que você descobriu uma obra nova de Oscar Wilde aí (Sir William pode ser distinto, mas não é discreto).

Era bom demais para Gilly resistir. Billee Bee roubaria as cartas, *The London Hue and Cry* iria publicá-las e você e Sidney seriam passados para trás. Como eles se divertiriam com isso! Eles se preocupariam com processos mais tarde. E, é claro, não estavam ligando para o que isso pudesse causar a Isola.

Fico doente só em pensar como eles estiveram perto de conseguir. Graças a Deus por Ivor e Isola – e pela Protuberância Enganadora de Billee Bee.

Ivor vai aí de avião para *copiar* as cartas na terça-feira. Ele encontrou um furão de veludo amarelo, com olhos verde-esmeralda e dentes de marfim para Kit. Acho que ela vai querer beijá-lo por isso. Você também pode – mas só de leve. Não estou fazendo ameaças, Juliet – *mas Ivor é meu!*

Com amor,
Susan

Telegrama de Sidney para Juliet

26 de agosto de 1946

NUNCA MAIS SAIREI DA CIDADE. ISOLA E KIT MERECEM UMA MEDALHA, E VOCÊ TAMBÉM. AMOR, SIDNEY.

De Juliet para Sophie

29 de agosto de 1946

Querida Sophie,

Ivor esteve aqui e já foi embora, e as cartas de Oscar Wilde estão de volta na lata de biscoitos de Isola. Vou me controlar o melhor que puder até Sidney as ler – estou louca para saber o que ele acha delas.

Permaneci muito calma no dia da nossa aventura. Só mais tarde, depois que Kit estava na cama, foi que comecei a me sentir agitada e nervosa – e fiquei andando de um lado para outro.

Então bateram na porta. Fiquei perplexa – e um pouco perturbada – ao ver Dawsey pela janela. Abri a porta para recebê-lo e vi que ele *e* Remy estavam parados ali. Tinham vindo ver como eu estava. Que gentileza. Que chatice.

Remy já não deveria estar com saudades da França? Andei lendo um artigo sobre uma mulher chamada Giselle Pelletier, uma prisioneira política que ficou cinco anos presa em Ravensbrück. Ela diz quanto é difícil tocar a vida como sobrevivente de um campo de concentração. Ninguém na França – nem os amigos nem a família – quer saber sobre a vida nos campos de concentração, e acham que quanto antes você esquecer – e parar de falar nisso com eles – melhor se sentirá.

Segundo a srta. Pelletier, não é que você queira aborrecer ninguém com detalhes, mas aquilo *aconteceu com você*, e você não pode fingir que não aconteceu. "Vamos deixar tudo isso para trás" parece ser o lema da França. "Tudo – a guerra, Vichy, a Milícia, Drancy, os judeus – está tudo acabado agora.

Afinal de contas, todo mundo sofreu, não apenas você." Diante dessa amnésia institucional, ela escreve, o único remédio é falar com outros sobreviventes. Eles sabem o que foi a vida nos campos de concentração. Você fala e eles podem responder. Eles conversam, reclamam, choram, contam uma história atrás da outra – algumas trágicas, algumas absurdas. Às vezes, eles conseguem rir juntos. O alívio é enorme, ela diz.

Talvez a comunicação com outros sobreviventes fosse melhor para a tristeza de Remy do que a vida bucólica da ilha. Ela está mais forte fisicamente – não está tão magra como antes –, porém ainda parece atormentada.

O sr. Dilwyn voltou das férias e preciso marcar uma hora para conversar com ele sobre Kit. Estou sempre adiando isso – tenho tanto medo de que ele rejeite a ideia. Gostaria de ter um ar mais maternal – quem sabe compro um xale? Se ele exigir pessoas que atestem meu caráter, você pode ser uma delas? Dominic já conhece as letras? Se ele conhecer, pode escrever o seguinte:

Caro sr. Dilwyn,
Juliet Dryhurst Ashton é uma dama muito simpática – séria, limpa e responsável. O senhor deve deixar que ela seja mãe de Kit McKenna.

Atenciosamente,
James Dominic Strachan

Eu já lhe contei sobre os planos do sr. Dilwyn para a herança de Kit em Guernsey? Ele contratou Dawsey, e uma equipe que Dawsey deverá selecionar, para restaurar a casa-grande: recolocar os parapeitos; remover a pichação das paredes e dos quadros; substituir os canos; trocar as janelas;

limpar as chaminés; checar a fiação e consertar as pedras do terraço. O sr. Dilwyn ainda não sabe ao certo o que pode ser feito com o forro de madeira da biblioteca – ele tinha um belo friso entalhado de frutas e fitas, mas os alemães o usaram para praticar tiro ao alvo.

Como ninguém vai querer passar as férias na Europa nos próximos anos, o sr. Dilwyn tem esperança de que as Ilhas do Canal possam voltar a ser um ponto turístico – e a casa de Kit poderia ser alugada para férias.

Mas passemos para coisas mais estranhas: as irmãs Benoit convidaram a mim e a Kit para lanchar esta tarde. Eu não as conhecia e foi um convite muito esquisito: elas perguntaram se Kit tinha "um olho firme e boa pontaria". Se ela gostava de rituais.

Intrigada, perguntei a Eben se ele conhecia as irmãs Benoit. Elas eram mentalmente equilibradas? Era seguro levar Kit lá? Eben riu às gargalhadas e disse que sim, que as irmãs eram equilibradas e inofensivas. Ele disse que Jane e Elizabeth as visitaram durante cinco anos, todos os verões; as meninas sempre usavam aventais engomados, sapatos de verniz e luvas de renda. Íamos nos divertir muito, ele disse, e estava feliz de ver que as velhas tradições estavam de volta. Tomaríamos um lanche maravilhoso, com jogos depois, e devíamos mesmo ir.

Nada disso me esclareceu sobre o que esperar. Elas são gêmeas idênticas, de mais de oitenta anos. Muito recatadas e elegantes, usavam vestidos compridos até o tornozelo, de crepe preta, debruados de contas no decote e na bainha, o cabelo branco formando redemoinhos de creme batido no alto da cabeça. Tão charmosas, Sophie. Tomamos um lanche pecaminoso, e, mal larguei a xícara, Yvonne (dez minutos mais velha do que a irmã) disse:

— Irmã, acho que a filha de Elizabeth ainda é muito pequena.

Yvette disse:

— Acho que você tem razão, irmã. Quem sabe a srta. Ashton nos dará a honra?

Acho que foi muito corajoso de minha parte responder "Ficaria encantada", já que não fazia a menor ideia do que elas estavam propondo.

— Que gentileza, srta. Ashton. Nós nos privamos disto durante a guerra... pareceria desleal para com a Coroa. Nossa artrite piorou tanto; não vamos poder nos juntar à senhorita nos ritos. Teremos prazer em assistir!

Yvette foi até uma gaveta da cômoda, enquanto Yvonne puxava uma das portas de correr que havia entre a sala de jantar e a de visitas. Colada no painel da porta, havia uma fotografia de jornal, de corpo inteiro, da duquesa de Windsor, *da antiga sra. Wallis Simpson*. Recortada, imagino, das páginas do *Baltimore Sun* no fim dos anos 1930.

Yvette me entregou quatro dardos de ponta prateada, de aparência perigosa.

— Mire nos olhos, meu bem — ela disse. E eu obedeci.

— Esplêndido! Três em quatro, irmã. Quase tão boa quanto a querida Jane. Elizabeth sempre hesitava no último instante! Você gostaria de tentar de novo no ano que vem?

É uma história simples, mas triste. Yvette e Yvonne adoravam o príncipe de Gales. "Tão querido nas suas calças três-quartos." "Como o homem sabia valsar!" "Como ficava elegante de traje de gala!" Tão bonito, tão majestoso — até que aquela atrevida o fisgou. "Arrancou-o do trono! Sua coroa — perdida!" Isso partiu o coração delas. Kit ficou encantada com aquilo tudo — como era de esperar. Vou praticar minha mira — quatro em quatro vai ser meu novo objetivo na vida.

Você não gostaria que tivéssemos conhecido as irmãs Benoit quando éramos garotas?

Amor e beijos,
Juliet

De Juliet para Sidney

2 de setembro de 1946

Querido Sidney,

Aconteceu uma coisa esta tarde; embora tenha acabado bem, foi perturbadora, e não estou conseguindo dormir. Estou escrevendo para você e não para Sophie porque ela está grávida e você não. Você não está em estado delicado para ser incomodado, e Sophie sim – estou desaprendendo a gramática.

Kit estava com Isola, fazendo biscoitos de gengibre. Remy e eu precisávamos de tinta, e Dawsey precisava de material para a casa-grande, então fomos todos juntos para St. Peter Port.

Fizemos o trajeto do penhasco, via Fermain Bay. É um passeio bonito, numa estrada que sobe e dá a volta pelo pontal. Eu estava um pouco na frente de Remy e Dawsey porque o caminho tinha ficado mais estreito.

Uma mulher alta, de cabelo ruivo, apareceu detrás da pedra que fica na curva do caminho e veio na nossa direção. Estava com um cachorro, um alsaciano, dos grandes. Ele não estava preso e ficou muito contente em me ver. Eu estava rindo com as manifestações dele e a mulher gritou:

– Não se preocupe. Ele não morde.

Ele pôs as patas nos meus ombros, tentando me beijar.

Então, atrás de mim, ouvi um ruído – um som horrível, de alguém engasgado: alguém que estava tendo engulhos. Não consigo descrever. Eu me virei e vi que era Remy; ela estava vomitando. Dawsey a segurava, enquanto ela vomitava sem parar, em cima dos dois. Foi terrível de ver e de ouvir.

– Leve esse cachorro embora, Juliet! Agora! – Dawsey gritou.

Enxotei o cachorro, nervosamente. A mulher chorava e se desculpava, quase histérica. Agarrei a coleira do cachorro e disse:

– Está tudo bem! A culpa não foi sua. Por favor, vá embora. Vá!

Ela finalmente foi embora, arrastando o pobre bicho pela coleira.

Remy então se acalmou e tentou recuperar o fôlego. Dawsey olhou para mim por cima da cabeça dela e disse:

– Vamos levá-la para a sua casa, Juliet. É mais perto.

Ele a carregou no colo e fui atrás, assustada e impotente. Remy estava fria e tremendo, então preparei um banho para ela, e, depois que se aqueceu, eu a pus na cama. Ela já estava quase dormindo, então juntei a roupa dela e desci. Dawsey estava na janela, olhando para fora.

Sem se virar, ele disse:

– Ela uma vez me contou que os guardas usavam cachorros grandes. Eles os irritavam e depois os soltavam em cima das fileiras de mulheres que esperavam a chamada... só por diversão. *Cristo!* Eu me enganei, Juliet. Achei que ficar aqui conosco iria ajudá-la a esquecer. Boa vontade não é o bastante, não é, Juliet? De jeito nenhum.

– Não – eu disse –, não é.

Ele não disse mais nada; apenas acenou para mim e foi embora. Telefonei para Amelia para dizer onde Remy estava e por quê, e fui lavar a roupa. Isola trouxe Kit para casa; jantamos e jogamos Snap até a hora de dormir.

Mas não consigo dormir.

Estou tão envergonhada de mim mesma. Será que achei mesmo que Remy estava em condições de voltar para casa – ou apenas queria que ela fosse embora? Será que achei que já estava na hora de ela voltar para a França para eu poder continuar com ISTO, seja lá o que ISTO for? É verdade... e é horrível.

Com amor,
Juliet

P. S.: Já que estou me confessando, é melhor contar mais uma coisa. Por pior que tenha sido ficar ali parada segurando a roupa suja de Remy e sentindo o cheiro da roupa de Dawsey, só conseguia pensar que *ele disse "boa vontade... boa vontade não é o bastante, não é?"*. Isso significa que é tudo o que ele sente por ela? Fiquei com essa ideia fixa a noite inteira.

Carta noturna de Sidney para Juliet

4 de setembro de 1946

Querida Juliet, essa ideia fixa significa apenas que você está apaixonada por Dawsey. Surpresa? Eu não. Não sei por que você levou tanto tempo para perceber isso – dizem que o ar marítimo ajuda a clarear a cabeça. Quero ir visitá-la e ver as cartas de Oscar, mas não posso sair daqui antes do dia 13. Tudo bem? Amor, Sidney.

Telegrama de Juliet para Sidney

5 de setembro de 1946

QUERIDO SIDNEY – VOCÊ É INSUPORTÁVEL, PRINCIPALMENTE QUANDO TEM RAZÃO. VAI SER ÓTIMO VER VOCÊ NO DIA 13. AMOR, JULIET.

De Isola para Sidney

6 de setembro de 1946

Caro Sidney,

Juliet disse que você vem aqui para ver as cartas da vovó Pheen com seus próprios olhos, e acho que já era tempo. Não que eu não tenha gostado de Ivor; ele é um sujeito simpático, embora devesse parar de usar aquelas gravatas-borboleta. Eu disse a ele que elas não o favoreciam em nada, mas ele estava mais interessado em ouvir sobre minhas suspeitas a respeito de Billee Bee, como eu a segui e a tranquei na casa de defumação. Ele disse que foi um trabalho de detetive e que Miss Marple não teria feito melhor!

Miss Marple não é uma amiga dele, é uma detetive de livros de ficção que usa tudo o que sabe sobre a NATUREZA

HUMANA para desvendar mistérios e solucionar crimes que a polícia não consegue solucionar.

Ele me fez pensar em quanto eu gostaria de desvendar mistérios. Se ao menos eu soubesse de algum.

Ivor disse que há trapaças em toda parte e que, com meus instintos apurados, poderia me tornar uma outra Miss Marple. "A senhorita tem uma excelente capacidade de observação. Só precisa praticar. Observe tudo e anote."

Fui até a casa de Amelia e peguei emprestados alguns livros da Miss Marple. Ela é uma figura, não é? Fica ali sentada, quietinha, tricotando, vendo coisas que ninguém vê. Eu poderia manter os ouvidos abertos para o que não soa bem, olhar para as coisas com o canto dos olhos. Nós não temos nenhum mistério não desvendado em Guernsey, mas isso não quer dizer que não teremos um dia – e, quando tivermos, estarei pronta.

Ainda me delicio com o livro sobre protuberâncias na cabeça que você mandou para mim e espero que não se ofenda por eu me dedicar a outra coisa. Ainda confio nas protuberâncias; é só que examinei as protuberâncias de todas as pessoas de que eu gosto, exceto você, e isso pode se tornar cansativo.

Juliet disse que você virá na próxima sexta-feira. Posso esperar seu avião e levá-lo para a casa de Juliet. Eben vai dar uma festa na praia na noite seguinte e ele disse que você é bem-vindo. Eben nunca dá festas, mas disse que esta é para dar uma boa notícia para todos nós. Uma comemoração! Mas de quê? Será que ele vai anunciar um noivado? Mas de quem? Espero que não seja o dele mesmo; normalmente as esposas não deixam os maridos saírem sozinhos de noite, e eu sentiria falta da companhia de Eben.

Sua amiga,
Isola

De Juliet para Sophie

7 de setembro de 1946

Querida Sophie,

Finalmente tomei coragem e contei a Amelia que queria adotar Kit. A opinião dela significa muito para mim – ela amava tanto Elizabeth; ela conhece Kit tão bem – e a mim, bastante bem. Eu estava ansiosa para obter a aprovação dela – e apavorada de não obter. Engasguei com o chá, mas no fim consegui falar. O alívio dela foi tão visível que fiquei chocada. Eu não tinha percebido quanto ela estava preocupada com o futuro de Kit.
Ela começou a dizer:
– Se eu pudesse ter. – Então parou e recomeçou: – Acho que vai ser maravilhoso para vocês duas. Isso seria a melhor coisa possível.
Então ela não conseguiu continuar a pegou o lenço. E aí, é claro, eu também tive de pegar meu lenço.
Depois que paramos de chorar, conspiramos. Amelia irá comigo ver o sr. Dilwyn.
– Eu o conheço desde que ele usava calças curtas – ela disse. – Ele não vai ter coragem de dizer não para mim. – Ter Amelia do meu lado é como ter a proteção do Terceiro Exército.
Mas uma coisa maravilhosa – ainda mais maravilhosa do que obter a aprovação de Amelia – aconteceu. Minha última dúvida praticamente desapareceu.

Você se lembra de eu ter contado sobre a caixinha que Kit costuma levar com ela, toda amarrada com barbante? Aquela que achei que pudesse ter um furão morto? Ela entrou no meu quarto hoje de manhã e deu tapinhas no meu rosto até eu acordar. Ela estava carregando a caixa.

Sem uma palavra, ela começou a desamarrar o barbante, tirou a tampa e me entregou a caixa. Sophie, ela ficou olhando para mim enquanto eu examinava a caixa e ia pondo as coisas em cima da colcha. Os artigos eram: um travesseiro pequenininho de bebê, uma foto de Elizabeth, trabalhando no jardim e rindo para Dawsey, um lenço de linho de mulher, cheirando levemente a jasmim, um anel de sinete de homem e um livrinho de poesia de Rilke com a inscrição *Para Elizabeth – que transforma em luz a escuridão, Christian.*

Guardado dentro do livro havia um pedaço de papel, bem dobradinho. Kit balançou a cabeça concordando, então o abri cuidadosamente e li: "Amelia, dê um beijo nela por mim quando ela acordar. Estarei de volta às seis. Elizabeth. P. S.: Ela não tem pés lindos?"

Debaixo disso estava a medalha do avô de Kit da Primeira Guerra Mundial, a medalha mágica que Elizabeth tinha pregado em Eli quando ele estava sendo levado para a Inglaterra. Abençoado Eli – ele deve ter dado para ela.

Ela estava me mostrando seus tesouros, Sophie – ela não tirou os olhos de mim nem uma vez. Estávamos ambas muito solenes, e eu, coisa rara, não comecei a chorar; estendi os braços para ela. Kit me abraçou, entrou debaixo das cobertas comigo – e adormeceu. Eu não! Não consegui. Estava feliz demais planejando o resto de nossas vidas.

Não faço questão de morar em Londres – eu amo Guernsey e quero ficar aqui, mesmo depois que terminar o livro de Elizabeth. Não posso imaginar Kit morando em Londres, tendo de usar sapatos o tempo todo, tendo de andar em vez de correr, não tendo porcos para visitar. Não podendo pescar com Eben e Eli, não podendo visitar Amelia, não misturando poções com Isola e, principalmente, sem poder passear, passar o dia, visitar Dawsey.

Se me tornar a tutora de Kit, acho que poderemos continuar morando no chalé de Elizabeth e deixar a casa-grande para residência de férias de algum ricaço. Eu poderia usar o dinheiro que ganhei com *Izzy* e comprar um apartamento para Kit e eu ficarmos quando formos a Londres de visita.

A casa dela é aqui, e a minha também pode ser. Escritores podem escrever em Guernsey – veja Victor Hugo. As únicas coisas de que eu sentiria saudades são Sidney e Susan, a proximidade da Escócia, peças novas e o setor de alimentação da Harrods.

Reze pelo bom senso do sr. Dilwyn. Sei que ele o tem, sei que ele gosta de mim, sei que ele sabe que Kit está feliz comigo e que tenho dinheiro suficiente para sustentar nós duas neste momento – e quem pode dizer mais do que isso nestes tempos de decadência? Amelia acha que se ele disser não para uma adoção sem marido, ainda assim dará a guarda dela para mim.

Sidney virá a Guernsey de novo na semana que vem. Eu gostaria que você estivesse vindo também – estou com saudades.

Com amor,
Juliet

De Juliet para Sidney

8 de setembro de 1946

Querido Sidney,

Kit e eu fizemos um piquenique no campo para ver Dawsey começar a reconstruir o muro de pedra de Elizabeth. Foi uma desculpa maravilhosa para espionar Dawsey e ver como ele faz as coisas. Ele estudava cada pedra, sentia o peso dela, refletia e a colocava no muro. Sorria quando ficava de acordo com a imagem que ele tinha na mente. Tirava fora se isso não acontecesse e procurava outra pedra. Ele é muito tranquilizador para o espírito.

Ele se acostumou tanto com nossos olhares de admiração que nos fez um convite sem precedentes para jantar. Kit já tinha um compromisso – com Amelia –, mas aceitei depressa demais e depois comecei a ficar inexplicavelmente agitada com a perspectiva de ficar a sós com ele. Nós dois estávamos um pouco sem jeito quando cheguei, mas ele, pelo menos, tinha a cozinha com que se ocupar, recusando a minha ajuda. Aproveitei a oportunidade para bisbilhotar os livros dele. Ele não tem muitos, mas seu gosto é impecável – Dickens, Mark Twain, Balzac, Boswell e o velho e querido Leigh Hunt. *The Sir Roger de Coverley Papers*, os romances de Anne Brontë (não entendi por quê) e a biografia dela, escrita por mim. Eu não sabia que ele tinha esse livro; ele nunca disse nada – talvez tenha odiado.

Durante o jantar, conversamos sobre Jonathan Swift, porcos e os julgamentos de Nuremberg. Isso não revela uma enorme amplitude de interesses? Acho que sim. Conversamos com naturalidade, mas nenhum de nós dois comeu muito – embora ele tenha feito uma sopa maravilhosa (muito melhor do que eu poderia fazer). Depois do café, fomos até o estábulo para ver os porcos. Porcos adultos não melhoram com o tempo de relacionamento, mas filhotes são outra conversa – os de Dawsey são manchados, alegres e espertos. Todo dia eles cavam um novo buraco debaixo da cerca, aparentemente para fugir, mas, na realidade, apenas para ver Dawsey encher o buraco. Você devia ter visto o sorriso deles quando Dawsey se aproximou da cerca.

O celeiro de Dawsey é imaculadamente limpo. E ele amontoa o feno lindamente.

Acho que estou ficando patética.

Vou ainda mais longe. Acho que estou apaixonada por um criador de porcos/cultivador de flores/carpinteiro/pedreiro. De fato, sei que estou. Talvez amanhã fique miseravelmente infeliz ao pensar que ele não retribui esse amor – que talvez esteja gostando de Remy –, mas, neste exato momento, estou eufórica. Sinto uma sensação estranha na cabeça e no estômago.

Vejo você na sexta-feira – você pode até ficar todo prosa por ter descoberto que eu amo Dawsey. Pode até se mostrar na minha frente – mas só desta vez.

Amor e beijos,
Juliet

Telegrama de Juliet para Sidney

11 de setembro de 1946

ESTOU EXTREMAMENTE INFELIZ. VI DAWSEY EM ST. PETER PORT ESTA TARDE, COMPRANDO

MALAS DE BRAÇOS DADOS COM REMY, AMBOS SORRINDO FELIZES. SERÁ PARA A LUA DE MEL DELES? QUE TOLA QUE EU SOU. A CULPA É SUA.
SUA INFELIZ JULIET.

Notas de Investigação da Srta. Isola Pribby
Particular: Não devem ser lidas nem depois de sua morte!

Domingo

Este caderno pautado é um presente do meu amigo Sidney Stark. Ele chegou pelo correio ontem. Tinha escrito em dourado na capa *PENSÉES*, mas raspei essa palavra porque ela significa Pensamentos em francês e só vou anotar FATOS. Fatos colhidos por olhos e ouvidos atentos. Não espero muito de mim no início – preciso aprender a ser mais observadora.

Aqui estão algumas das observações que fiz hoje. Kit gosta da companhia de Juliet – ela fica calma quando Juliet entra na sala e não faz mais caretas por trás das costas das pessoas. Ela também consegue abanar as orelhas agora – o que não conseguia fazer antes da chegada de Juliet.

Meu amigo Sidney vem ler as cartas de Oscar. Ele vai ficar na casa de Juliet desta vez, porque ela limpou o quarto de despejo de Elizabeth e pôs uma cama lá para ele.

Vi Daphne Post cavando um buraco debaixo do olmo do sr. Ferre. Ela sempre faz isso na escuridão da noite. Acho que devíamos nos juntar e comprar um bule de prata para ela poder parar com isso e ficar em casa à noite.

Segunda-Feira

A sra. Taylor está com uma vermelhidão nos braços. O que, ou quem, causou isso? Tomates ou o marido dela? Vou pesquisar mais.

Terça-Feira

Nada de interessante hoje.

Quarta-Feira

Nada de novo.

Quinta-Feira

Remy veio me visitar hoje – ela me dá os selos das cartas que recebe da França, eles são mais coloridos do que os ingleses, então eu os colo. Ela trazia uma carta num envelope marrom com uma janelinha nele, do GOVERNO FRANCÊS. Essa é a quarta que ela recebe – o que eles querem com ela? Pesquisar.

Comecei a observar uma coisa hoje – atrás da barraca do sr. Salles, mas eles pararam quando me viram. Não faz mal, Eben vai dar seu piquenique na praia no domingo, então tenho certeza de que vou ter algo para observar lá.

Estou procurando um livro sobre artistas e como eles planejam um quadro que querem pintar. Digamos que queiram pintar uma laranja – será que estudam sua forma diretamente? Não. Eles enganam os olhos e fitam a banana que está ao lado dela, ou olham para ela de cabeça para baixo, por entre as pernas. Eles veem a laranja de um modo inteiramente novo. Isso se chama ganhar perspectiva. Portanto, vou tentar uma nova maneira de olhar – não de cabeça para baixo, por entre as pernas, mas não olhando para as coisas diretamente ou bem de frente. Posso mover os olhos astutamente, se mantiver as pálpebras um tanto abaixadas. Vou praticar isso!!!

Sexta-Feira

Funciona – não encarar desafiadoramente funciona. Eu, Dawsey, Juliet, Remy e Kit fomos na carroça de Dawsey até o aeroporto para encontrar nosso querido Sidney.

A seguir, o que eu notei: Juliet abraçou-o e ele sacudiu-a, como um irmão faria. Ele estava feliz por encontrar Remy, e posso dizer que a observava de soslaio, assim como eu. Dawsey apertou a mão de Sidney, mas não ficou para comer a torta de maçã na casa de Juliet. Estava um pouco murcha no meio, mas o gosto era ótimo.

Tive que pingar colírio nos olhos antes de dormir – é um desgaste sempre ter que olhar de soslaio. Minhas pálpebras doem porque ficam meio caídas quando olho de lado.

Sábado

Remy, Kit e Juliet foram até a praia comigo para juntar lenha para o piquenique desta noite. Amelia também estava tomando sol. Ela está com uma aparência mais descansada e fico contente com isso. Dawsey, Sidney e Eli carregaram o grande caldeirão de ferro de Eben. Dawsey é sempre simpático e educado com Sidney, e Sidney é muito amável com Dawsey, mas parece olhar para ele de um jeito interrogativo. Por que será?

Remy largou a lenha e foi conversar com Eben, e ele deu um tapinha no ombro dela. Por quê? Eben nunca foi de dar tapinhas em ninguém. Depois eles conversaram um pouco – mas, infelizmente, fora do alcance dos meus ouvidos.

Quando chegou a hora do almoço, Eli parou de vasculhar a praia, Juliet e Sidney deram a mão a Kit e subiram a ladeira brincando de "um passo, dois passos, três passos – LEVANTAR!".

Dawsey ficou observando, mas não foi atrás. Não, ele foi até a praia e ficou lá, olhando para o mar. De repente, me dei conta de que Dawsey é uma pessoa solitária. Acho que ele sempre foi solitário, mas nunca se importou com isso antes, e agora se importa. Por que agora?

Noite de Sábado

Vi mesmo uma coisa no piquenique, uma coisa importante – e, como a querida Miss Marple, tenho de tomar providências a respeito. Foi uma noite fria e o céu estava instável. Mas foi agradável – todos nós agasalhados com suéteres e casacos, comendo lagosta e rindo de Booker. Ele subiu numa pedra e fez um discurso, fingindo ser aquele romano por quem ele é louco. Eu me preocupo com Booker, ele precisa ler outro livro. Acho que vou emprestar um de Jane Austen para ele.

Eu estava sentada, com todos os sentidos alertas, perto da fogueira, junto com Sidney, Kit, Juliet e Amelia. Estávamos jogando pauzinhos na fogueira quando Dawsey e Remy caminharam juntos na direção de Eben e do caldeirão de lagosta. Remy cochichou com Eben, que sorriu e pegou sua colher e bateu no caldeirão.

– Atenção, todos – Eben berrou –, tenho uma coisa para contar para vocês.

Ficaram todos em silêncio, exceto Juliet, que respirou com tanta força que eu ouvi. Ela não soltou o ar e ficou toda dura – até o queixo. O que seria? Fiquei tão preocupada com ela – já tive uma crise de apendicite uma vez – que perdi as primeiras palavras de Eben.

– ... Então, esta noite é uma festa de despedida para Remy. Ela está nos deixando na próxima terça-feira para ir para sua nova casa em Paris. Ela vai dividir um apartamento com amigos e estudar com o famoso estilista Raoul Guillemaux, em Paris. Ela prometeu que vai voltar a Guernsey e que seu segundo lar será aqui, comigo e com Eli, então podemos todos nos alegrar por ela.

Todos nós aplaudimos com entusiasmo! Todo mundo correu para dar parabéns a Remy. Todo mundo, menos Juliet – ela soltou o ar e se deixou cair para trás na areia, como um peixe arpoado!

Olhei em volta, tentando observar Dawsey. Ele não estava rodeando Remy, mas tinha uma cara muito triste. De repente, EU ENTENDI! Dawsey não queria que Remy partisse, ele temia que ela nunca mais voltasse. Ele estava apaixonado por Remy e era tímido demais para dizer isso a ela.

Bem, eu não sou. Eu poderia contar a ela, e ela, sendo *francesa*, saberia o que fazer. Ela o faria entender que correspondia aos seus sentimentos. Aí eles se casariam e ela não precisaria ir morar em Paris. Que coisa abençoada eu não ter nenhuma imaginação e ser capaz de ver as coisas com clareza.

Sidney se aproximou de Juliet e a cutucou com o pé. "Está se sentindo melhor?", ele perguntou, e Juliet disse que sim, e eu parei de me preocupar com ela. Então ele a levou para cumprimentar Remy. Kit estava dormindo no meu colo, por isso fiquei onde estava, ao lado da fogueira, e refleti com cuidado.

Remy, como a maioria das francesas, é prática. Ela vai querer provas da afeição de Dawsey por ela antes de mudar seus planos. Vou ter de encontrar as provas de que ela precisa.

Um pouco mais tarde, depois de tomarmos vinho e brindarmos, fui até Dawsey e disse:

– Daws, notei que o chão da sua cozinha está sujo. Quero ir esfregá-lo para você. Segunda-feira está bem?

Ele pareceu um pouco surpreso, mas disse que sim.

– É um presente de Natal adiantado – eu disse. – Então não pense em me pagar. Deixe a porta aberta para mim.

Então ficou acertado e dei boa-noite a todos.

Domingo

Fiz meus planos para amanhã. Estou nervosa.

Vou varrer e esfregar a casa de Dawsey, de olho em provas de que ele gosta de Remy. Talvez um poema, "Ode a Remy", amassado e jogado no cesto de papel? Ou o nome dela escrito por todo lado na lista de compras? Deve haver alguma prova de que Dawsey gosta de Remy bem à vista. Miss Marple nunca teve de bisbilhotar, então também não vou fazer isso – não vou arrombar nenhuma fechadura.

Mas assim que obtiver provas de sua devoção a Remy, não vou deixar que ela entre no avião para Paris na terça-feira de manhã. Ela vai saber o que fazer, e Dawsey vai ficar feliz.

Segunda-Feira, o dia todo:
Um erro sério, uma noite feliz

Acordei cedo e fiquei cuidando das minhas galinhas até a hora que eu sabia que Dawsey costumava sair para trabalhar na casa-grande. Então fui para a fazenda dele, observando cada tronco de árvore em busca de corações gravados. Não achei nenhum.

Com a casa vazia, entrei pela porta dos fundos com meu balde, meu esfregão e meus panos. Durante duas horas, varri, esfreguei, tirei o pó e encerei – e não achei nada. Estava começando a me desesperar, quando pensei nos livros – os livros da estante. Comecei a tirar a poeira deles, mas nenhum papel solto caiu no chão. Eu estava quase no fim quando vi um livrinho vermelho sobre a vida de Charles Lamb. O que ele estava fazendo ali? Eu o tinha visto colocá-lo dentro da arca do tesouro que Eli fez para ele de presente de aniversário. Mas se o livrinho vermelho estava ali na estante, o que haveria na arca do tesouro? E onde ela estava? Bati nas paredes. Não ouvi nenhum som oco. Enfiei a mão na lata de farinha – só tinha farinha. Será que ele a guardava no celeiro? Para os ratos roerem? Nunca. O que sobrava? Sua cama, debaixo da cama.

Corri para o quarto dele, procurei debaixo da cama e tirei a arca do tesouro de lá. Abri a tampa e olhei para dentro. Não vi nada, então fui obrigada a espalhar tudo em cima da cama – nada ainda: nem um bilhete de Remy, nem um retrato dela, nenhuma entrada de cinema para... *E o vento levou*, embora eu soubesse que ele a tinha levado para vê-lo. O que ele tinha feito com elas? Nenhum lenço com a inicial R. Havia um lenço, mas era um dos lenços perfumados de Juliet e tinha um *J* bordado.

Ele deve ter se esquecido de devolver. Havia outras coisas lá dentro, mas *nada que pertencesse a Remy.*

Guardei tudo de volta na arca e arrumei a cama. Minha missão tinha falhado! Remy ia entrar no avião amanhã, e Dawsey ia continuar solitário. Fiquei com o coração partido. Peguei meu balde e meu esfregão.

Estava voltando para casa quando vi Amelia e Kit – elas estavam indo observar pássaros. Convidaram-me para ir junto, mas eu sabia que nem mesmo o canto dos pássaros conseguiria me alegrar.

Mas achei que Juliet poderia me alegrar – normalmente ela consegue. Eu não ficaria muito tempo para não atrapalhar seu trabalho, mas talvez ela me convidasse para tomar um café. Sidney tinha partido de manhã, então talvez ela também estivesse triste. Caminhei apressadamente para a casa dela.

Encontrei Juliet em casa, com a mesa coberta de papéis, mas ela não estava fazendo nada, estava apenas ali sentada, olhando pela janela.

– Isola! – ela disse. – Eu estava mesmo querendo companhia! – Ela se levantou e viu meu balde e esfregão. – Você veio limpar minha casa? Esqueça, vamos tomar um café.

Então ela viu a minha cara e disse:

– O que foi que aconteceu? Você está doente? Venha sentar-se.

A gentileza dela foi demais para mim e eu – confesso – comecei a chorar. Eu disse:

– Não, não, não estou doente. Eu fracassei... fracassei na minha missão. E agora Dawsey vai continuar infeliz.

Juliet me levou até o sofá. Ela deu um tapinha na minha mão. Sempre fico com soluços quando choro, então ela foi buscar um copo d'água para seu remédio que não falha – você aperta o nariz com os dois polegares, tapa os ouvidos com os dedos, enquanto um amigo despeja um copo d'água pela sua garganta. Você bate com os pés quando estiver quase se afogando e seu amigo retira o copo. Dá certo sempre – é um milagre –, o soluço passa.

– Agora diga-me, qual era a sua missão? E por que você fracassou?

Então contei a ela – que eu achava que Dawsey estava apaixonado por Remy e que tinha ido limpar a casa dele para procurar alguma prova. Se eu tivesse achado alguma, teria contado a Remy que ele a amava, e aí ela ia querer ficar – talvez até confessasse que o amava, para ajeitar as coisas.

– Ele é tão tímido, Juliet. Sempre foi... acho que nunca ninguém se apaixonou por ele, nem ele por ninguém, então ele não sabe o que fazer. Seria bem típico dele guardar lembranças e jamais dizer uma palavra. Isso me deixa desesperada.

– Muitos homens não guardam lembranças, Isola – Juliet disse. – Não querem ficar lembrando. Isso pode não querer dizer nada. O que você estava *procurando*?

– Provas, como Miss Marple faz. Mas ele não tem um só retrato dela. Ele tem um monte de retratos de Kit e de você, e vários só de você. Num deles, você está enrolada naquela cortina de renda, fingindo ser uma Noiva Morta. Ele guardou todas as suas cartas, amarradas com aquela fita azul... a que você pensou que tinha perdido. Sei que ele escreveu para Remy na casa de repouso, e ela deve ter respondido, mas ele não tem uma só carta de Remy. Nem mesmo o lenço dela... ah, ele achou um dos seus. Talvez você o queira de volta, é bem bonito.

Ela se levantou a foi até a escrivaninha. Ficou um tempo ali, parada, depois pegou aquela coisa de cristal com uma inscrição em latim, *Carpe Diem*, ou algo parecido. Ela estudou a inscrição.

– Aproveite o Dia – ela disse. – Essa é uma ideia inspiradora, não é, Isola?

– Acho que sim – eu disse –, se você gosta de ser incentivada por um pedaço de rocha.

Então Juliet me surpreendeu – ela se virou para mim e deu aquele sorriso, aquele que me fez gostar tanto dela desde o começo.

– Onde está Dawsey? Na casa-grande, não é?

Quando eu disse que sim, ela saiu pela porta e foi correndo na direção da casa-grande.

Ah, que maravilha! Ela ia dizer a Dawsey o que achava do fato de ele estar escondendo o que sentia por Remy.

Miss Marple nunca sai correndo para lugar nenhum, ela vai bem devagar, por ser uma senhora idosa. Então, foi o que fiz. Quando cheguei lá, Juliet já estava dentro da casa.

Fui na ponta dos pés até o terraço e fiquei rente à parede ao lado da biblioteca. As janelas estavam abertas.

Ouvi Juliet abrir a porta da biblioteca.

– Bom-dia, cavalheiros – ela disse.

Ouvi Teddy Heckwith (o pintor) e Chester (o ajudante) dizerem:

– Bom-dia, srta. Ashton.

Dawsey disse:

– Olá, Juliet.

Ele estava no alto da escada. Descobri isso depois, quando ele fez tanto barulho para descer.

Juliet disse que queria dar uma palavrinha com Dawsey, se os cavalheiros dessem licença um minuto.

Eles concordaram e saíram da sala. Dawsey disse:
– Tem alguma coisa errada, Juliet? Kit está bem?
– Kit está ótima. Sou eu... quero perguntar uma coisa a você.

Ah, pensei, ela vai dizer a ele para não ser covarde. Vai dizer que ele tem de pedir Remy em casamento agora mesmo.

Mas ela não fez isso. O que ela disse foi:
– Você quer se casar comigo?

Eu quase caí morta.

Houve um silêncio absoluto. Nada! E o silêncio continuou, nem uma palavra, nem um som.

Mas Juliet prosseguiu, calmamente. Com uma voz firme – e eu mal conseguia respirar.
– Estou apaixonada por você, logo resolvi perguntar.

Então Dawsey, o querido Dawsey, praguejou. Ele tomou o santo nome de Deus em vão:
– Meu Deus, sim – ele gritou e desceu a escada correndo, só que prendeu o calcanhar e torceu o pé.

Fui discreta e não olhei para dentro da sala, apesar da tentação. Esperei. Ficou silencioso lá dentro, então voltei para casa para pensar.

De que adiantava treinar os olhos se não conseguia ver as coisas direito? Eu tinha entendido tudo errado. Tudo. Houve um final feliz, muito feliz, mas não graças a mim. Não tenho o dom de Miss Marple de enxergar o que se passa na mente humana. Isso é triste, mas é melhor admitir de uma vez.

Sir William me disse que há corridas de motocicleta na Inglaterra – taças de prata para velocidade, terreno acidentado e ausência de quedas. Talvez eu possa treinar para isso – já tenho minha motocicleta. Só preciso de um capacete – talvez de óculos.

Por ora, vou convidar Kit para jantar e passar a noite comigo para que Juliet e Dawsey possam ter os bosques só para eles – como o sr. Darcy e Elizabeth Bennet.

De Juliet para Sidney

17 de setembro de 1946

Querido Sidney,

Peço milhões de desculpas por fazer você dar meia-volta e tornar a atravessar o canal, mas solicito sua presença – no meu casamento. Já escolhi o dia e a noite também. Você pode vir me acompanhar ao altar no quintal de Amelia, no sábado? Eben vai ser o padrinho, Isola vai ser dama de honra (ela está fazendo um vestido para a ocasião) e Kit vai atirar pétalas de rosa.

Dawsey vai ser o noivo.

Você está surpreso? Provavelmente não – mas eu estou. Vivo em estado constante de surpresa atualmente. Na realidade, agora que estou calculando bem, só estou noiva há um dia, mas parece que minha vida toda ganhou sentido nas últimas 24 horas. Pense só! Poderíamos ter continuado a querer um ao outro e a fingir que não *para sempre*. Essa obsessão com dignidade pode arruinar a vida se você deixar.

É inadequado casar tão depressa? Não quero esperar – quero começar logo. A vida toda achei que a história terminava quando o herói e a heroína ficavam noivos – afinal, o que é bom para Jane Austen tem de ser bom para todo mundo. Mas é mentira. A história está começando e todo dia vai ser um novo pedacinho da trama. Talvez meu novo livro vá ser sobre um casal fascinante e todas as coisas que eles aprendem um sobre o outro com o tempo. Você está impressionado com o efeito benéfico do noivado no meu ofício de escritora?

Dawsey acabou de chegar da casa-grande e está exigindo toda a minha atenção. Sua famosa timidez desapareceu completamente – acho que era um truque para despertar minha simpatia.

Com amor,
Juliet

P. S.: Encontrei Adelaide Addison em St. Peter Port, hoje. O cumprimento dela pelo meu noivado foi: "Ouvi dizer que você e aquele criador de porcos vão regularizar sua situação. Deus seja louvado!"

Agradecimentos

A semente deste livro foi plantada por acaso. Eu tinha viajado para a Inglaterra para pesquisar um outro livro e, enquanto estava lá, fiquei sabendo da Ocupação Alemã nas Ilhas do Canal. Impulsivamente, fui até Guernsey e fiquei fascinada com o que vi da história e da beleza da ilha. Dessa visita nasceu este livro, embora muitos anos depois.

Infelizmente, livros não surgem inteiros da cabeça dos autores. Este exigiu anos de pesquisa e de trabalho, e, acima de tudo, a paciência e o apoio do meu marido, Dick Shaffer, e das minhas filhas, Liz e Morgan, que dizem que *elas* nunca duvidaram de que eu fosse terminar o livro, apesar de eu duvidar. Além de acreditar na minha capacidade de escrever, elas insistiram para que eu me sentasse ao computador e digitasse, e foram essas forças conjugadas na minha retaguarda que fizeram surgir o livro.

Além deste pequeno grupo de incentivadores em casa, houve um grupo bem maior lá fora. Primeiro e, de várias formas, mais importantes foram minhas amigas e colegas escritoras Sara Loyster e Julia Poppy, que cobraram, incentivaram e elogiaram – e leram cada palavra dos cinco primeiros rascunhos. Este livro não teria sido escrito sem elas. O entusiasmo de Pat Arrigoni e seu *savoir-faire* editorial também foram essenciais nos primeiros estágios do trabalho. Minha irmã, Cynnie, seguiu uma tradição da vida inteira de me mandar sentar e trabalhar, e, neste caso, sou grata a ela.

Agradeço a Lisa Drew por mandar o manuscrito para minha agente, Liza Dawson, que combina gentileza, paciência, sabedoria e competência editorial no mais alto grau. Sua colega Anna Olswanger forneceu ótimas ideias e sou grata a ela por isso. Graças a elas, meu manuscrito chegou à mesa da fantástica Susan Kamil, uma editora profundamente inteligente e humana. Sou grata ainda a Chandler Crawford, que levou o livro primeiro para a Bloomsbury Publishing, em Londres, e depois o transformou num fenômeno mundial, com edições em dez países.

Devo um agradecimento especialmente carinhoso à minha sobrinha, Annie, que terminou o livro depois que problemas inesperados de saúde interromperam o meu trabalho logo após o manuscrito ter sido vendido. Sem hesitação, ela largou o livro que estava escrevendo, arregaçou as mangas e começou a trabalhar no meu manuscrito. Tive muita sorte de ter uma escritora como ela na família, e este livro não poderia ter sido feito sem ela.

Antes de mais nada, espero que estes personagens e suas histórias lancem alguma luz no sofrimento e na força do povo das Ilhas do Canal durante a Ocupação Alemã. Espero, também, que meu livro possa ilustrar minha crença de que o amor pela arte – seja poesia, prosa, pintura, escultura ou música – permite que as pessoas ultrapassem qualquer barreira inventada pelo homem.

MARY ANN SHAFFER
Dezembro de 2007

Tive a sorte de entrar neste projeto armada com as histórias de uma vida inteira da minha tia Mary Ann e com a capacidade editorial de Susan Kamil. A visão de Susan foi essencial para tornar o livro o que ele queria ser e foi um privilégio para mim ter trabalhado com ela. Cumprimento também seu inestimável editor assistente, Noah Eaker.

Estou muito grata, ainda, à Bloomsbury Publishing. Lá, Alexandra Pringle foi um exemplo de paciência e bom humor, bem como uma fonte de informação sobre como falar da descendência de um duque. Sou grata especialmente a Mary Morris, que lidou amavelmente com uma bruxa, e à maravilhosa Antonia Till, sem a qual os personagens ingleses estariam usando calças, guiando carroças e chupando balas. Em Guernsey, Lynne Ashton, do Guernsey Museum and Art Gallery, foi muito prestativa, da mesma forma que Clare Ogier.

Finalmente, deixo um obrigada muito especial para Liza Dawson, que fez tudo isso funcionar.

ANNIE BARROWS
Dezembro de 2007

Impressão e acabamento:
EDITORA JPA LTDA.